人間を好きになった魔女

西山良三

明窓出版

もくじ

人間を好きになった魔女

第一部

肉眼では見えなくても、心の目では見えるものがあります。
人生、それは心の目で見る
あなた自身の物語です。

○魔法の鏡○

これからのページをめくる者は、魔法の鏡の向こう側を見るでしょう。
太陽の光を浴びる者は、何かを得るが、何かを失う。
朝は一日を得るが、夜は一日を失うかのように。
何かを失っても、求める勇気がある者、このページをめくれ。

一、魔女

そこは途方もなく高い山のふもとで、大きな洞窟《どうくつ》が見えます。

その洞窟は果てしもなく奥が深いように思われます。

洞窟の入口は、二〇メートルも、三〇メートルもあるように思えます。

入口の隅の、少し高めの岩の上で、魔女が何やらわめいています。

「余はこの魔法の世界の全権を一手に握る魔女だ。そして余は百年この世界を支配してきたが、一度も満足したことがない。あらゆる権力をもって、あらゆることをしたが、満たされたことがない。魔法の霧よ、もっと、もっと漂うがいい。そしてもっと、もっと幻想を映すがいい。そうだ、もっともっと全てだ！」

洞窟の入口とは反対側に、魔法の霧はあらゆる幻想を映し始めました。

幻想を見ながら、魔女はわめき続けます。

「風よ吹け、とてつもなく大きな嵐を起こせ。そして己の存在を思う存分アピールするがいい」

洞窟の反対側をとてつもない嵐が吹き荒れました。けれども、幻想は消えません。その風は魔女には一切当りません。

魔女は続けました。

「そこにいる、どんな岩でもかじる岩喰い男よ、この途方もなく高い山の岩を全て喰い尽くせ、不足ならそなたが望む岩をくれてやろう、どうだ、やってみるか？」

岩喰い男は魔女に向かって言いました。

「造作もないことで、魔女さま。しかし途方もなく高い山の全部を喰い尽くすと、魔女さまの住《す》み処《か》がなくなります」

「なに！　召使いの分際で余の心配をするなど、百年早いわ！　やるのか、やらんのか？」

「はは、やらせていただきます」

岩喰い男は、途方もなく高い山の岩をかじり始めました。

魔女はなおも続けます。

「闇よ、いつまで光におおわれているのだ、そろそろ光に、己の存在を示すがいい。闇よ、思う存分示すがいい！」

「お言葉ですが魔女さま、光はわれらの天敵でございます」

「たわけたことを！　いつまでおびえておる？　構わぬ、余が許す。思う存分やれ！　それとも余の命令が聞けぬというか！」

「はは、やらせていただきます」

闇はその存在を示し始めました。最初に、光を遮る為に、雲を作りました。その雲は大雨を降らせました。そして闇は、魔女に、恐る恐る言いました。

「恐れ入ります魔女さま、われらは微力です。あの雨が降り終わりますれば、われらの力は終わったも同然なのです。われらにとって、あのものらは天敵なのです。天敵を負かせばわれらは消滅します。われらは闇ではなく、無になるのです」

「これ闇よ、案ずるでない。そなたは消滅するのではない、元に戻るのだ。元に戻ったらまた、己の存在をアピールするがいい」

魔女は、雷に向かって続けました。

「雷よ、姿を見せろ。いつまで隠れている、姿を現せ、己の存在を見せるのだ。宇宙の果てまで思う存分に示すのだ」

雷は稲光をもって現れ、轟音をとどろかせます。その音はすさまじいものでした。

魔女は光に向かって続けました。

「光よ、そなたも己の存在をアピールせよ、思う存分にな。必要とあれば、この宇宙全体を灼熱地獄にしても構わん」

光がだんだん、熱を帯びていきます。

「めっぽう熱いではないか、熱くてたまらん！　これ光よ、少しは考えたらどうだ、馬鹿者！」

魔女は、腹立ちまぎれにわめき散らしました。

光は、だんだん熱を下げていきました。

魔女はここでも満足感が得られず、なおわめき続けました。

「えいくそっ！　どうなっているんだ？　どうしてなんだ？　余の思い通りになっているのに、ちっとも満足感がない。何が不足なんだ？　皆のもの、もっと暴れよ、えいくそ、静まれ！」

「魔女さま、どうせよと言うのです？　今日は一段と気が荒れておられる。いかがなされた？」

と、光が恐れをなした声で尋ねます。

「何が気に入らんのです？」と風が光と同じような声で尋ねます。

魔法の霧も、雷も、闇も、機嫌を伺うように尋ねました。

「魔女さま、どうすればご満足していただけるのです？　花吹雪などはいかがで？」

「魔女さま、必要とあれば私の音でどんな音楽《メロディー》でも奏でてあげますが。お望みとあれば電気を起こして、無限に続く、輝くイルミネーションを作ってあげますが？」

「魔女さま、私は顔がないのですが、お望みなら裏の顔でも」

闇が言いかけた時、魔女はそれを遮ってわめくように言った。

「どいつもこいつもうるさいわ、静かに黙っておれ！　余は百年このかた、満足したことがない。一体満足というものは存在するものなのか、しないものなのか、考えると頭が壊れそうだ。皆の者、そこら中でばたばた倒れていく人間どもが見えぬか？　倒れた人間どもを洞窟の中に放り込んでおけ」

岩喰い男以外は姿が見えないので、人間は宙に浮いているように見えます。次々と人間が運び込まれていきます。岩喰い男は、一度に一〇人もの人間の手を束ねて持ち上げ、ぶら下げたまま運んでいます。光が洞窟の中を照らし、その奥は、無限に続いているように思えます。人間はまったく無造作に置かれているようです。

実は、魔法の霧が演出した幻想の世界は、大勢の人間が作っていたのです。そして、風や闇、雷や光が大暴れしたので、人間たちは震え上がって怯え、それぞれの役目を放り投げ、洞窟に向かって一目散に逃げ出したのです。

けれども、すでに魔法の霧を吸っていた人間は皆、洞窟の入口辺りでばたばた倒れていました。中にはまだ、かろうじて歩ける人間もいましたが、やがて倒れました。

彼らは倒れる前に口々に哀願するように訴えました。

「助けて下さい。お慈悲です、助けて下さい」

魔女は哀願しながら倒れていく人間たちを見て、ほくそえんでいました。

魔女は若く、地上年齢の、二〇代か、三〇代に見えます。素顔が分からないほど、けばけばしい化粧で顔はおおわれ、意地悪く笑っている顔は、化粧の為か、その内面を反映してか、醜いものでした。

顔は口の両端からこめかみ辺りにかけて、血の色のような赤で、牛の角のように塗られており、目は牛の目と猿の目を足したようでした。

どんなに不器量な女でも、心から保護され、心から愛され、その愛に心底誇りと幸福感を感じ、その愛に真心を込めて少しでも応えようとする時には、まばゆい程美しく輝いているものですが、魔女には、そのような美しさ、輝きは欠片も見られませんでした。

魔女は潜水服のような、足のかかとの上辺りから手首まであるレオタード服と、マントを身にまとっており、そのレオタードと、マントは、いろいろな種類の、無数の宝石で輝いていました。

髪は長く、乱れていました。

手には魔法の杖を持っており、その魔法の杖によって、自分の顔も姿も自由に変えられました。

その杖で、自分の思い通りの世界も演出できました。


人間たちは洞窟の入口辺りまで来て、次々と倒れていきました。倒れたさきから、次々と洞窟の中に運び込まれた。

魔女は洞窟の入口辺りまで来て次々と倒れ、中に運び込まれる人間たちを、ほくそえむような表情で見ていました。

いよいよ最後の一人が、苦しさにうなだれ、もだえるような表情で、洞窟の入口に向かって歩いてきました。彼は何かぶつぶつと呟いているようでした。

「俺は……、何て大きな悲しみを地上に残してきたことか、俺が地上に残してきた悲しみは何と大きい！」

彼は何度もこうくり返し呟きながら歩いていました。

魔女はこの男におうへいな態度で言葉をかけました。

「おい若造、何をぶつくさ言っている？」

魔女に言葉をかけられた男は、魔女を見て、今度ははっきりと言いました。

「僕が地上に残してきた悲しみは、何と大きいことか！　おお！」

「何だと、若造、今お前の目の前で起こっていることが何なのか、解っているのか？　解って言っているなら、お前はいい加減馬鹿な人間だな」

魔女は人を食ったように言いました。

その男は、不治の病で生死を彷徨う霊でした。彼は自分から抜け出る前に、母に向かってこう言ったのです。

「僕なんか、僕なんか生まなきゃ良かったんだ！」

この言葉は、痛さや苦しさが忍耐の限界を越えた為に、無意識に出た言葉でした。要するに、自分が嫌になって自分から逃げたのです。

この男が苦しんでいるのは、病のことより、その言葉が母を苦しめ、地上にその苦しみがそのままに残されていることでした。

「確かに僕は」と男は落ち着いて魔女に言いました。「馬鹿な人間かもしれない。だけどこの光景を見てそなたはどう思う？」

この男は、みんなが嵐や大雨、雷、灼熱、岩喰い男が途方もなく高い山の岩を喰っている時の大地の震動などによって、恐怖におびえ、一目散に逃げている時、母のことを思っていました。

その為に、魔法の霧の毒が効かなかったのです。みんなは逃げている間、自分のことしか考えていませんでした。だから魔法の霧の毒にやられたのです。自分以外のことを考えていた者たちは、かろうじて洞窟の入口辺りまでたどり着くことができました。しかし、その思いは、魔法の霧の害毒から逃れる程ではありませんでした。

この魔法の霧は、自分にだけ一生懸命な人を酔わせますが、他人のことを真剣に考える人には何の効力もないのです。

魔女は男の質問に、おうへいな調子で答えました。

「この光景は余が望んだことだ」

男は魔女を見すえ、哀れむように尋ねました。

「こんなことを望むなんて、そなたは魔女か？」

魔女はまた、人を食ったような言い方で答えました。

「それがどうした」

男は、哀れむように言いました。

「確かに僕は馬鹿な男かもしれない。しかし、そなたは醜い」

魔女は、はらわたが煮えくり返るような怒りを覚えました。

「何だと！　若造！　誰に向かってものを言っている？　口は慎め！　余にものを言うのは百年早いわ、その気になったらお前みたいなものは、豆つぶにして、踏んづけて、喰ってやることもできるんだ！」

「魔女よ、そなたは哀れだ。人間の美しさを知らぬとは！」

男の言葉を聞いた瞬間、魔女の怒りは爆発しました。

「何だと！　若造。余が哀れだと？　ふざけやがって！　いいか、よく聞け！　余はな、この魔法界の全ての権限を持っているんだ！　お前みたいな豆つぶに何が解る！　人間が美しい？　へん、鼻で笑ってくれるわ！」

男は落ち着いてまた言いました。

「魔女よ、そなたは百年このかた、満足を味わったことがないと言った。何をしても、自分が思う通りになっても満足を味わえないのは、心がないからだ。美しい心がないからだ」

魔女は、フフンと鼻で笑い、軽蔑したように男に言いました。

「何、心？　何だ、そりゃ？　煮たら食えるものかい？　石ころみたいなものか？　雨つぶみたいなものか？　見たことがない！」

男は魔女を見すえたまま、真剣な表情で言いました。

「心というものは見えるものじゃない。だけど有るんだ」

「何だって、見えないのに有る？　馬鹿じゃないか、お前は！　見えないのに何で有るんだ？　いいか、よく聞け、この魔法界だって見えないものはないんだ。ないものはないんだ。有るから有るんだ、見えないものが有るって？　頭は確かか、お前は？」

男は、自信に満ちた声で、あらたまった調子で話しはじめました。

「心というものは、愛によって生まれるのです。心というものは愛することによって、愛されることによって美しく輝くのです。だから心は美しいのです。人間は愛することによって、愛されることによって美しく輝くのです。それゆえに心を抱く人間は美しいのです。その美しさを人間は知っています。その美しさを知らないあなたは哀れです」

魔女は激しい怒りと、軽蔑をもって、ののしるように言いました。

「何だと！　人間が美しい？　どこが！　どこが美しいのだ、若造？　心とやら、見えもしないものを持ち出しやがって、馬鹿じゃないのか？　お前は！　愛？　愛って何だ？」

「愛とは、人間に生きる方向を示す魂です」

「何だ、そりゃー？　ちんぷんかんぷんだ。ちんぷんかんぷんなのが愛か？　それが人間か？　道理で人間は滑稽な訳だ。ところで若造、お前はその心とか、愛とやらを知っているのか？」

男は地上で、両親、兄弟、姉妹、周りの多くの人々に心から愛されたのを思い出しながら、はっきりと言いました。

「はい、僕は多くの人々に愛されました。だから僕は知っています、人間がどれ程美しいかを。それは言葉では言えません。どれ程美しいか、それは経験した人間だけが知っているのです。そして地球では、全ての人間が経験することができるのです」

魔女は自分に唐突く男に、ありったけの不機嫌を晴らすようにまくし立てました。

「何を、小癪な！　寝言の続きでも言っているつもりか！　人間が美しいだと？　笑わすんじゃない！　第一、おまえは言ったじゃないか、地球に大きな悲しみを残してきたと。そんなお前が何で、人間は美しいと言える？　たわけめ！」

「人間は悲しくても、苦しくても、愛することができる。だから人間は美しいのです」

「気でもおかしいのか、お前は？　悲しい時に愛して何が美しい？　苦しい時愛するのが美しい？　どこが美しい？　そんなのは弱虫がする空《から》いばりだ。一番美しいのはな、全てを支配する権力だよ、よく覚えておけ！」

男は魔女の言ったことを否定せず、穏《おだ》やかな調子で言いました。

「悲しい時、苦しい時、愛するのは耐えがたいものだが、大きな勇気を必要とするものなのだ。その勇気こそ美しいものなのだ。権力にものを言わせて己の思う通りになっているのに、満足できないものに頼っていばっている、それこそ弱虫の空いばりだ」

「何だと、若造！　そこまで言うからには覚悟はできているんだろうな？　ことと次第によっちゃ、一寸きざみにしてくれるわ！」

男は魔女の言葉にひるむでもなく、穏やかに言った。

「覚悟はできているさ、そなたの好きにするといい。しかし、悲しい時、苦しい時、心に愛を抱いている人間は美しいのだ」

魔女は、両手で髪の毛をもみくちゃにしながら怒りを爆発させました。

「そこまで言うか、若造！　見ろ、あれを！」

洞窟の入口に立っていた魔女は、洞窟の反対を指差しました。それは、魔法の霧が写した、大勢の人間がそれぞれの役を演じたあの光景の再現でした。

あらゆる快楽的欲望や残虐性に満ちた見るもおぞましい光景でした。それらからは友情、親切、助け合い、慈悲、愛情などは欠片も見られませんでした。

魔女は男に向きを変え、勝ち誇ったように言いました。

「若造、見えるか？　よく見ろ、あれが人間だ。あれのどこが美しい？　お前の目にはあれが美しく見えるか？」

男は静かに言いました。

「あれは幻想の世界だ。真実の世界ではない。あれはそなたが酔わせ薬で操って描いた幻想なのだ。あんなのは人間の真実の姿ではない」

「いい加減に観念しろ！　まだ解らんか？　あれが人間なんだ、あれが人間なんだよ！　最初から、人間には美しさなんてなかったんだよ、欠片もな」

男はまた静かに言いました。

「あれは幻影なんだ、あれは人間の真実の姿ではない」

「まだ解らんか？　いい加減にしろ！　あれが人間なんだ！」

「あれは真実なんかじゃない、幻影なんだ。真実は神様が作った地球にあるんだ。地球には真実の美しさがある」

　魔女は今度は、あっけにとられ、いらいらした怒りをそのまま男にぶつけました。

「何、今度は地球か？　いい加減にしろ！　地球に何があるって言うんだ？　地球もあれと同じだよ！」

「違う、あれと地球は同じではない。地球には真実がある。人間の真の美しさがある」

「若造！　お前はわしに食われるのが怖くて逃げているんだろ？　この弱虫め！」

「僕は怖じ気付いて、時間稼ぎをしているんじゃない。僕は真実を言っているのだ、地球には真実がある。人間の真実の美しさがある」

「まだ言うか、若造！　お前はのらりくらり逃げ道を探しているんだろう？　弱虫め！　地球に大きな悲しみを残してきたお前に何が解る？　どうせお前みたいな人間は、地球ではでき損ないだったんだろうが！」

「確かに僕はでき損ないだったかもしれない。でも僕は愛された、多くの人々に心から愛されたんだ。だから僕は自分を主張できる、人間は美しいとね。嘘だと思うんなら、地球まで行って確かめるんだね」

　魔女は、怒りが頂点に達したように叫びました。

「たわけ、若造！　地球まで行ってみろだと？　気でも狂《ふ》れたか、たわけめ！　何でわしが地球まで行かなきゃならんのだ？　馬鹿馬鹿しい！」

「行く、行かないはあなたの自由です。しかし人間の美しさを知らないあなたは、哀れです」

「何だと！　若造！　もしわしが地球まで行って、人間に美しさがなかったらどうする、お前？どうしてくれる？」

「その時は煮るなり、焼くなり、好きにするんだね」

その言葉に魔女は、鼻で笑ったような軽蔑的な調子で言いました。

「ようし、行ってやろうじゃないか！　覚えておけ、絶対に一寸きざみにしてやるからな！　言っておくがな、わしは一日しか時間はとらんぞ」

そして魔女は、男の前に進み出ました。

その時、二人の上空がだんだんと明るさを増し、そしていろいろな花々が舞い始めました。

それと同時に、天使のような澄んだ声が響きわたったのです。


花々の美しさを知るものは幸いなるかな。

心の美しさ、愛の美しさを知らぬ者、花を見よ。

花が美しく見えるのは、心の美しさゆえ。

美しさに関わる全てのものごとには、答えの出る問題と、出ない問題があります。

答えの出る問題は知性への導き、答えの出ない問題は人間性への導き。

人間の美しさ、心の美しさには、答えが出にくい問題があります。

それは無限の美しさを秘めているからなのです。

それを知る者は、美しい心を持つ者だけなのです。

花々の美しさを知るものは幸いなるかな。

汝が自らの意志に従えるなら、汝は勇気ある者。

その勇気は汝を美しく飾るだろう。

答えの出ない問題への答えは、心を美しくすることです。

花の美しさを知る者、幸いなるかな！


天使のように澄んだ声を聞いていた魔女は、うとまし気に、天上を向いて、ぶつくさとなじるように呟きました。

「何てしらじらしい言葉だ！　何て中味のない言葉だ？　身震いがするほどしらじらしい！」

それから男に向かって同じ調子で、言いました。

「忘れるなよ、若造！　帰ってきたら一寸きざみだからな、覚悟しとけ！」

それから岩喰い男にいいつけました。

「岩喰い男、その男をそこの十字架にはりつけておけ！」

岩喰い男は姿を小さくして、男を十字架にはりつけにしました。その十字架は男と同じくらいの高さで、足は地べたから離れていませんでした。

それを見届けると、魔女は岩喰い男に言いました。

「岩喰い男よ、もしそなたがその男を極刑にするとしたら、どんな刑に処す？」

「はい魔女さま」と岩喰い男は魔女に言いました。

「わたしならこの男を全部溶かします。そして固めてから食べます。岩より固ければ美味しいはずです」

魔女は魔法の霧に言いました。

「魔法の霧よ、そなたならどんな極刑にする？　申してみよ」

魔法の霧は魔女に言いました。

「はい魔女さま、わたしなら厚さ一ミリに平たく引き伸ばし、それを一寸きざみにしてこの途方もなく高い山に、花吹雪のように降らせてあげましょうぞ」

続いて魔女は雷に言いました。

「雷よ、そなたならどんな極刑にする？」

雷が魔女に申し出ました。

「わたしなら魔女さま、針の穴から通る程の糸にして、それを宇宙全体に届く限り張りめぐらせて、私の光で明るくして見せましょう」

「雷よ、そなたは相変わらず優しいの」と魔女は雷から闇に続けました。

「闇よ、そなたならどんな極刑にする？」

「魔女さま、わたしならできるだけうすっぺらに引き伸ばして、宇宙全体を闇にしてやりましょう」

魔女は光に言いました。

「光よ、そなたならどうする？」

光は魔女に答えました。

「はい魔女さま、わたしなら全部燃やしてしまいます。そしてその灰をスクリーンにして、今まで誰も見たことがないような蜃気楼《しんきろう》を写してごらんにいれます、カクテル光線みたいにね」

光の言葉を聞くと、魔女はあざけるような笑みを浮かべながら言いました。

「よろしい！　聞いたか、若造？　お前には限りない極刑が待っている。待っておれ！」

男の前に進み出た時の魔女の顔は、化粧をしていない、普通の女になっていました。長めのスカートにブラウスというういでたちでした。

けれども、顔はきれいに見えても、内面の美しさから滲《にじ》み出る、輝くような表情は見られませんでした。

「魔法のジュウタンよ、現れよ、余を地球まで運んでおくれ」

程なく魔法のジュウタンが現れ、魔女はそれに乗ろうとして、一歩踏み出しました。

その時、上空を舞っていた花々のいくつかが集まり合って花束になり、魔女の前に落ちました。

思わず魔女は、両手を伸ばしてその花束を受け止めました。それと同時に呟いたのです。

「重たい、重たい、この花束は重たい。なぜだ？　今まで舞っていたのに」

魔女の言葉を聞いた男は、静かに、穏やかに言いました。

「そんなに重たいなら、捨ててしまえば？」

男は十字架にかけられても、卑屈にもならず、驚怖感におびえてもいませんでした。

魔女は男の言葉を聞くと、無意識に呟きました。

「できない……。そうすると胸が痛みそうで、できないの」

男はそんな魔女を見守るように、優しく言いました。

「そなたの内部で、美しさを意識する何かが目覚めたのだ。そなたの胸の思いは、美を意識する自己の表れの証だ」

男の言葉に魔女はいらだちを隠さず、その怒りをそのまま男にぶつけました。

「何だと、若造！　お前は何を言っているのだ？　余が美しさを意識しているって？　馬鹿でないのか、お前は！　何回言わせれば解る？　このうす馬鹿下郎め！　いいか、よく聞け、美など何の値打ちも有りはせんのだ。全ては権力だ、権力こそ美しい！　よく覚えておけ！」

それから魔女は、両手で抱えていた花束を頭の上まで振り上げ、思いきり地べたに投げ付けました。

すると、花束は宙を舞い始めたのです。

魔女は、思わず呟きました。

「胸が痛い、胸が痛い！　何だ、この胸の痛みは？」

男は魔女が胸を押さえて、痛がっている様子を見ながら言いました。

「その胸の痛みは罪悪感だよ」

「何だと！　罪悪感？　余がどんな罪を犯したと言うのだ！」

「自分を美しくしない罪だ」

「馬鹿な！　美しさなどくそ食らえだ。それにしてもどうしてこうも胸が痛いのだ、ええい、いまいましい！」

胸の痛さゆえに、魔女は両手で髪をもみくちゃにしてから両手をだらりと下げて下を見ました。そして、あることに気付いてびっくりしました。

「な、なんだ？　余の影がない！　どうしたんだ、余の影は？　どこに行った、余の影は？」

魔女は胸に両手を当てたと思えば、今度は上にあげ、うめくように言いました。

「余の影はどこに行った？　鏡よ、鏡、余を写せ！　余の影はどこに行った？」

大きな鏡が現れました。それは周りの光景は写していましたが、魔女は写していませんでした。

「さあ、鏡よ、鏡。余の影を探しておくれ。なんだ、この鏡は？　余が写っていないではないか！　余はどこに行った？　鏡よ鏡、余を写せ！　お前は魔法の鏡か？　余が望んだのは余を写す鏡だ。さあ、余を探せ！」

慌てふためく魔女を見ながら、男は言いました。

「魔女よ、それは魔法の鏡ではない。心を写す鏡だ、心がない者はその鏡には写らないんだ」

「何だと、若造！　心がない者は写らないだと？　ふざけるんじゃない！　忘れるな、地球から戻ってきたら、人間に生まれたことを後悔させてやるからな！　それにしても胸が痛い！　余の影はどこに行った、余の姿はなくなったのか？　なぜ余の姿が写らん！」

魔女がここまで言い終えた時、宙を舞い続けていた花束が、また魔女の前に舞い落ちました。魔女は何の抵抗もなく両手を出して、それをまた抱き止めました。両手に花束を抱えた魔女は、少し落ち着きを取り戻したらしく、先程より穏やかに呟きました。

「おお、少しは胸の痛みが取れた。あっ、影も戻った。おお、余の姿が鏡に写った。何が起こったのだ？　余は望まないのに、余の知らない世界があったとは！」

男が言いました。

「魔女よ、今のそなたの胸の痛みは、美しさを求める意識が胸の奥で美しくなりたいと叫んでいるからだよ。人間の心も、永久《とわ》の美しさを求める意識によってできている。その意識の泉が心なのだ。その泉から流れた美しさが、神秘な世界を描く。それが人間の美しさなのだ」

魔女はまたも軽蔑的に、鼻で笑ったような表情で男に言いました。

「やかましい奴だ、黙ってろ！　何が美しい？　強がり言っていられるのも今のうちだ、せいぜい覚悟しておくんだな！」

そして高飛車な態度で、

「魔法のジュウタンよ、余をあの赤い地球に連れて行っておくれ、さあ！」

と言って、ジュウタンに乗りましたが、花束を手放すことができませんでした。魔女が魔法のジュウタンに乗ると同時に、魔女が抱えていた花々が、一斉に光を発し始めました。長いスカートにブラウス姿の魔女の姿は、神秘な輝きに包まれていました。

そしてまた、荘厳な調べ、天使のように澄んだ声が流れた。

美を求める者は幸いなるかな、
美を求めることは、自己を美しく飾ること。
自己の美を意識する意思を主張する者は、勇気ある者。
その勇気は、ねむり続ける美を目覚めさせる。
美は無限なる真実の泉でねむる宝もの、
その宝ものは美を求める勇者の勲章、
真実なるものは、無限にして深きもの、
それは遙《はる》かなる自己への旅、
時の流れに身を預ける者は、深きものを見る。
美は無限にして、神秘な光、
美を求める者は幸いなるかな、

美は自己の内部を美しくしなければ見えぬものなれば。
美を求める者、幸なるかな。

魔女の乗った魔法のジュウタンは、浮かびあがると地球に向かいました。
花々が発する光に包まれた、そのままに。

二、地　球

魔法の世界から地球に向かった魔女の目には、地球は赤く見えました。まるで火山の爆発や溶岩によって、赤く染まっているかのようでした。心のない者には、自然の色は変わって見えるようです。

心があれば、あるがままが美しく見えるものも、心のない者には、変で、歪んだものに見えるものなのです。

心のない魔女に、どうして人間のあるがままの美しさが見えましょう？　人間の生命の美しさは、心がなければ見えません。

肉眼では見えなくとも、心の目では見えるものがあるのです。それが人間の生命の美しさ、心の美しさなのです。

美しさ、それは心が灯す生命への慈愛なのです。

心が灯す生命への慈愛は、美しさの象徴なのです。

魔法の世界から地球に向かった魔女は、心を持っていませんでした。しかし魔女は、あの花束を捨てることができなかったのです。

そしてその花束を豆つぶぐらいにして、ポケットにしまいました。その為に、胸の痛みをわずかながらに抱《いだ》いていたのでした。

心がない魔女は、地球に対して、人間に対して、何の期待も、何らの興味も、抱いてはいませんでした。それに胸の痛みもあったので、自分のことしか考えていませんでした。

魔女が降り立ったのは、大都会、朝の東京でした。ちょうど朝の通勤ラッシュの時間で、次から次に人が階段を上り下りするその光景は、魔女の目には、まるで山の上から、次々に落ちてくる石ころみたいに見えました。

魔女は、人間がなぜ働くのか、なぜ働きに行くのか、全く興味がありませんでした。働く意味について、考えようとしなかったのです。

ですからそこで人間の美しさを見いだすのは、まったく無理なことでした。

魔女はしばらくあちらこちらを見ていたのですが、すぐに飽きてしまいました。

心のない者は、虚像に目を奪われ、なにをしても飽きてしまうものなのですが、魔女は自分がなぜ飽きてしまったのか、考えもしませんでした。

時間が流れていきました。

魔女は人間が働いている姿に、美しさを見ることはありませんでした。

人間はなぜ働くのか、その意味について考えたことのない者は、労働を通しての自己成長の喜びを知ることはないでしょう。労働が地獄のように感じる人は、労働にある美しさ、自己成長の喜びを知らないのでしょう。

魔女がうんざりしている内にも時間は過ぎて、昼になりました。

昼食時はどこでも同じで、人は大なり、小なり、グループを作って昼食を楽しむのですが、魔女には、どんな生きものでも食う時には食う、それぐらいにしか見えませんでした。

食事をしている人間にも、美しさを見ることはありませんでした。

仕方がありません、魔女には心がないのですから。

人は昼食時のひと時を、安らぎに変え、周りの人たちとの心の絆をより強いものにして、お互いを認め合い、喜びを感じるものなのですが、魔女にはそうした美しいものが見えませんでした。

そして、昼にくつろいでいる人間にまた飽きてしまった魔女は、今度は、スポーツが催《もよう》されている場所に来ました。

広い競技場で、陸上競技が催されていました。

魔女は観客席で、選手や観客を見ていました。大勢の観客がいました。選手たちは自分たちの可能性を最大限に発揮していました。

しかし魔女には、全てが気に入りませんでした。競っている選手たちに対して、魔女はこう思っていました。

「あれぐらい！　私なら魔法の杖を使えば、目ではない！」

そして熱狂的に応援している観客たちに対しては、こう思っていました。

「ただやかましいだけの集団だ」

こう思ってしまうと魔女は、全てが嫌になり、見ていることが馬鹿ばかしくなってきました。魔女は競技に熱中している選手たちや、熱狂的に応援している観客たちから、人間の美しさを見ることはなかったのです。

仕方がありません。心がないのですから。

人間は自己の限界を知り、その限界を乗り越えていこうとする努力と、その努力による成長を喜ぶものです。そしてその努力や成長は、見ている者に感動を与えるものです。

そしてその感動は、それを味わっている人々に、自分の内部に眠っている未知の可能性を呼び覚ましてくれます。

自己の限界を知り、その限界を超えていく努力を生きがいにしている人々がいる。そのような人々を見て、感銘を受ける人々がいる。両者に心と心の交流、信頼と助け合いが生まれ、お互いの生き方を尊重し合える時、その心の絆は美しい。

でも魔女には、そうした美しいものを見ることはできなかったのです。

魔女は競技している選手たち、競技場を埋め尽くす観客を見ているうちに、またしても飽きてしまいました。

飽きることは不満と同じです。高価なものを得ることができたとしても、飽きてしまえば、心底心が満たされることはありません。それは得たものに問題があるからだけではなく、心にも問題があるのです。

魔女のように心がなければ、それは仕方のないことなのです。

心がなければ、生きる意味における美しさを見ることはできません。

魔女は人間にはもう、全く興味を抱《いだ》かなくなってしまいました。そして、人間なんかに美しさなど欠片もない、こう決めつけたのです。魔女は人通りの少ない公園まで来ると、ベンチに坐りました。そして目を閉じて考えごとを始めました。

夕暮れにはまだだいぶ時間がありました。

人間にすっかり興味をなくした魔女が最初に考えたことは、あの男の処刑方法でした。

どうすれば楽しく処刑できるかを考えていたのです。魔女にとって、想像できる美しさとは、自分をどれだけたのしませてくれるか、満足させてくれるか、ただそれだけでした。

魔女は日が暮れるまでに帰ることを決意していました。もう人間のことは全く眼中にありませんでした。

しばらく考えごとをしていたのですが、近くで言い争いをしている声に、われに返って目を開けました。見ると、三、四才ぐらいの女の子と二〇代半ばの男女がおり、男女の口喧嘩はだんだんエスカレートしていくように思われました。女性の方が、多くの言葉を吹き矢のように発射していました。

女は男を口汚くののしり続けました。

「あんな女、なんだっていうのよ！　あたしの方があんな女より、ずっと多く、あんたに尽くしてきたわよ、あたしはね、身も心も尽くしてきたわ、あんな女があんたに何したって言うの？　どれだけ尽くしたっていうの？　何もしてないじゃない！　行かないで！　お願い、あんな女のところなんかに行かないで！」

ここまで言うと、女は自分にしがみ付いている女の子の片手を、邪険に振りほどきました。

「うるさいよ、ガキ！」

女は女の子の母親でした。男は女の子の父親ではありませんでした。

男はいかにも迷惑そうな表情で、冷たく言葉を浴びせました。

「その言葉が嫌なんだ、その態度が嫌なんだよ。もううんざりなんだ、おめえみたいな女はよ！」

それを聞いて女は幸せ薄い女に特有な本能をあらわにして、不安が熱い血潮となって全身をかけめぐっているように、

「行っちゃいや！　お願い、行かないで！　あたしはあなたがいないと生きていけないの！　お願い、行かないで！」

男は女の言葉を無視するかのように、背を向けて歩き始めました。

母親に邪険にされた女の子は、地べたに倒れると泣いていたのですが、立ち上がって「ママ、ママー」と叫びながら、呆然と立ちつくしている母親にしがみ付きました。

女は、またわが子を邪険に扱いました。

「何度言ったら解るの！　うるさいガキだよ、全く！　あっち行ってなさい！」

こう言いながらも女は、離れて行く男を見つめていましたが、なおも離れようとしないわが子を、背後から力まかせに片手で抱《かか》え上げると、お尻をパンパンと、力任せにひっぱたきました。

女の子は、両手両足をバタバタとばたつかせながら、「ママー！　ママー！」と大声で泣き叫びます。

そうしながらも女は、離れていく男を見つめていましたが、これ以上離されるともう追い付けないと感じた時に、女の子を放しました。

女の子はそのままばさっと地べたに落ちました。痛さに身じろぎをして、両手両足を伸ばした時、母親は手を放したのでした。その為、女の子は両足を伸ばしたまま、うつぶせで落ち、その衝撃にさらに大声で泣きわめきました。

母親は、それに見向きもせず、男に向かって駈け出しました。振り向こうとするような仕草《しぐさ》は、欠片も見られませんでした。

地べたにうつぶせになって倒れていた女の子は、泣きながらも、なんとか立ち上がり、「ママー！　ママー！」と叫びながら、母親の後を追いかけました。

魔女はその光景を、目を開けてからずっと見ていて、一番悪いのは女だと思いました。

相手が嫌がっているのに、それを無理に押し付けるというのは、ただ嫌らしいことだと思いました。救いようがない程、嫌らしいと感じたのです。

そして小さな女の子が、気の毒で可哀そうになり、女をこらしめようとして立ち上がりました。

女は魔女の側を通りましたが、魔女に気が付かなかったのか、それとも見えなかったのか、他人には関係ない、そんな態度で通り過ぎました。

無視された魔女は腹を立てたと同時に叫びました。

「ちょっと、あんた！」

女は振り向きざまに、怒ったように言いました。

「何よ、何か用？」

女のおうへいな態度に、魔女はさらに腹を立てて言葉を浴びせました。

「あんた、醜《みにく》い女だな！」

女は開き直って、さらにおうへいな態度で言葉を返しました。

「だから何よ！　あんた何よ！」

二人とも二十代半ばぐらいに見えるスマートな女で、いかにも気が強そうな感じでしたが、どちらが凄味があるかといえば、魔女より女の方のようでした。

魔女は女のしつこさに嫌気が差し、わが子に対する態度に腹を立てたのでしたが、それはあまりにも単純な考えかもしれません。

女は男を心底愛していました。心底愛するがゆえに生命《いのち》がけでした。生命がけであるがゆえに身も心も捧げたのです。

彼女はお店を持っていましたが、売り上げのほとんどは、男の手に渡っていました。しかも、男に尽くすぁまりにいい加減な経営で、その店自体、他人の手に渡ろうとしていました。

じっさい、彼女自身のくらしは悲惨なものでした。貧しいだけならまだいいのですが、貧しさを埋めるようなもの、生活苦を忘れさせてくれるようなものにばかり気持ちを向ける暮らしは、悲惨以外の何ものでもありません。それが彼女の家庭でした。

家の中は冷たく、荒れていました。

女の子はやがて五才になろうとしていました。

荒れた家の中の掃除は女の子がしており、母親は散らかすいっぽうでした。アルコールに溺れていました。買いものは女の子がしました。洗濯も女の子がしました。その間、母親は眠っていました。

そんなわが子に、母親は辛く当たりました。

「ガキのくせに、大人ぶるんじゃないよ！」

そんな時、子供は文句一つ言わず耐えていました。

この女に対する、近所の評判はすこぶる悪く、誰も彼女を良く言う人はいませんでした。

女の子は、年齢にしては体が小さく、弱々しく見え、近所の人々の同情を買い、可愛がられていました。しかし誰かが、母親の悪口を言うと、その人に口答えして母を庇いました。

女が愛する男に出会った頃、彼女は幸せで輝いていました。お店の方も順調でした。

心底幸せを感じ、その幸せを誇りに思う時、自分の持っているほとんどの能力を発揮する、彼女はそういう時期にいました。

けれども彼女には一つだけ、悩みがありました。それは娘のことでした。彼が娘を好きになってくれなかったのです。血がつながっていないのだから、仕方ないと思っていました。

子供が血がつながらない為に好かれない、という考えは彼女にとって重荷で、彼を愛しているだけに、そして愛すれば愛する程、子供を負担に感じました。

負担を感じれば感じる程尽くし、尽くせば尽くす程、子供が負担になりました。

こうした堂々めぐりが、出会って一年目ぐらいから始まったのです。

男は出会って以来、一度も働かなかったのですが、彼女は何も言いませんでした。

惚れた弱みで、子持ちという負い目もあり、男の生活費は彼女がみていました。

出会って一年目ぐらいから、彼女の生活は苦しくなりました。店の方も思うようにいかなくなりました。彼女は生活苦に対して、不幸だなどとは思っていず、むしろ、幸せさえ感じていました。自分の愛はいつか報われる、そう信じていたから。

しかし男の方は、彼女が思うようにはなってくれませんでした。

男は最初からお金をせびり、最初はすくないものでしたが、だんだんエスカレートしていきました。そのお金は、お酒とバクチに消えました。

彼女はここまで耐えてきました。幸せになりたかったから。

そして出会って一年半ぐらいから、酒とバクチに女が加わりました。愛人を作ったのです。

そのことを知った女の忍耐はついに切れました。傷つけられた女の誇りが、怒りとなって爆発しました。

この時から、彼女の口から出る言葉のほとんどは、矢のように尖《とが》っていました。

お店の評判が落ちていき、同時に近所の評判も悪くなっていきました。

彼女の、今度こそ幸せになれる、と信じた夢は、二年半目で消えかけようとしていました。

もっと心の温かい、愛情あふれる男に出会ったなら、彼女は幸せになっていたでしょう。

しかし、彼女の心は、男に対する憎しみ、社会や運命に対する恨みなどで一杯でした。

運命に対する感情は人それぞれ違います。

けれども、運命や社会に対する感情がどうであっても、その人が精一杯生きたなら、心を尽くして愛したなら、内面には美しさが残るものです。その美しさは、何ものにも汚されません。ただ憎しみや怒りなどが、鍍金のようにその美しさをおおっているにすぎません。

内面の美しさに、変わりはないのです。

魔女にはこうした美しさ、人間の奥に秘められた美しさを見ることができなかったのです。

仕方がありません。心がないのですから。

魔女は、開き直ったおうへいな態度で自分に突っかかってくる女に、さらに腹を立て、怒りを言葉にしてぶつけました。

「あんた醜いな！　醜い女だよ、あんたは。最低だよ、あんたは！」

その言葉に、女はさげすむように、鼻で笑うように魔女を睨《にら》み付けてから言いました。

「だから何よ！　それがどうした？　あたしが醜い？　それがどうした？　あんたに関係ある？

外野は黙っていて！」

「あんたは何て醜い！　最低の最低だ！　よく生きていられるね、最低の女よ！」

女は急にヒステリックに、腹を抱えるように笑ってから、魔女に言い返しました。

「だからなんなの？　それがどうした？　あんたになんの関係がある？　馬鹿じゃない、あんた？」

その時、女の子がまた泣きながら母親に、すがり付こうとしました。

女は、「うるさい、ガキ！」と言うと、また、わが子を突き放します。

魔女は怒りを込めて、ののしりました。

「あんた本当に醜いね、最低だわ！　あんたは人間として、女として、母親として、最低だ！

あんたは醜いよ、ブタ！」

女は激しい怒りを感じ、魔女を憎しみを込めて睨《にら》み付けるとまくしたてました。

「だから何？　なんなのよ！　馬鹿じゃないの、あんた！　この子は私のものなの、だから何をしてもかまわないの。あんたになんの関係がある？　他人のことはほっといて！　馬鹿なのはあんただよ、ばーか！」

魔女の怒りは頂点まで達し、そのまま爆発しました。

「何だと！　女！　言わしておけば、あばずれ女め！　おめえみたいな醜い女はブタにしてくれるわ、ブタめ！」

こう言うと魔女はポケットから魔法の杖を取り出すと、それを頭上に上げ、「おめえみたいな女はブタにしてやる！」と言いながら振り下ろしました。

と、その時、魔女は女の子が泣きながら立ちあがって、母親にしがみ付こうとするのを見ました。

魔女は、女の子の悲しみを哀れに思い、胸が痛んだので、その分だけ手から力が抜けました。魔法の力が小さくなったため、女はカラスになりました。

魔女は自分の胸の痛みと、女の子の悲しみは同じだと思いました。そして、女の子を哀れに思いました。

かつて魔女は、どんな光景を見ても、哀れみを感じたことは、一度もありませんでした。変化は極めて徐々に、まったく気付かれることなく進行し、突然に表れます。

しかしその変化の種は、必ずどこかにあるのです。魔女にとってその変化は、女の子のことを思うことによって、胸の痛みが他人の悲しみに触れることによって起こったのです。そしてその変化の種は、胸の痛みによってはじけたのです。その種とは魔法の世界で、花束を抱き取った時、魔女の胸に蒔《ま》かれたのでした。

美を感じる意識は、内部と外部の接触です。それは外部の何ものかが、内部の何ものかに語るメッセージなのです。

女の子は、自分の目の前で、突然母親が消えたことに、激しい衝撃を感じ、また自分は見捨てられたと思ったのでしょう、恐怖に顔を歪めて激しく泣きながら、「ママー！　ママー！」と叫んで母親を求めました。

女の子にとって、母親はどんなものとも代えられない、かけがえのない存在だったのです。

子供にとって、親はみんなそうなのです。親はかけがえのない存在なのです。

子供はみんな、内部に美しいものを持っています。その美しいものは、親の愛によって花咲くのです。親の愛を求める子供の美しさは、どんなことがあっても護《まも》られなければなりません。

生命、それは美しいもの、かけがえのないものを愛で結ぶ、唯一のものなのです。

魔女は女の子を哀れに思いました。そしてなぐさめる為に、やさしく言いました。

「お嬢《じょう》ちゃん、お嬢ちゃん、あなたのお母さんはね、悪いお母さんなの。だから私があなたの為にね、お母さんをカラスにしたの。だからもうあなたのお母さんはいなくなったの、良かったね」

魔女の言葉に、女の子はさらに激しく泣いてしまいました。女の子は魔女が言った、「お母さんはいなくなった」という言葉に、自分は見捨てられたと思ったのです。

一方、自分は女の子の為に良いことをしたと思っていた魔女は、女の子がさらに激しく泣き出したのを見て、解らなくなってしまいました。

魔女は、自分は本当に女の子の為になることをしたのだろうか、と思いはじめ、女の子をなぐさめようとしたのですが、どうしていいのか解りませんでした。

心のない人のなぐさめは、時に人を大きく傷つけてなお大きな傷をつくる。どんな人間であれ、人は誰かを頼って生きているのです。一人の人間はかけがえのない存在なのです。一人の人間は唯一の存在なのです。親ならなおさらです。

この地球はいろんなものを持っていますが、一人の人間の代わりを持ってはいないのです。人間とは、どんなものでもおぎなえない程に、尊い存在なのです。

魔女には、こうした尊さを見ることはできなかったのです。

仕方ありません。魔女には心がないのですから。

魔女は女の子をなぐさめたかったのですが、どうすることもできませんでした。

カラスにされた女は、泣いている娘を見て愛しさを覚え、はじめて自分が娘にしたあやまちに気付いたのです。

そしてまた、自分の未熟さにも気付いたのです。彼女は生命にとって何が大切なのか、何が生命を輝かせてくれるものなのか、娘の姿から解ったように思ったのです。

彼女は心から娘にあやまりたい気持ちと、感謝の気持ちで一杯でした。しかし、言葉が出ません。仕方がありません。カラスにされたのですから。言葉が出ない為に、心は痛み続けました。

新たなる自己発見という体験は、自己の確立した意識に対する知性の啓示であり、神秘な未来からの啓示です。それは自己の意識を、神の意志に変える、神秘な啓示なのです。

ほとんど人通りのなかった公園を、女の子を知っている、四十代ぐらいの夫婦が通りました。彼らは女の子が泣いているのを見るとかけ寄り、なぐさめようとしたのです。

「どうしたの、なおちゃん？　どうした？」

と男が女の子に尋ねました。

「どうしたの？　なお子ちゃん、どうしたの？　泣いていちゃ解らないわよ」と女の方が尋ねました。

「ママが、ママがー」と女の子は泣きながら答えました。

「ママがどうしたの？」

「ママがいなくなったの」

「ママがいなくなったの？　そう、じゃあおばちゃんたちが探してあげるからね。泣いちゃいけないよ、さあ、泣かないで」こう言うと女は、女の子にハンカチを差し出しました。

「ママはどこに行ったの？」と男が尋ねました。

「ママはね、ママはさっきまでここにいたの。あのお姉さんが、ママはこのカラスになったんだって言ったの。違うよね、おじちゃん、おばちゃん、ママはどこかにいるよね？」

「そんな馬鹿なことは、この地球では絶対にないよ。そんな馬鹿なことを言う人は信用しちゃ駄目。ママは必ずどこかにいるからね」

その男はやさしく、女の子に言いました。

「そうよなおちゃん、嘘を言う人を信用すると危ないよ。人間は決してカラスなんかにならないから。なおちゃんはママが大好きだもんね、なおちゃんみたいに可愛い子、ママが置いてどこかに行くわけないいじゃない。なおちゃんは本当に可愛いね、おばちゃんね、なおちゃんが大好き。おばちゃんたちと、ママを探しに行こう。ママは必ず見つかるから」

女はやさしく、そう言いました。

この会話に、魔女は腹を立てて呟きました。

「何を！　何を言っていやがる、人間どもめ！　余の力を思い知らせてくれる！」

こう小さく呟いた魔女は、魔法の杖を振って、カラスを元の姿にしたのです。

元の姿に戻された女は、すぐ、魔女に言いました。

「ありがとう！　ありがとう！　あなたのお陰で私は目が覚めました。私は自分がどんなにひどい母親だったか知りました。危うく母としての道を踏み外すところでした。本当にありがとう！」

こう言うと彼女は、魔女に頭を下げました。

それから娘のところに歩み寄ると、抱きしめて、そしてこう言いました。

「ごめんね、ごめんね、なお。ママは悪い母でした。本当にごめん、ママを許して！」

女の子の母親は、魔女にカラスにされてはじめて、娘の存在の大切さを知ったのでした。彼女は自分が母親として娘にやったことと、母親として娘にしてやれなかったことに気付いたのです。彼女は母として、娘に対する義務と責任、そして母としての有るべき姿に気付き、希望を見い出したのです。

彼女は涙をこぼしながら、娘を強く抱きしめていました。

彼女の心には、明るい希望が宿っていたのです。

生命の美しさは、自分のことだけを考えている時には、見えないのです。

彼女はそのことを、娘から教わりました。

一方、魔女は抱き合っている母娘を見つめていました。

そして魔女にも大きな変化が訪れていたのです。

魔女は、カラスにした女を元に戻した時、最初に聞いた、二度のありがとうの言葉に、あっけに取られていたのです。

魔女は、自分は女に憎まれることはあっても、まさか、ありがとう、と感謝されるとは思ってもいませんでした。

女に対して、何の期待もしていなかっただけに、人間の存在や、その美しさに対して、たかをくくって、鼻で笑って馬鹿にしていただけに、女の感謝の言葉は、大きな衝撃だったのです。

そして魔女には、女が輝いて見えました。抱き合っている母娘を見つめているうちに、だんだん胸が熱くなってくるのを感じました。そしてその熱さは、自分ではどうにも否定することができませんでした。

女の感謝の言葉と、内部からにじみ出た、真心のこもった、まばゆい程に輝く美しい女の表情が、魔女を変えたのでした。

そして、胸のあの痛みが、だんだん、熱くなっていきました。魔女は胸が熱くなればなる程、抱き合っている母娘が輝いているように見え、そこに人間の美しさを見たのです。それに抵抗できなかったのです。

ついに魔女は、胸の熱さに耐えきれなくなって、無意識に両手で胸をおさえ、こう呟きました。

「人間の美しさとは、こうも熱いものか！」

ついに魔女は、どんなに否定しても否定できない、人間の美しさを母娘の姿に見たのです。そしてまた魔女は、無意識に、こう呟いたのです。

「人間は、人間は、確かに美しい！」

こう呟いた時、魔法のジュウタンが現れ、魔女を乗せて、魔法の世界に連れて行きました。

魔女の表情は、神秘で大きな変化にともなう胸の痛みを感じながらも、内部に生まれた何かで、美しく輝いているように見えました。

三、ふたたび魔法の世界

魔法の世界の、途方もなく高い山。そのふもとにある洞窟の入口から、魔女はとぼとぼ、歩いて出てきました。

入口から、前方の広場までは、やや下り坂になっていたので、歩き辛かったかもしれません。

魔女はうつむき加減に歩いていました。

しかし、魔女がうつむいて歩いていたのは、下り坂を歩いていたからではなかったのです。

魔女はあきらかに、何か大切なもの、大切な誰かを失った時のような、寂しそうで、わびしそうな表情をしています。ぬけがらになったようで、あきらかにうつろな表情をしています。

魔女は胸を痛めていたのです。

魔女は今までの自分と、地球で見た人間の美しさを比較していたのです。そして人間の美しさを認めると、自分の過去が醜く思えたのです。自分の過去を正しいと認めると、人間の美しさを否定しなければなりません。

しかし、魔女には、人間の美しさをどうしても、否定できなかったのです。そして考えるほど、人間の美しさの輝きが、増していくのを感じていました。

同時に、自分の過去が、醜くなっていくのも感じていました。そしてその醜さが罪悪感を生み、魔女の胸でうずいていたのです。

その痛さは、人間の美しさを認めれば認める程、増していきます。

魔女の歩みは、目標のない、まるで夢遊病者のようです。

魔女の手には、黄金色の魔法の杖が握られています。それは、地球ではポケットの中に入るぐらいでしたが、今は魔女の腕の長さぐらいあります。

魔女はうつろな表情で、十字架にはりつけられた男の、十数メートルぐらい前まで歩いて行くと、そこで立ち止まりました。そして男を見つめたのです。

魔女の頭上には、夜空を飾る星々のように、いろんな色のイルミネーションが輝き、洞窟の前の広場を照らしていました。

そしてその光の中を、いろんな花々が、舞っていました。

魔女が男の前で立ち止まった時、天上から、天使のように澄んだ声が響いてきました。

みずからのあやまちに懺悔《ざんげ》する者は幸い、
その胸の痛みは救いなのです。
涙こそ、愛によって輝く宝もの、
懺悔する胸の痛みは、
祈りと愛に捧げる魂、

祈りによって、希望によって、
愛によって輝く魂。
真実を知ると自分から何かが消える、
大いなる神のこよなき愛は、
きよき心が寄り処《どころ》
良き意思は心なり、
汝《なんじ》の心求める者、
・愛と祝福の喜び教えたまわれ。
みずからのあやまちゆえの、
懺悔の痛みに涙する者、幸いなるかな、
生命《いのち》のきわみなき美しさを見るだろう。
懺悔に胸を痛める者、
生命のきわみなき美しさを見るなら幸いなり。

魔女は頭上から響いてくる声を聞くと、無意識に呟きました。

「本当ね、なんて素敵な言葉でしょう！」

こう呟くと、魔法の杖を放し、その瞬間、魔女の顔は、生気をおびてきました。

魔女が魔法の杖を放したのは、重かったからではありません。疲れていたからでもありません。何の価値もない、棒きれのように思えたからです。

魔女の頭には、魔法の杖のことは、全くなかったのです。

それは魔女にとって、魔法の世界の全権を失うことを意味しているのです。魔法の杖を持っている者は、魔法の世界の全権を握ることができたのですから。

魔女は、落とした魔法の杖を見ようとも、拾おうともしませんでした。

魔女は、純白の、ワンピースのドレスを着て純白の帯を巻いていました。

十字架にはりつけられた男を見つめていた魔女は、男に向かってまた歩きはじめました。

ためらいと恥じらいを胸に、はっきりとした目標に向かっていくような、今にも咲きそうな花のつぼみのような、秘めやかな可憐さが感じられました。

魔女は男の数歩手前まできた時、一旦立ち止まって呟くように言いました。

「あなたが言った通り、人間は、人間は確かに美しかった」

そしてまた、魔女は男に歩み寄りました。

目の前まできた時、魔女は恥じらうように男を見つめ、呟くように言いました。

「ごめんなさい。本当にごめんなさいね。あなたにこんな仕打ちをして、本当にごめんなさい」

そして、男を十字架にしばり付けている縄を、解きはじめました。

縄を解くと、魔女は男を見つめて言いました。

「ごめんなさいね、本当にごめんなさい。私はあなたに申し訳ないことをしました。本当にごめんなさい」

こう言うと、魔女は男に頭を下げて続けました。

「あなたがおっしゃった通り、人間は確かに美しかった。あなたの勝ちです。さあ、私を好きなようにして下さい。私の負けです」

魔女に縄を解かれた男は穏やかな表情で、明るい笑顔を浮かべながら、魔女を見つめて言いました。

「あなたは負けたんじゃない、勝ったんだ。人間の美しさを知ったあなたは勝ったんだ。君こそ、僕に罰を与えることができる」

男は十字架にはりつけられている間、卑屈な考えは持っていませんでした。おびえてもいなかったのです。

ただ、希望を持って祈っていました。魔女が人間の美しさにめぐり会えることを。それは自分の為ではなく、魔女の為に。

魔女が縄を解く間、男は愚痴《ぐち》や怒りの言葉は一言も言いませんでした。ただ、信頼に満ちた表情で、魔女を見つめていました。

男の言葉に、魔女は哀愁と、あっけにとられたような驚きの、二つの感情を思わせるような表情で言いました。

「私にあなたを罰せよ、と言うのですか？　むごいこと言わないで、あなたは勝ったの」

男は、魔女を見つめて言いました。

「今のあなたはきれいだ！」

魔女ははにかむような、明るい笑顔を浮かべました。

「私のあやまちを許してくれるの？　ありがとう！　あなたこそ美しいわ、人間は本当に美しい！」

その時、魔女の頭上高くから、野太い、嗄《しゃが》れた怒りに満ちた声が響いた。

「ガラよ、何を血迷っているんだ？　お前は！　今、お前が言った言葉は、魔法界では絶対禁句の言葉だぞ！　解っているのか、お前は？　さあ、魔法の杖を取れ、取るんだ！」

そしてまた別の声、天使のように澄んだ声が、響き渡ってきました。

こころざしもて、こころざしもて、良きこころざしを。
良きこころざしは心なのです、
心ある限り、その存在は花なのです。
きよき望みに宿るのは、心の美しさ、
きよき望みは愛と祝福の泉、
きよき望みは、未来から生きる方向を示す明かり、

きよき望みは、心をはこぶ舟、
さあ、勇気を持って叫びましょう。
『美しさに向かって、友情に向かって、愛に向かって、生きている者は全て美しい』と。
胸を痛めた者だけが、極みなきいのちの美しさを求める、
良きこころざしがわきいずる泉のありかを知るのです。
勇気は美しさに価するもの、祝福に価するもの。
あなたが出会う人は、あなたを写す鏡なのです。
花か、雑草か、それはあなたの判断次第なのです。
心はあなたの友です、
美しい心、希望を宿す心、愛に生きる心は、美しいのです。
懺悔の涙をこぼす心は、美しきかな、
極みなき美しさの泉に宿り、
祈りと祝福、愛は、
花となる、心となる。

魔女に、魔法の杖を取れ、と命令したのは魔女の祖先だったのです。
魔女は祖先の命令と、天使のように澄んだ声を比較しましたが、比較すればする程、澄んだ声

の言葉の方が、真実性があるように思えたのです。そしてそれは、どんなことがあっても、否定できないと感じていたのです。

魔女は、自分はもう、迷うことはないと、はっきり感じていました。

天使のように澄んだ声が響き止むと、今まで宙を舞っていた花々の一部が、花束となって、魔女の前に、ゆっくり舞い落ちました。

魔女はその花束を、両手を差し伸べて、抱き止めました。

そして、まばゆい程美しく、輝いた表情を見せ、無意識に、こう呟いたのです。

「何て美しいお花でしょう！」

この時、はげしい稲妻が走りました。

魔女の呟きを聞いた魔女の祖先は、野太く、嗄れた、怒りに満ちた声を轟かせました。

「ガラよ、何を血迷っている？　お前は！　その花束は捨てろ！　投げ捨てろ！　地べたにたたき付けて踏んじまえ！　そして魔法の杖を取れ！　取るんだ！」

魔女は祖先の声には耳も貸さず、男を見つめていました。そして稲妻の光で、男の姿をはっきりと目にしました。

男は魔女が地球に行って、十字架にはりつけにされている間中、風がまき起こした埃《ほこり》にさらされて、真っ黒になっていたのです。

魔女は、恋は盲目、あばたもえくぼ、に似た不思議なめがねで男を見つめていたため、まったく汚れに気がつきませんでした。

そして人間の美しさと、自分の過去の醜さを認めた意識による胸の痛みゆえに、男の姿をはっきりと見ることができなかったのです。

魔女は、男が可哀そうに思えて尋ねました。

「どうしたの、その姿は？」

「あなたが地球に行っている間、僕は埃《ほこり》攻《ぜ》めだ。あなたの帰りが遅かったら、僕は埃に埋《う》もれていたよ」

魔女は申し訳なさそうに、男を見つめて言いました。

「まぁ！　何てことでしょう！　ごめんなさいね」

「いいんだ、そんなこと。それより、その花束重くないかい？」

男は魔女の思いをよそに、穏やかな声で尋ねました。

魔女は花束を見つめ、まばゆいような、恥らっているような表情を顔に浮かべながら、答えました。

「いいえ、そんなことないわ。こんなにきれいなんですもの。それより」

魔女はここまで言うと、ドレスの裾を片手でたぐり上げながら、それで男の顔を拭こうとして、一歩前に進み出ました。

その時、風が吹き荒れ嵐となり、途方もなく高い山全体が揺《ゆ》れました。そしてもの凄い音を立てて、雷が轟き渡りました。

魔女が落とした魔法の杖が、風に舞いました。

そして二人の頭上高くから、魔女の祖先の野太い、嗄れた声が轟いたのです。

「その花束は捨てろ！　そして魔法の杖をつかみ取れ！　取るんだ！」

その声の響きは、まるで山の上から落ちてくる岩のようでしたが、魔女は花束を放うとはせず、杖を取るような仕草も見せませんでした。

男はすぐに魔女に歩み寄り、嵐から守ろうとするように自分の胸に、強く抱きしめたのです。そして自分の着ている埃だらけの上着で、魔女をおおいました。

嵐はしばらく続きました。

二人は立ったまま、嵐にさらされていました。風は、右から吹けばすぐ様左から吹き、左からと思えばすぐ上から下に吹き、それから下からうえに吹き上げ、縦横《じゅうおう》無尽に、好き勝手に、吹きまくっていました。

まるで誰かが操っているような、あるいは風自身に意志があるように、二人に意地悪く、苛めるみたいに暴れまわっていました。

その為に二人は、身動きができなかったのです。

意地悪く暴れまわっていた風は、突然一方から二人をめがけて吹きまくりました。

二人はそのうちあまりの風の強さに立っていることができず、しゃがみ込んでしまいました。

しばらくそうしていましたが、やがて男は腹立たし気に呟きました。

「何なんだ、この風は？　まるで僕たち二人を苛めているみたいじゃないか！」

男の言葉に、魔女は申し訳なさそうに言いました。

「これが魔法界の威厳《いげん》に背く者への警告なの。命令にそむくとどうなるのかへのみせしめなの」

「どうにかならないのか？」

「魔法の杖がないと、私にはどうにもならないの。ごめんなさい、私の為に」

男は黙ってしまいました。魔女も何も言いませんでした。

風はなお、四方から吹きまくっています。

しばらくすると、二人の頭上高くから、野太く、嗄れた声が轟きました。

「ガラよ、これが最後の警告だ！　魔法の杖を取れ！　取るんだ！」

その声で、魔女は、男の上着の中から立ち上がろうとした。

男は身動きせず、腹に力を込めて叫んだ。

「動くな！」

「でも！」

「いいんだ、動くな！」

風はなお、縦横無尽に、好き勝手に暴れまわりました。

しゃがんでいるのも困難になった二人が立とうとしたその時、男は風に上着を引きちぎられ、ほとんど形もなく吹き飛ばされてしまいました。そして、魔女のドレスも多くを破られ、胸のあちこちは引きちぎられてしまいました。

花束を吹き飛ばされた魔女は、胸に悲しみを感じていました。

立ち上がった二人は右にも左にも動けずに、嵐の中で、無我夢中で抱き合っていました。

そこに大雨が降りはじめました。

二人は抱き合ったまま、風雨に打たれて、立っていました。

着ているものを破られながらも抱き合っている二人は、なおしばらく動けませんでした。

不思議なことに、二人の頭上で宙を舞っていた花々は、風雨の影響を何一つ受けていませんでした。風雨が花々を避《さ》けているのか、花々が風雨を避《よ》けているのか、花々は自由に舞っています。

もしかしたらその風雨は、弱い者苛めをする弱虫風雨なのか、あるいは強い者には尻尾《しっぽ》を振るような意気地なし風雨なのか、はたまたずるがしこい、虎の威を借る孤風雨なのかは解りませんが、花々には何の影響も与えることはできなかったのです。

にせものが本ものの前で、うつろに彷徨っているように。

風雨はなお意地悪く、気ままに、好き勝手に暴れまわっている中、ついに魔女は、泣き叫ぶような声で呟きました。

「もう、駄目！」

男は頑とした態度で抱きしめると、言いました。

「動くんじゃない！」
しばらくして、二人の頭上で宙を舞っていた花々が、一斉に、まばゆい程の光を発したのです。同時に風雨はとまり、嵐はぴたっと止みました。同時に、二人の頭上高くから、天使のように澄んだ声が響き渡りました。
にせものが本ものを消した、
残ったものは本もの。
真実は永久のもの、
にせものは消したら消える、
真実は消しても残る。
真実なるものは汝のうちにある、
外部にある真実は、内部を写した真実、
外部の全ては内部に写る、
内部の全ては外部に写る。
真実は美しきもの、
美しきものは愛を秘めたもの、
迷うなかれ！

真実は愛を写すもの。

頭上からその声を聞いた二人は、われに返って離れました。

そして、見つめ合いました。

二人とも頭からずぶ濡れで、着ているものはあちこち引きちぎられ、男は上半身は裸状態、魔女はドレスの前は大きく破れ、胸の部分はあちこちちぎれて胸も露《あらわ》になっていました。

魔女を見つめている男は、その姿を見て、哀れさよりも、何かを求めようとする態度の真剣さ、美しさを感じ、惹《ひ》かれていました。そしてその求めるものは、必ずや美しいであろうという確信に、喜びを感じていました。

一方、魔女は、ハッとしたように自分の露な胸を見つめ、恥ずかしそうに、両手で乳房を押さえながら、呟きました。

「恥ずかしい！」

それからうつむき加減に、「見ないで！」こう呟くと、魔女は男の胸に、飛びつくように抱き着きました。美しく変化していく自分を意識し、胸が熱くなっていくのを感じていました。胸の痛みも感じていました。

抱き合っている二人の頭上高くから、天使のような澄んだ声が、また響き渡りました。

愛のうたを歌う喜びは花、
真実の上に輝くのも花、
花とともにあるものは愛、
悲しみの中でも花は咲く。
いつわりなきものを求めるのはみな同じなのです。
胸を痛めている者が求めたものに、
愛よ、啓示を表せ。
花はあるがまま、いのちもあるがまま、
そは神の創造物なのです。
光がみちびく真実は、
極《きわ》みなき愛の中で輝くのです。
その輝きはいのちを美しくする光、
その光は神の愛への感謝の表れ。
いのちある者、幸いなるかな、
神の愛は、いのちの内部にありて、
汝のうちで輝けり。
いのちの花を咲かせる喜び、

生きる喜び知る者は幸い。
愛にみちびかれる喜び知る者、
愛の喜びのうたを歌え、
美しき花のままに！

その声に、二人は何か満足するようなものを感じていました。

そして魔女は、男に抱き着いたまま、澄んだ、穏やかな声で言いました。

「身に染みる温かい言葉ね、何だか自分が美しくなったみたい」

魔女は、男から身を離し、胸を両手で押さえ、数歩退きました。

魔女は美しく変わっていこうとする自分への喜びと、露な姿を見られていることの恥ずかしさを感じながら、幸福に満ちた輝くような表情で、男を見つめていました。

男はそんな魔女の表情に魅了されて、自分が魔女の胸の中に溶けて入ってしまうのではないかと思うような気持ちで、魔女を見つめていました。

しばらくすると、魔女の手から吹き飛ばされた花束が、舞いながら二人の間までくると、宙で止まりました。そして止まると同時にまばゆい程の光を発したのです。

その光で、二人にはまわりが見えなくなりました。

程なく光は弱まり、二人は互いを見合い、そして自分の姿を見ていました。

魔女は純白のドレスに、花束を抱いていました。

男はズボンに上着を着ていました。二人とも元の姿になっていました。

ただ、幸せに満ちた幸福感を胸に抱いている男に対して、魔女は自分が美しく変わったという実感的な嬉しさだけでなく、胸に痛みも感じていました。

男は、笑顔を浮かべながら言いました。

「君はきれいだよ。どう、その花束は重たい?」

魔女は淑《しと》やかで、優雅な表情を浮かべながら答えました。

「ありがとう! ぜんぜん重たくないわ、こんなにきれいなんですもの」

「その花束がきれいに見えるのは、君の心が美しいからだよ」

男の言葉に、魔女は首を小さく横に振ると静かに言いました。

「胸が痛いの、私には心がないんだわ」

「そんなことない、君には心があるよ」

男はこう言うと、魔女に歩み寄り、肩に両手をそっと乗せました。

魔女は、恥じらいを胸に憂《うれ》えた表情で、悲しそうに呟きました。

「自信がないの」

男は黙って、そっと魔女を抱き寄せました。

魔女は男に抱き寄せられると、胸に頭を着けて、小さく呟きました。

「自信がないの、胸が痛いから」

男は何も言わず、魔女を抱きしめている腕に、少しだけ力を込めました。

しばらくして魔女は、男の胸に頭を着けたまま、小さく呟きました。

「あなたにお願いがあるんだけど」

「何？」

魔女は男を見つめ、真剣な表情で、哀願するみたいに言いました。

「くちづけが欲しいの。私にくちづけして。心が欲しいの。私の胸の痛みが喜びに変わったなら、私には心があるって確信できるわ。だから、お願い、くちづけして！」

男は黙って魔女を見つめました。

しばらく見つめ合うと、魔女は目を閉じました。

男は魔女のくちびるに、くちびるを押しあてました。

二人は身動きもせず、立っていました。

溶け合って、一つの石像になったように、時の流れを止めて、立っているように見えました。

魔女の目から涙がこぼれ、男はその涙を見て、胸が熱くなるのを感じながら、時の流れと、魔女の胸の中に同時に溶け込んでいくように感じて動けませんでした。

その喜びは、何ものとも代え難いような、自分の全てを犠牲にしてもいいようなものであると男は感じていました。

魔女は、男のくちびるが触れてから、胸の痛みが消えていくのを感じました。そしてだんだん、胸が熱くなっていったのです。その熱さが、胸の中のすみずみにまで広がっていくのを感じました。その時、涙があふれたのです。そして時の流れに身をまかせ、美しく変化していくことに身をまかせ、動くことができなかったのです。

時の流れが、思想や心を美しく変えていくには、心と心の触れ合い、心と神の触れ合いがなければ起こりえません。それは自己の意志を越えたものだからなのです。

自己の意志を越えてもなお、心が美しくなっていくのは、いのちの深いところに、明かりを灯す愛があるからなのです。

自らの意志を越えて、美しく変化（成長）していくことに喜びを感じる時、その変化（成長）は、完全に自己の意志を越えているものです。それは神の意志なのです。神秘な奇跡でもあります。

魔女は自分の中で、自分の意志を越えて、自身が美しく変化（成長）していく何かを感じていました。そしてその変化に、だんだん、だんだん、喜びが増していくのを感じていました。

胸の痛みが消えて胸が熱くなるのを感じ、そして次第に喜びに変わっていくのを、魔女は感じていました。

二人はくちびるを合わせたまま、動こうとはしませんでした。

やがて、魔女が抱いていて二人に挟《はさ》まれた花束は、二人の間から、まるで意志があるように抜け出ると、宙を舞いはじめました。そして光を発し、なおも、宙を舞い続けました。

二人は花束が抜け出たことも、花束が光を発したことにも気付きませんでした。

二人の内部は満たされていたのです。

変化は何かを求めることです。変化を続ける限り、何かを求めているのです。

成長は何かを得たのです。それは、喜びです。

変化と成長は人間性を育てます。そこに花が咲いた時、その美しさに、人は時に、われを忘れ、まわりの世界を忘れます。

美の追求に対する、自己の変化は、そしてそれに伴う喜びは、何ものにも代え難いものです。それが生きがいと感じる時、まわりの世界を忘れます。

無限に対して、最終到達はありません。しかし、心と心が触れ合って喜び合える時、そこに『これで十分です』という、最終到達感が生まれます。

けれどもそれは、心が無限だからであって、有限だからではないのです。

美を求める変化への喜びは、無限だからこそ〝これで十分〟という最終到達感があるのです。いのちの極みにひそむ美しさに、限りはないのです。しかし、心は満たされます。それは愛がもたらす、神秘な奇跡なのです。

二人はなお、くちびるを合わせて立っていました。

やがて魔女は目をあけました。その目に、涙はこぼれていませんでした。

喜びに満たされた心に涙は消えた、などと考えてはいけません。心は喜びが主役なのであって、涙が主役ではないのですから。

魔女の胸は、喜びで満たされていました。

はじめの胸の痛みが消えて熱くなり、その熱さが次第に喜びに変わっていきました。そしてやがて、喜びで心が満たされたのです。

心が喜びで満たされる、それは心が無限だからであって、決して有限だからではないのです。

もし心が有限であるなら、喜びは淡いものでしょう。心は無限だからこそ、充実した喜びを味わうのです。

しかしそれは、一人では味わえません。心と心が触れ合うことがない限り、何ものにも代えられない、生きがいを感じさせるような喜びは味わえないでしょう。

目をあけた魔女は、涙をこぼしてはいませんでしたが、胸は、喜びで満たされていました。

魔女は、自分はもう十分喜びを味わった、いや、十二分に味わった、そう感じた時そして自分には心がある、そう確信できた時、目をあけたのです。

目をあけると、男からくちびるを離しました。

そして抱き合ったまま、男を見つめました。

魔女は、まばゆい程に輝くほほえみを浮かべていました。

男は愛に対して真摯で、大きな包容力を持った、穏やかな表情をしていました。

二人の目は、きらきら輝いているように見えました。そしてその目の奥には、神聖な煌めきと、勝利（確信）と、希望と、愛で燃える何かがうかがわれました。

「ありがとう、あなたのお陰よ。あなたのお陰で、私には心があるって確信できるわ、本当にありがとう！」

と魔女は、はにかむように静かに言いました。

男は魔女を見つめながら、雄大さと優雅を合わせ持った笑顔を浮かべながら、静かに言いました。

「きれいだ、本当にきれいだ。僕の心がとろけて、君の心の中に入って行きそうだ」

愛が心の深みに宿りて、いのちを美しくしてくれるなら、愛を与えた者も、受けた者も幸いでしょう。

愛、それがみずからを捧げることを喜びとするのなら、いのちの極みの美しさは、無限の美しさを秘めているでしょう。

愛、それが心を極みまで美しくしてくれるものであるなら、愛は人間のいのちを支えるものの中で、最も神聖なものでしょう。

求めて得た愛は尊い。

しかし、求めずに与えられた愛は、なお尊い。

愛とは、みずからのいのちの内部に咲いた花です。

心は愛によって生きています。

愛、それはいのちの内部で、美へと成長している花です。

魔女は、美しく煌めくような、ほほえみを浮かべながら、男を見つめて言いました。

「嬉しいこと言ってくれるのね、信じていいのかしら？」

男は笑顔をたやさずに言いました。

「迷惑かね？」

「いいえ」

「信じてもらえると嬉しいよ。僕の心はとろけて、君の心の中に入りたいって言っている、それができたらどんなに幸せだろうって」

「ありがとう！　そうしていただけるなら、嬉しいわ」

心は一人でも成長するかもしれません。しかし誰かの支えがないと、目標まではなかなかたどり着けません。胸が痛むのは、大切なものが壊れかけているからです。

心という花を開かせるには、誰かの愛が必要なのです。

男は黙って、魔女の頭に両手をまわして、そっと抱き寄せ、しばらくして、穏やかな声で言いました。

「地球に行かない？」

魔女は言葉では返事をしませんでしたが、男の胸に顔を埋めたまま、首をたてに振ることで返事をしました。

その時、二人の頭上高くから、野太く、嗄れた、しかし怒りのない声が轟きました。

「ガラよ、悪いことは言わん、地球には行くな。地球はほんの一瞬だ。たとえどんなに長く生きても、せいぜい、五十年か、百年ぐらいのもんだ。たった五十年か、百年ぐらいでここの永遠を犠牲にすることもあるまい。悪いことは言わん、ここに残れ！　お前は有能だ。今、この魔法界を支配できる者はお前しかおらん、ここに残るんだ！」

魔女は祖先の言葉に、男の胸から頭をもたげました。

その時、光を発しながら宙を舞っていた花束が、二人の側に舞い降りると、いちだんとまばゆい程の光を発し、鏡に変わりました。

それは、二人の背たけよりやや小さめで、横に長い鏡でした。鏡は、抱き合って立っている二人を写していました。

二人はその鏡の中の、自分の顔を、そしてお互いの顔を見合っていました。

そして自分たちの表情に、お互いの表情に、心の安らぎ、喜び、希望、美しい存在性、それらを自分たちが持っていることへの、充実感などを感じていました。

自分が持っているもので、相手を幸せにすることができる、何かを感じて、心が満たされたような、喜び色と、幸せ色の充実感を味わっていました。

二人は身動きせず、側にあった鏡を見つめていました。

すると、不思議や不思議、二人を写していたその鏡は、二人を写したまま、ある光景を写しはじめたのです。その光景は、二人の周りのものではなく、二つの村の生活のようすを写した生活の気配を感じさせるものでした。

二人は離れてその光景を見つめていましたが、しばらくすると魔女は、鏡から視線をはずすと、男を見つめながら、哀れむように言いました。

「可哀そう、あの人たち！」

男は悟すような、穏やかな表情で、魔女に言いました。

「そうかな？　そうじゃないと思うよ、行ってみようよ、あそこまで」

魔女は黙ってうなずきました。それから頭上をあおぎ見て、こう言いました。

「ごめんなさい、先祖さま。私は地球に行きます。この男と一緒に地球に行きます」

頭上高くから、魔女の祖先の声が、諭すように響きました。

「悪いことは言わん、よく考えるんだ。地球に行ったからといって、お前さんが求めるものが必ずあるとは限らん。地球にあるのは瞬間と、瞬間を支えるものだけだ。魔法界の永遠を捨ててまで、求める価値は瞬間にはない。決してお前さんが望むものは地球にはない、考え直せ！　ガラよ、瞬間が永遠を上まわることはない、考え直せ！」

ふたたび魔女は、頭上をあおぎ見ました。そして確信に満ちた、穏やかな調子で言いました。

「先祖さま、ごめんなさい。私は地球に行きます。地球には、私の望むものがなく、極めて短い瞬間かもしれません。でもどんなに短い瞬間でも、私は美しく生きます。短い瞬間であればある程、美しく生きていきます。満たされない永遠の時間より、私は満たされた、美しい瞬間の中で生きたいんです。私に対する運命がどうであれ、私の心が美しく輝くなら、私はそれでいいの。私が求めるものは、私の心が美しく輝くことなの、私はこの男と、地球に行きます。ごめんなさい」

魔女の祖先の言葉が、頭上高くから諭すようにまた響きました。

「ガラよ、よく考えろ。お前さんはここを出ると、もう二度とここにはこれない。たった一度のあやまちで全てを失うのは辞めろ！　あやまちは許される間にあらためることだ。許されなくなったら最後だ、よく考えるんだ！」

魔女は自分のこころざしを伝える為に、頭上をあおぎ見ながらはっきりと、勇気をもって、言いました。

「先祖さま、私は満たされない永遠の時間より、満たされた瞬間の美しさを選びます。私のこの気持ちは、心を宿したことがなければ解りますまい。私の心が、私に言うの。心の美しさに向かって、友情に向かって、愛に向かって生きている者は全て美しい、勇気をもって、こう叫べって言うの。私はこの言葉が真実だと思うの。だから私は勇気をもって叫ぶわ、『心の美しさに向かって、友情に向かって、愛に向かって生きている者は全て美しい！』」

頭上高くから、祖先の怒りに満ちた声が轟きました。

「おろか者め！　あれ程言ったではないか。その言葉は、魔法界では絶対禁句の言葉だと！　お前がそれ程おろかだとは知らなかった。許されないあやまちは、常に消滅だ。おろか者め！」

怒りの声が轟き終わると同時に、二人の立っている大地が揺れはじめました。そして途方もなく高い山の全体が揺れはじめました。

やがてその山は大爆発を起こし、火山のように、溶岩が吹き上がりました。

二人が隠れられそうな場所は、周辺にはほとんどないように思われました。ただ一つだけ、この場所から逃げ出せる方法はありました。それは山のふもとの洞窟が、爆発してくずれ落ちる前に、そのはるか向こう側に出ることでした。けれどもそれはほとんど不可能でした。

魔法のジュウタンがあれば、どうにでもできましたが、魔法の杖を失った魔女に、どうする術もありませんでした。

大地が揺れはじめると、男はすぐ魔女の手をつかみました。そして、うろたえることも取り乱すこともありませんでしたが、せまりくる生命の危機に対する恐怖感から、かなり慌てたような言葉遣いで叫びました。

「何だ、これは？　一体どうしたんだ？　どこに行けばいい？　隠れ場所はないのか、逃げ場所は？」

魔女は申し訳なさそうに、今にも泣きそうな声で言いました。

「私の為に、ごめんなさい。私にはどうしようもないの、魔法の杖がなければどうしようもないの。あなたは逃げて、どこか安全な場所に逃げて。これは私に対する罰なの。だから、私からできるだけ離れたら、そこが一番安全な場所なの。だからお願い、早く逃げて！」

「できないよ、そんなこと！　君だけ残して、どうして僕だけ逃げられる？　逃げる時は一緒だ！」と男は、少々乱暴気味でしたが、怒りとやさしさを込めて、魔女の手をつかんだまま続けました。

「さあ、逃げるんだ！」

「駄目！　一人で逃げて！　私と一緒なら、あなたが危ない。吹き飛んでくる岩は、私をめがけて飛んでくるの、だからあなた一人逃げて！」

「駄目だ、一緒に逃げるんだ！」

「駄目よ！」

地響きは、さらに激しくなりました。

大爆発は二人にとって、救いだったのかもしれません。破壊力があまりに大きい為に、吹き飛ばされた岩は、二人のいる場所を越えて、まだ落ちてはきませんでした。

そしてそれまで宙を舞い続けていた花々が、光を発しながら、二人と鏡の間に、ゆっくり舞い降りてきました。それらが地面に触れようとした時、いっせいにまばゆい程の、光を発したのです。そして素早く、ジュウタンに変化したのです。そのジュウタンのまん中に、虹のような色で、〝理想を適えるジュウタン〟と書かれていました。その文字のまわりを囲むように、いろんな花々が咲いていました。

地響きはなお、激しくなりました。

吹き上げられた岩が、二人のまわりのあちこちに落ちはじめました。

男は差しせまる危険を感じながら、魔女の手をつかんだまま、勇気を出して叫びました。

「さあ、早く！　ジュウタンに乗れ！　早く！」

「駄目！　一人で逃げて！　私と一緒だと、あなたが危ない！」

二人のまわりに、吹き上げられて落ちてくる岩が、おびただしく増えました。そして溶岩が二人の近くまで、流れてきました。大地の揺れは、益々大きくなっていくようでした。

男はさらなる危険に恐怖を感じ、祈りと哀願に満ちた叫び声を、発しました。

「早く乗るんだ！　早く！　一緒に逃げるんだ」

魔女はなお、悲哀に満ちた言葉で抵抗しました。

「駄目よ！　駄目！　一人で逃げて！」

「できないよ、そんなこと！　一緒に逃げるんだ！」

「駄目！」

とうとう、男は最後の手段に出ました。

どんなに頼んでも、頑として聞き入れようとしない魔女を男は強引に引き寄せると、素早く抱え上げ、いっしょにジュウタンに乗りました。

魔女は悲しそうな表情で、詫びるように呟いた。

「駄目！　私と一緒じゃ、あなたが危ない！　あなたにもしものことがあったら私……」

「一緒に逃げるんだ！　最後まであきらめちゃいけない！」

力強い言葉で男はこう言うと、魔女を抱きかかえている腕に、力を込めました。そして、力強く叫びました。

「さあ、理想を適えるジュウタンよ、僕たちを助けておくれ！」

男が言い終わると同時に、理想を適えるジュウタンは宙に浮きました。

魔女を見つめている男の表情には、真剣さの中に、信頼と安らぎ、心の美しさと誇りのようなものが感じられました。

抱きかかえられながら、男を見つめている魔女の表情は、申し訳なさと、信頼、喜びの中に、まばゆい美しさが感じられました。

ジュウタンは、浮くと同時に動きはじめていました。そして不思議や不思議、鏡の中に吸い込まれるように消えました。

二人は大爆発や溶岩がせまる、恐怖に満ちた魔法界から奇跡的に無傷で救われました。

不思議な鏡の中に吸い込まれようとした時、二人は、不思議な鏡の表面に、浮かび上がった文字を見ました。

一人の世界は小さくても
二人の世界は大きい
心が美しければ
しあわせへの道の門は
狭き門も広き門となる

二人が見た、不思議な鏡に写った光景とは、小高い丘と、ふもとの低い方に、それぞれある小さな村でした。

小高い丘の村は、ほほえみ村といい、ふもとの村は、悲しみ村といいました。

魔女が、可哀そう、あの人たち！　と哀れむように言ったのは、悲しみ村を見たからでした。

魔女が魔法の霧に命令して写させた幻想と、不思議な鏡に写った光景は、対照的でした。

魔女が写させた幻想には、人間の自己本位的な我欲、放埒、貪婪、幼稚な知恵と、無知、これら全てのからみ合った果てない戦いが、おびただしい数の人間の間で繰り広げられていました。

全ての人々の心はばらばらでした。

一方、不思議な鏡の中に写った光景は、二つの村の光景でした。両方とも、人口は多くはありませんでした。人間と人間が醜く戦うようなこともありませんでした。

ほほえみ村にあるのは、奉仕と愛でした。質素なくらしにも、豊かな笑顔が見られました。

ほほえみと労働、温かい手に、暖かい心がありました。

悲しみ村はとても悲しい現状に直面していましたが、いのちの尊厳が見られました。苦しく苛酷なくらしでしたが、いのちの奥底で煌めくものが見られました。

生きる意味における、美しく煌めくものがありました。心をつなげる、意志の純粋な明かりのようなものが見られました。

村と村は離れていましたが、心を一つにつなげようとする何かが見られました。

理想を適えるジュウタンは、二人を乗せてそこに向かったのです。

四、鏡の中の向こう側の世界

理想を適えるジュウタンに乗って、魔法界の危機を脱した二人は、危険から逃れられたのを知ると、ほっと胸をなで降ろしました。

そして男は、魔女を下に降ろし、二人でジュウタンに坐りました。

魔女の表情は、感謝と喜びで輝いていました。

堂々とした輝きがあります。自己を隠すことなくさらけだした輝きです。それは相手に対する、全面的な信頼がなければ生まれません。

心は外部を写す鏡です。

正直に生きている人間には、ありのままに写し出されます。自分を偽って生きている人間には反対に写し出されます。喜びは、外へ発しようとする芸術の要素にもなります。

堂々とした輝き、それは喜びが、美しい光、一つの色に染められた時に表れます。

心の変化を喜ぶ時、そこに愛があるなら、その神秘な変化は美しいものであり、その喜びは神聖なものでしょう。心が愛に生きようとする時、心から生まれる光は、何ともまばゆく、美しいものです。

魔女は、感謝が美しい希望を萌え出させているような表情をしていました。

その思いは、感謝を愛に変えようと、若葉のように、つぼみのように、朝日のように、純潔な乙女の愛の芽生えのように、希望に燃えているみたいでした。その目は、喜びにうるんでいました。

一方、男の方は、危機を脱した安堵感と、勝利に対する誇りに喜びを隠しきれないような表情を見せており、満足感と、理想に近づく喜びを味わっていました。

男は胸に、理想を現実に変えようとする希望と、理想の高みに近づく現実に対する感謝を抱いていました。

男は、魔女のまばゆい程に輝く美しさ、感謝に満ちたほほえみに、大きな愛、美しい愛、かけがえのないような愛を感じていました。

二人を乗せたジュウタンは、理想と未来が二人を祝福しているような、春の陽射しのごとく温かい光に包まれながら、ゆっくり、宙にふんわり浮いた雲のように、ほほえみ村を目指していました。

ジュウタンのまわりには、飾りのように、いろんな花々が咲いていました。その花々は、次第に増えていき、かたまって何かを形作って表現しているように見えました。

二人は横並びに坐って、見合っていました。

魔女は見目麗しいような表情をそのままに、花々に、視線を移して言いました。

「きれいな花ね、素敵！　この花々を見ていると、心まで美しく、温かくなっていくみたい。それにしても不思議ね、このジュウタンは？　望みもしないのに、次々に花が咲いていく、まるで夢みたい。それともあなたが望みまして？」

「いや、僕は何も望まないよ。でもこれは僕の望みだ、僕たち二人の為にね。むしろ僕からのプレゼントだ。このジュウタンは僕たち二人を祝福しているんだ。それにこのジュウタンはね、望まなくてもめぐんでくれるんだ、心の美しさを祝福する為にね。そして未来の理想を祝福する為に。それから愛の美しさや、尊さを広める為に、理想は望まなくてもめぐんでくれるのさ。それが理想からの祝福なんだ。この花々が美しく見えるのは、あなたの心が美しいからだよ」

「ありがとう！　嬉しいことを言ってくれて！」

「本当だよ。心が美しくなければ、花は美しく見えないんだ」

「ありがとう！」と魔女は、夢見心地のようなほほえみを浮かべながら続けました。

「この花はきれいよ、美しい！　本当に美しいわ！　まるで私の心がここで咲いているみたい。そしてこの花々が、私の心でも咲いているみたい！」

男は黙って、魔女の向こう側の肩にそっと手を置くと、自分の方に抱き寄せました。魔女は男の肩にもたれかかりました。

しばらくして、男は呟くように言いました。

「僕の母も花が大好きでね。いつも花を見ては、にこにこ明るく笑っていた。僕の母はね、花も好きだった。けど、育てるのが好きでね、いつもあれこれ工夫して咲かせていた。僕にとって、

いの？」


花は母と結び付いている」

「素敵なお母さんなのね。きっとあなた思いの、心の美しいお母さんでしょうね」

「ありがとう。僕を見て、僕の母をほめたのは、君がはじめてだ。ありがとう」

「あなたがやさしいから、そう思ったの。花が好きなんでしょう、だったら心が美しいんじゃないの？」


二人は黙って花々を見つめていました。


男の肩に寄りかかっていた魔女は、ぽつりと呟いた。

「ねえ、怖くなかった？　怖かったでしょう、私に下された、あの罰が？」

「怖かったよ、あんな怖い思いしたのはじめてだ。でも、もう終わったじゃない」

「ごめんなさいね、怖い思いさせて。そしてありがとう、私を助けてくれて」

「君の役に立てて嬉しいよ、僕は。それより良かったね、助かって」

「ありがとう、そう言ってもらえると嬉しいわ。あなたの勇気と、やさしい思いやりと、強さがなければ、私は今ごろ、死んでいたかもね」

「やれやれ、君はとんだ強情っぱりな女だね。ああでもしなければ、今ごろ二人とも死んでいるよ」と男は、冗談ぽく言いました。

「そんな言い方ってないわ、あなたのことを心から思って言ったのに」と魔女は、明るい笑顔を浮かべながら、はにかむように言いました。

「光栄だよ」と男は、笑顔で言ってから、表情を少しくもらせて続けました。

「魔法の世界がどんな世界か知らないけど、幻想の世界だと思う。ああいう罰があるなら、理想や目標があるはずだ。どんな理想や目標があった？」

「理想や目標なんてないわ、あるのは権力と支配だけよ」と魔女は、寂しそうに答えました。

「何だって！　理想も目標もない？　悲しい世界だね、魔法の世界にはどんな生きものがいるんだ？」

「聞きたい？」

「聞きたいね」

「魔法の世界にはね、あらゆる化けものが隠れているの。望めばどんな化けものでも出てくるわ」

「あんまりいいところじゃないね。いつも化けものばかりじゃ、寂しい」

「私もあまり思い出したくないの」

二人はまた、しばらく花を見つめていましたが、しばらくして、魔女は夢見るような表情で、ぽつりと呟きました。

「ねえ」

「何？」

「魔法の世界から、あの鏡の中に入ろうとした時、鏡の表面に文字が見えたじゃない。あれは何て書いてあったの？　私、あの文字にぶつかると思って、思わず目を閉じて、顔をそむけちゃった」

「あれはね」と男は、花から魔女に視線を変え、真剣なまなざしで答えました。

「一人の世界は小さくても、二人の世界は大きい。心が美しければ、幸せへの道の門は、狭き門も広き門となる、って書かれていたのさ」

「どういう意味なの？」

「一人ではできなくても、二人ならできるよってことさ。そして、心が美しければ、まわりが協力してくれるってこと、そしてどんなに困難な問題も、心が美しければ、いつか解決できるってことよ」

「よく知っているな」とジュウタンが言いました。

「でも解っていても、できないのが人間なんだ」

「えっ、本当、解っているのにできないの？　魔法界では、解っていることは何でもできたわよ」と魔女は、驚きと、不思議そうな表情で、言葉を挟みました。

「解っていれば、何でもできるっていうのは、大して値打ちがないんだ。解っていてもできないっていうところに値打ちがあるんだよ」とジュウタンが言いました。

魔女はまた、不思議そうに、頭をひねってから呟きました。

「ええ、どういうこと？　できないのに、どうして値打ちがあるの？」

魔女の質問に、ジュウタンは返答に困ってしまい、黙ってしまいました。

しばらくして、ジュウタンは言いました。

「それはね、解っていてできるってことは、簡単だってことさ。そして解っていてもできないってことは、難しいってことさ。簡単なことより、難しいのが値打ちがあるってことさ。解ったかな？」

魔女は、ちんぷんかんぷんというような表情と、興味を示した表情で言いました。

「解ったようで、解らないような。でも、どうして、できないのに値打ちがあるの？」

「結果がすべてじゃないってことさ。やることが大切なんだ、やってみることが大切なんだよ。そしてそのことで、その人が何を得るのか、どれだけ成長できたのか、その成長をどれだけ喜べるのか、どう変化していくのか、そうしたことが大切なんだ。できるか、できないかは、やってみてから言うことだ。何かを失っても、何かを得る勇気を持つことが、大切なんだってことだよ。たとえ失敗してもね」とジュウタンが言いました。

魔女は納得したようで、納得できないような表情を浮かべ、独り言みたいに呟きました。

「解ったみたいだけど、難しいのね」

「難しいから、やりがいがあるのさ。だから真剣に、いのちがけになれるんだ。解らないものには、何があるのか解らないから、尊いんだよ」とジュウタンが言いました。

「また解らなくなっちゃった。難しくてよく解らない。できないものに値打ちがあって、難しいものにやりがいがあって、解らないものが尊いだなんて、よく解らない」

魔女の悩みを察したように、そしてジュウタンに加勢するように、男は穏やかに言いました。

「要するにね、心を尽くすことが大切だってこと。どんなにささやかなことでも、真心を込めて尽くすことが、大切だっていうことだよ」

「そうだ、そう言うことだよ」とジュウタンが、相槌を打って言いました。

「それなら私にも解るわ」と魔女は、思わずほほえんで言いました。

「私にも心があるんだもの、ほら」

そして両手を胸に当て、続けました。

「私の心、こんなにも温かいの」

こう言うと魔女は、熱い視線を男に向けました。その目は、希望と愛に輝いているようでした。

男は黙って、魔女を見つめました。そして魔女のくちびるに、くちびるを合わせると二人はそのまま、うっとりと目を閉じていました。

しばらくして、男はくちびるを離して言いました。

「ジュウタンよ、もっと早く進めないのかい？　ほとんど進んでいるようには見えないよ。ふわふわ浮いているみたいじゃないか？」

「これが一番早いんだよ」とジュウタンが言いました。

「これが？　嘘を言うんじゃない！」

「本当だよ、これが一番早いんだ。ものごとは早ければいいというものじゃない。時が満ちた時に着くのが、一番早いのだよ。それまでは時にまかせなさい。いたずらに早くすると、余計遅くなる」

「言い訳じゃないだろうね？」と男は、怒ったような、そして念を押すような様子で尋ねました。

「言い訳じゃない、私は全力を尽くしている。あなたの気持ちはよく解る。でも私を信じるんだね」

「全てをまかせるよ」

男はこう言うと、花を一本、上の方からちぎると、魔女の頭に飾りました。そして幸せそうに、ほほえみを浮かべながら言いました。

「とてもきれいだよ、全ての花が、君の笑顔の中で咲いたみたいだ！　僕の心をあげるから、君の心が欲しい」

「いいわよ、あげる。大切にしてね」

「ありがとう、僕の心をあげるよ」

「ありがとう。私の心の中に入ったら、幸せにしてあげるね」

「僕と一緒に地球にきてくれるね？」

「連れて行ってくれるでしょう？　私にはもう、どこにも行くところなんてないの」

「一緒に地球に行こう。僕は君の為に、ここにある花より、もっときれいな花を咲かせてあげるよ、それを見てくれるかい？」

「ありがとう！　見てみたいわ、きっときれいでしょうね？」

　ここまで言うと魔女は、ほほえみをそのままに、過去の思い出にもう一度会いたい思いで言いました。

「何？」

「ねえ」

「私が地球に行く前に、あなた、愛とは何とかって言ったわね、何て言ったの？」

「あれはね、愛とは、人間に生きる方向を示す魂だって言ったんだよ」

「どういう意味なの？　魂って何なの？」

「魂っていうのはね、心だよ。人間が人間らしく生きる為に、絶対に失ってはいけないものだよ。そして、人間が全てを失っても、まだ残っているものだ。魂っていうものは、心だ。そしてその心を美しくしていく自己だ。生きるってことはね、心の美しさの成長だと、僕は思っているんだけど」

「心が大切なのは解ったわ。でも心をあげたらなくならないの？　あなたは私に心をあげるって言うけど、あなたの心はどうなるの？　なくならないの？」

「なくならないよ」

「どうして？」

「僕があげた心は、君の中にあるじゃない。それとも捨ててしまうかね？」

「捨てたりしないわよ」

「ありがとう、君が僕の中で生きていてくれたら、僕の心は、僕の中にあるじゃないか？　君が僕を思う心があれば、僕はそれで十分だ。君が、自分の心を、美しくしたいと思って僕の中に入ってくるなら、僕はそれで十分だよ」

「私の心があなたの中に入っても、私は心があるのね？」

「ああ、あるよ。心を美しくしたいという願いだけは、捨てないで」

「ありがとう。じゃあ、私にも魂があるのね？」

「あるよ、心があるもの。美しくなろうとする心がね」

「私には心があるわ、温かい心がね。そして私は、もっと心を美しくしたいと思っているの。だから、私にも魂があるのね？」

「あるよ」と男は、希望にあふれた眼差しで、魔女を見つめながら続けました。

「美しい魂がね。ああ、君といる僕の幸せよ！」

「ありがとう！」と喜びに満ちた声で魔女は言ってから、真剣な表情を、悩まし気な表情に変えて続けました。

「あなたにお願いがあるの」

「何？」

「私、名前が欲しいの、ガラは嫌！　付けて下さる？　それからあなたの名は何て言うの？」

「解った、ガラが嫌なら考えるよ。魔女じゃ困るものね。きれいな名前、考えるよ。それから僕は光。光って言うんだ、よろしく」

「光……。よろしくね」

二人は、目に希望と愛をまばゆい程煌めかせていました。


やがてほほえみ村に着きました。

二人は、何人かのはしゃぎ声に、われに返りました。美しい花園のようなところで、くちづけをしながら坐っていた二人は、アダムとイブが禁断の木の実を食べた時のように、見られてはならない姿を見られたような思いで、体を離しました。二人を乗せていたジュウタンは、いつのまにか消えていました。

二人は花園から出て、子供たちのはしゃぎ声の方に歩いて行きました。二人の服装は、動き易い、長袖のシャツに、長いズボンでした。

花園から出るとそこは、前方を見渡す限り、草原を思わせるような緑が続いた光景でした。

二人がいる場所から、畑や牧場が続いていました。小春日和を思わせる、暖かい陽射しにめぐまれて、和やかさを醸し出すような雰囲気が溢れていました。

このほほえみ村は、小高い丘が広い草原になっている、傾斜の少ない村でした。畑のまわりを、牧場が山裾まで広がっていました。このほほえみ村は、年中暖かく、土地は豊穣で、いい具合に作物が実り、土地が痩《やせ》ることはめったにありませんでした。天災などはほとんどなく、雨が多少降り過ぎても、それ程被害を被ることはありませんでした。災害に対する、設備基盤が十分に施されていたからです。

ですから、この村からほほえみが消えることは、ほとんどなかったのです。

どこの家庭の食卓にも、野菜類、果実類、肉類、乳製品類、そしてほほえみが豊かにありました。

そしてこの村は、天然ガスにもめぐまれていました。それぞれの家庭の、食べものの煮炊きや、その他暮らしの為のエネルギーのほとんどは、この天然ガスによって賄われていました。

けれどもこの村にはただ一つだけ、欠点がありました。それは水が足りないことです。特に、飲み水は不足していました。それだけは、村ではどうにもならなかったのです。

この村は岩盤を基礎にしていた為、井戸は作れなかったのです。雨も降るには降るのですが、畑や牧場を潤しても、村人が豊かにくらすには、どうしても足りなかったのです。

村人たちはその水を、となりの悲しみ村から分けてもらっていました。

彼らはその水を、自分たちの畑で取れた野菜や果実類、肉類や乳製品などと、交換していたのです。

村人たちは、水が貴重なものであると思っていたので、交換用の品物はたっぷり用意していました。誰も不服を唱える者はいませんでした。

彼らはみんな、となりの悲しみ村はとても辛い暮らしをしていることを知っていたので、そうすることは当然と思っていました。

そうした品物は、この村はずれの悲しみ村との境で小高いところにある教会で、交換されていました。

双方の村人たちはある言い伝えによって、心と心の交流を深める為の場所や機会を、教会以外に、全くもっていなかったのです。年老いた牧師だけが、訪ね歩いていたのです。失望という闇に希望という光を灯す為に。

その為に双方とも、お互いを思いながらも、心のどこかに、うしろめたいような一抹の寂しさを感じていたのでした。

ほほえみ村では、こうした寂しさをも、ほほえみで隠していたのです。となりの悲しみ村は、思想を美化することによって、この寂しさをそのまま味わっていたのでした。

花園から出た二人は、三人の子供と、二人の女性を見ました。正面には畑があり、右手の奥の方には、山裾まで伸びたゆるやかな傾斜の牧場が広がっていました。左手には民家がいくつか見られました。

子供は二人が女の子で、一人が男の子で、辺りをはしゃぎ回っていました。

二人の女性の一人は、子供たちの母親で三十歳代後半ぐらい、そしてもう一人の女性は、彼女の妹で二十歳前後ぐらいでした。

男は魔女の手を取ると、真剣な表情で素早く言いました。

「いいかい、よく聞くんだ。君はこれから僕の妻になるんだ、奥さんになるんだ、解るかい？」

男に突然こう言われた魔女は、びっくりしつつ、嬉しさを隠せないような表情を浮かべながら言いました。

「えっ、何？　妻？　奥さん？　何なの、それ？」

「いいかい、よく聞くんだ。君と僕は一心同体なんだ。君と僕は、心が一つなんだ、解るね？」

「心が一つ？　解ったわ、心が一つでしょう？」

「君は僕に名前を付けてって望んだね、どんな名前が君に相応しいのか解らない。でも君は僕が望む全てなんだ、君は僕が望む全ての中で、一番大切な望みなんだ。だから君の名は『のぞみ』だ。いいね、のぞみ、君と僕は一心同体、心は一つなんだ」

「私の名前、のぞみって言うの？　ありがとう！　とてもきれいな名前よ。ありがとう、光さん！」

ではここからは、二人を名前で呼ぶことにしましょう。

光はのぞみの顔を見て、その目の奥を見つめました。そこには、希望と信頼に応えてくれる何かが、輝いているのを感じ、それを確信すると、彼は穏やかなほほえみを浮かべました。そして視線を彼女から子供たちに向け、それから二人の姉妹に向けました。

のぞみは畑の中で働く、幾人かを見ました。そこに、自然と人間が醸し出す、暮らしの美しさのようなものを感じました。

労働は自然の中に、人間の心の美しさを写し出す時があります。

姉妹は花を摘んでいましたが、見知らぬ二人に目をとめて花を摘むのを辞め、子供たちに視線を向けました。そして、走って行って、子供たちを引き寄せるか、見知らぬ二人に声をかけるべきか、ためらうような表情で、黙って立ちすくんでいました。

といっても、見知らぬ二人に、危険はほとんど感じられませんでした。

「すみません」と光は、姉妹に笑顔を浮かべながら頭を下げてこう言うと、のぞみの手を取って、姉妹に近づきました。

姉妹は二人が近づいて来るのを、恐れもおびえもせず、といって笑顔や愛想も見せず、身動きも返事もせず、見つめていました。

「きれいな花ですね、ここは何ていう村です？」と光は、のぞみの手を取ったまま、さらに姉妹に近づいて尋ねました。

姉妹は表情を変えず、黙って、二人を見つめていました。

「すみません、僕たちこれから地球に行くんです。その前に、こちらに寄りました。ここは何という村です？」

光は笑顔をそのままに、さらに姉妹に近づいて尋ねました。

「ここはほほえみ村では？」

光の言葉に、姉妹の顔に、温もりを感じさせる、明るい笑顔がこぼれました。そして姉は、妹に何やら耳うちしました。

姉の耳うちにうなずいた妹は、明るい笑顔を、見知らぬ二人に向けました。そして摘んだ花を抱えて、家の方に歩き出しました。

姉は、輝くようにほほえんで言いました。

「ようこそ！　私たちの村にお越し下さいました。ここはほほえみ村です。どんな目的でお見えになられたのか存じませんが、お疲れになったでしょう。これからわが家に案内します」

母親が子供たちを見ると、ちょうど母親にかけ寄ろうとしたところでした。見知らぬ二人に、子供たちは興味をそそられたみたいでした。

「きれいな花ですね」と光が言いました。

「ほんと、きれいな花！」とのぞみも、まばゆい輝きを、周囲に放つような笑顔を浮かべて言いました。

二人は辺りにただよう、咲きあふれた無数の花々の香りを胸一杯に吸いながら、子供たちに視線を移すと、子供たちも母親にしがみ付いて隠れながら、恐る恐る、見知らぬ二人を見つめていました。

そんな子供たちに、母親はやさしく言いました。

「私の可愛い、姫や、坊や。恐がらなくてもいいのよ」

「ママ、この人たち、誰なの？　どこから来たの？」と上の女の子が尋ねた。

母親は子供たちの不安を取り除くような、やさしい言葉で言いました。

「この人たちはね、地球に行くんだって。いいわね、私たちの夢の国に行くんだって」

「地球に行くの？」と上の女の子がまた尋ねた。

「そうよ、お伽話みたいだね」と母親は、その子を抱き寄せながら言いました。

「可愛いお子さんたちですね！」とのぞみが、心から感嘆するように言いました。

彼女は地球で見たあの光景、女の子が母親にしがみ付こうとした、あの光景を思い出していました。

彼女は子供と母親の関係の中に、子供が母親を求める時の健気さ、無邪気な愛くるしさに、ほのぼのとする温かさを感じていました。子供たちを見つめるのぞみの表情には、幸せな女たちに対する、女性の本能的なあこがれが、浮かんでいるように思われました。

「ありがとう」と母親は、わが子をほめられた嬉しさについ喜びを隠せない表情で、それでも、謙遜を忘れないかのように続けました。

「でも、いつもやんちゃで困っていますのよ、言うことは聞かないし」

「それでも、こんなに可愛いんですもの」と、のぞみが言うと、

「そうね、子供たちがいると、女の幸せっていうか、母としての幸せっていうか、得も言えぬ幸せを味わっていますのよ。この子たちにはいつも、感謝しています」と答えます。

のぞみはその言葉を聞いて、胸の中に、得も言われぬような熱い羨望と、心が希望にふくらむのを感じながら、子供たちを見つめていました。

光は大らかで人間味あふれる表情で、子供たちを見つめていました。

「あなた方は、お疲れでしょう？　さあ、私の家で休んで下さい」

こう言うと母親は、子供たちの頭を撫でながら続けました。

「さあ、お家に帰るわよ」

それから見知らぬ訪問者に視線を向けると尋ねました。

「あなた方は何の目的で、ここを訪れたの？」

光は男の子に歩み寄ると、男の子の手を取ってから答えました。

「僕たちはね、笑顔のすばらしさを知りたくて寄ったんです。笑顔って何なのか、笑顔がどれ程美しいのかを知りたくて、寄ったんです」

「笑顔はすばらしいものですよ」と子供たちの母は、花を胸に抱え、上の女の子の頭を引き寄せ、家路に着きながら続けました。

「笑顔は心の宝ものです。あなたのお連の方の笑顔、とても素敵ですよ。羨ましいわ。あなたの奥さん？」

光が男の子に歩み寄るのと同時に、のぞみは下の女の子に歩み寄り、手を取って一緒に歩みかけていましたが、その言葉に、思わず謙遜するような言葉をもらしました。

「そんな！　私なんか、とてもとても。でも笑顔っていいですね、心が温まる思いがするわ」

「それはね、奥さん、あなたの心が美しいからですよ。笑顔によってこころが温もるのは、愛に生きているからでしょう。奥さん、あなたの笑顔は、お二人の心の財産です。笑顔は心を飾る素敵な宝石です。ご主人、奥さんの笑顔は、どんな宝石より煌めく太陽でしょう？　この村ではね、太陽はあらゆる理想の象徴であり、代名詞なのですよ」

「ありがとう。何だか僕がほめられているみたいだ、嬉しいよ。僕のパートナーがほめられて」

「やさしいご主人ですね、幸せでしょう、奥さん？」と母親は、羨ましそうに言いました。

「ええ、幸せですわ、私にはもったいないくらい」とのぞみは、うっとりと、のろけるような表情で、こう言いました。そして続けました。

「でも、私思いますの。笑顔って何かがなければ、笑顔の要素になる何かがなければ、たとえ心が美しくても、生まれないような気がするの」

たぶんのぞみは、子供たちの母親と、自分を比較し、何かが不足しているのに気付いたのでしょう。そしてその不足とは、他人に有って自分にないから生まれた不足ではなく、いつかは自分にも恵まれるという、心を満たす希望から生まれた不足でしょう。

「そうよ」と子供たちの母親は、相槌を打つように言いました。

「笑顔は、笑顔の元になる要素がなければ生まれないわ。私の場合、子供たちがいるわ。そして私を支えてくれる人たち、励まし助けてくれる人たちがいるから、一緒に笑い、一緒に喜び、一緒に行動を共にしてくれる、愛する人たちがいるから、笑顔が生まれるの。愛し、愛してくれる人がいるから、笑顔が生まれるのよ」

のぞみの悩まし気な顔に、明るさが戻って言いました。

「求めることも大事だけど、有るものを大切にすることも大事だってことかしら？」

「そうよ、大切にすることよ。心を込め、愛を込めてね」

母親は、幸せにほほえむように言いました。

光が、そしてのぞみが、それに納得したようにほほえみ返しました。

子供たちは、見知らぬ二人に手を取られていましたが、別におびえるでも、恐がるでもなく、むしろ、喜んでいるみたいでした。

子供たちの雀のような、浮き浮きとした陽気な雰囲気に乗って、光が陽気に言いました。

「いいことを言いますね、本当だ。笑顔は愛する人や、愛してくれる人がいなければ生まれない。笑顔をもって、人は幸せと言うなら、愛する人や、愛してくれる人がいなければ、幸せとは言わない。そりゃ、時には笑えない時もあるだろう、でも愛する人や、愛してくれる人の前では、笑いたい。ここに来て良かった。いいことを教えてもらったよ」

のぞみも光の言葉に、相槌を打ちました。

「本当ね、いいことを教えてもらったわ。笑顔の要素、つまり、愛する人や、愛してくれる人を大切にしなきゃ。心からの笑顔が消えたら困るものね、自分が消えたみたいで」

母親は、温かいほほえみをもって、長年の友に語りかけるように、気兼ねのない表情で言いました。

「ご主人、あなたの奥さんは、素敵なことを言いますね。教えられたのは私よ、ありがとう！あなた方が訪ねてくれたこと、感謝するわ！」

「私、のぞみっていいます」と彼女は、自己紹介をはじめた。

「私の連れは、光って言います。もしよろしければ、名前を教えてくれません？」

子供たちの母親は、子供の名前と、自己紹介をはじめた。

「一番上が女の子で、夢っていいます。それからこの男の子が大地で、この子が一番下で、心といいます。私はゆきで、さっきいた私の妹は、はなっていいます。よろしく」

彼女の紹介が終わると、のぞみはよろしくと言いました。

光は子供たちの名前を聞いて驚き、気が重くなるのを感じました。

彼の姉の子供たちと、同じ名前だったのです。同じ年齢くらいで、順番も同じでした。

彼は何か気遣わし気な表情で、男の子の手を取って、歩き続けていました。

彼のその表情は、何かに、真剣に憂えているみたいでした。

いよいよ、目指す家の玄関まで来ました。

その時、教会の鐘が四時を打ちました。

教会の鐘の音に、光の顔が、何かに真剣に憂えた、悲痛な思いに、くもっていくのが見られました。

その表情を見て、何をそんなに憂えているのだろう、何をそんなに思いつめているのだろうと、のぞみは気になりました。そういえば、ほほえみ村に着く前、理想を適えるジュウタンに乗っている時、ジュウタンが進む速度に文句を付けていたが、あの時も、今と似た、憂えた表情をしていたが、何が気がかりだろう、彼女は希望を摘み取られそうな悲し気な目で、光を見つめていましたが、何も言いませんでした。

玄関前の隅の方に、自分の場所を少しだけ許された居候が、その居場所に感謝しているみたいに、バラが咲いていました。それ以外は、暮らしに必要な必需品が玄関の門番みたいに、自分の主人に、畏まっているみたいに、場所を取っていました。

一同は家の中に入りました。

その家は三世代が住んでいました。周囲は庭木や小さな花畑などで仕切られていました。それ程大きな家ではありませんでしたが、築後かなり経っている様子で、文明のめぐみは、あまり受けていないようでした。

家の中は、部屋を区割りする仕切りのようなものはありましたが、密室にするドアはありませんでした。家の周囲は板壁で、夜の明かりはガスで灯していました。もうすぐ冬が近づいていましたが、冬支度する必要はほとんどなかったのです。この一家で必要なものは、ほとんど自分たちで作っていました。それでも足りないものは、村人たちの協力によって、多くを賄われていました。屋根は瓦で、柱や梁は、木をそのまま使われている部分が多く、必要に応じて加工されていました。

この家は、外見の良さより、どっしりと、長持ちするようにと、心がけた造りでした。家の内側は、歳月の流れや、煙などによって、幾分黒く、別宅があり、母屋につながっていました。

不足は知恵を磨きます。必要はもっと知恵を磨きます。この家の不足や必要は、一家の知恵を磨き、出費を少なくしました。出費が少なくなった分だけ、豊かになりました。こうした豊かさや、知恵を磨くことは、ほほえみを多くしました。そして生きがいをもたらせました。

こうしたことは、この村全体に広がっていました。

不足や必要が磨いた知恵は、順調にめぐりまわると、大きな豊かさをもたらせます。

この一家には、いわゆる宝ものがありました。

それは子供たちの母親のゆきが、首にしたネックレスでした。教会に行く時以外、いつも身に着けていました。それは片面が薄いブルーで、もう片面は薄い紫色で、ハートの形を真っ二つに割り、アクセサリーを意識して作られたのか、割られた部分は波打っていました。長いところで六センチぐらいあり、両面に漢字のような文字が刻まれていましたが、それは読めませんでした。

それ自体に値打ちがあるのか、それの由来に値打ちがあるのか、一家では解りませんでしたが、それは彼女の祖父から父への、遺品だということでした。

それは彼女の父が若い頃、形見としてもらったもので、その時、こう言われました。

「これをいつも身に着けていなさい。それには文字が書かれている。それを知ると幸せになれる、それからどこかに、もう片方がある、探しなさい」

けれども、それにどんな文字が書かれているのか、本当に書かれているのか、そしてその片方がどこにあるのか、いまだわかっていませんでした。

その宝ものは、教会にだけは決して着けて行きませんでした。となりの悲しみ村の人々に、気を遣っていたからです。

どんな形であれ、心のつながりを大切にしたかったのです。

教会の創立記念日が、二日後にせまっていました。

ゆきの一家は、八人で住んでいました。

主《あるじ》夫妻は、六十歳代から七十歳代ぐらいで、この村の村長で、一番の長老でもありました。

娘婿は、畑や家畜などの世話をしていました。

二人の娘のうち、姉は両親と、家をみていました。妹は村の保母の仕事をしていました。

玄関の前には、掛け軸のような掲示板があって、それには次のような文字が書かれていました。

○希望は大いなる勇気と、新たなる意志を与える。美しい希望は、時間の上に、美しい花を咲かせる。

○慈しむ心は、全ての愛につながる。
○己に打ち克つことは、勝利の中でも最大の勝利。
○人は努力する限り、自由である。今日という日は二度とない。今日は時間の中で最も時が満ちた充実の時なのだ。今日だけは自分のものにせよ。

光とのぞみは、立ち止まってそれを読みました。

子供たちの母親が、先に家の中に入りました。

掲示板に書かれた文字を読んでいた二人の表情には、納得したような安心感が漂っていました。

二人も家の中に入りました。

この家は、台所と食卓広間の間に土間があり、食卓広間は二つの部屋とつながっていて、一つは村長執務室で、もう一つは、少し広めの居間とつながっていました。そこは奥の部屋ともつながっていました。

一同が玄関を通って、家の中に入ったところは台所でした。

「いつまで花摘みに行っとる！　どこの花を摘んできた？　いつも言っとるだろうが、花を摘む時は、迷っちゃいけないって。それは花に対して失礼だよ。花に対して、お前はきれいじゃないって、言ってるようなものだ！」と子供たちの祖母であるゆきの母親が、入るなり、どやしつけました。

「そうじゃないのよ、お母さん。今日はお客さんが来たの、初めてのお客さんがね」とゆきは、どやしつけられながらも、やさしく言いました。

彼女の母親は目が悪かったのです。全く見えない程ではありませんでしたが、ものをおぼろげながらにしか、捉えることができませんでした。

もう夕暮れ時で、ゆきの母親は、目が悪いなりにも、夕食の準備をしていました。それに、別のことでも忙しくしていました。

「お客？　初めての？　誰だい？」とゆきの母親は、不機嫌そうに訊きました。

「これから地球に行くんですって」

「地球！」とゆきの母親は、びっくりして叫ぶように言いました。

老母は下の娘からそのことを聞かされていましたが、あまりの突飛さに、全く相手にしていなかったのです。

「そうよ、地球よ」とゆきは穏やかに言いました。

「地球？　もしかして、父さんがいつも言う、あの夢の世界、おとぎ話の世界の地球かい？」

「たぶんね」

ゆきの母親は、地球に行く人に対し、異常な程興奮して、家の奥に向かって一歩踏み出しました。けれども、何を考えたのか、一歩踏み出しただけで、そこに立ったままでした。そして頭を、家の奥の方から、玄関に向けました。

「地球に行く人って、どんな人？　ねえ、ゆき、どんな人？」

この老母は、夕食の準備と同時に、奥で寝ている夫の看病をしていました。老母は、地球に行く人が本当にいるのだと思うと、即、夫に報告したかったのですが、それがどんな人なのか知りたくて、体は夫の方を向きながら、頭は玄関を向いていました。

「お母さん、そんなに興奮すると、体に悪いよ。年なんだから」と心配そうにゆきは言いました。

「何言ってんだい？　お前。地球に行く人だよ！　興奮するなって？　馬鹿じゃない？　お前さん！」と老母は、聞く耳は持たんと言わんばかりの態度で、ますます興奮しながら、娘に言い、それから玄関に向かって、声をかけました。

「地球に行く人って誰？　ここに来てくれないかしら？　あたしは目が悪くてよく見えないんだけど、でも見えるわよ」

呼ばれた二人は、老母の声にびくつくような態度で、老母に向かって歩み出しました。

それまで二人は、玄関に飾られた文字を読んでいました。それは白い紙に、次のように書かれていました。

○全ての子供は、神が人間に、絶望していないというメッセージをたずさえて、生まれてくる。
○父が永久の目標のシンボルなら、母は永久の太陽だ。
○涙とともにパンを食べたことがなければ、人生の味は解らない。寒さに震えた者程、太陽の暖かさを知る。人生の苦悩をくぐりぬけた者程、いのちの尊さを知る。
○女性を幸せにすること、子供を豊かにすることが、最大の事業である。
○何でもかんでも言われると、侮辱を感じる。人間には耐えられない侮辱が二つある。恥知らずの侮辱と、苦労知らずの侮辱。
○何かを望むことは、時間の上に、花を咲かせることである。
○自己犠牲を最高に清め、神聖なものにする方法は、自らが犠牲になったことを、忘れることである。

二人はその言葉に、心から納得したみたいでした。老母に呼ばれた二人は、飾り文字から視線をはずすと歩きはじめました。

二人が玄関から家の中に入った時、揃って、「おじゃまします」と声をかけたのですが、その声は、老母の娘をどなりつける声に、かき消されてしまっていました。

老母に呼ばれた二人は、老母の足元まで近寄りました。

老母に近づくと、のぞみは老母の手を取って言いました。

「初めまして、お目にかかれて嬉しいです」

「地球に行くって、あんた？　あんたたち？　どれ？」こう言うと老母は、のぞみに握られた手を振り解くと、両手で、確かめようとするように、のぞみの顔に、手探りをはじめました。

「見たところ、あんた方は若くて、力強いみたいだがのう？」

「おばあちゃん、どこも変わらないですよ。おばあちゃんも、僕たちも、何も変わりません。僕たちはただ、若いというだけで」

ゆきは摘んできた花を飾ると、夕食の準備に取りかかりました。彼女の子供たちは、居間でこの村の子供たちと、あるものの飾り着けをしていました。

というのは、ゆきの妹は保育園の先生で、教会の日曜子供教室の先生でもあったからです。教会で歌う賛美歌の練習を、居間ですることが多く、こうした練習をこの一家では、邪魔したり、邪険にしたり、怒ったりすることは、どんな時でもありませんでした。そして今は、二日後の教会創立記念日の飾り着けをしていたのです。

手探りをして、のぞみや光の体をさわりながら、その姿を確かめようとしていた老母は、あまり自分と変わっていないことに気付いた落胆と、地球に行くというあこがれの人に触った喜びの二つの感情に動かされながらも、次第に喜びが勝り、全身が震えるような感動を覚え、長いこと会えなかったわが子に会えて独り言がもれてしまうように、呟くように言いました。

「おお！　私には見える、あなた方の勇姿が！」老母は深呼吸をして続けました。

「あたしは目が悪いが、その分心の目で見る。だからよく解る。あなた方は若くてたくましい！地球を目指す勇士たちよ、地球はあたしたちのあこがれる夢の世界、夢の果ての世界なの。おとぎ話の世界なの。その地球にあなた方は行く、何とすばらしい勇士でしょう！　今日はゆっくりして行って下さいね。あっ、その前に、あたしの夫に会って下さいませんこと？」

老母は二人に椅子を進めようとしましたが、すぐに思い直して続けました。

「私の主人は、怪我と病気で寝ています。あなた方が顔を見せたら、主人は喜ぶわよ、きっと。どんなに喜ぶでしょう！　主人は地球の話に目がないの、おとぎ話や、夢の世界の話になると、いつも地球の話になるの。そんな時の主人の喜ぶ顔と言ったら、何ともたとえようがないの。まるで、自分が行って見てきたみたいに言うのよ」

老母は最後の方を、愛想のいい独り笑いを浮かべながら、話し、夫の寝ている奥の部屋へと、案内しはじめました。

光は老母の、今日はゆっくりして行って下さいね、この言葉に、もの憂げで、何か、真剣に思いつめたような表情をしました。

その表情を、また見たのぞみは、なぜだろう、何をそんなに気にしているのだろうと、気遣いましたが、何も言いませんでした。

奥の部屋に入るには、居間を通らなければなりませんでした。

そこは、子供たちと、ゆきの妹、はなが、子供たちと一緒に、二日後の教会創立記念日に添えるものとして、飾りものを作っていました。それは周囲をガラスのようなもので囲まれた、高さ八十センチぐらい、横百二十センチぐらいの、周囲に絵が描かれた、ふたのない箱でした。その中には、二輪馬車の上に、聖母マリアが、十字架の後のわが子イエスを、正座して抱きながら、美しくも悲しい表情で見つめている、飾りものが入っていました。

周囲の絵は、十字架が下の方で折れて斜めに倒れかけていて、その前で両手を合わせて、正座して祈っているマリアの姿、そしてその上に、祈り、という文字が横に飾られている絵と、十字架に向かい、小さな乳飲み子を胸に、片手に聖書を抱え、もう片方の手を十字架に向けて差し伸べ、その手に十字架のネックレスを下げて、十字架を見つめているマリアの姿、その上に、希望、という文字が横に飾られた絵と、馬小屋で生んだ、わが子イエスを見つめているマリアの姿、その上に、信仰、という文字が横に飾られた絵と、十字架にかけられ、がっくりしているイエスの姿、その上に、愛、という文字が飾られている絵が、四方の面に飾られていました。どの絵にもいくつかの花が、質素に飾られ、その他は何も描かれていませんでした。ガラスは透き通り、中が見えるようになっていました。

その中にある二輪馬車は、イエスの弟子が引っぱっているように見えました。四方のガラス面に描かれた絵は、外側からも、内側からも、同じように描かれていました。

老母やのぞみ、光がそこを通りかかった時、子供たちと、先生が楽しそうに、その中に花を飾っているところでした。

子供たちや先生は、奉仕する喜びを、体中で表現するかのように楽しそうに動いていました。のぞみは子供たちや先生、その飾りものを見た時、何とも言いようのない程に、心が明るくなるのを感じました。何より、子供たちや先生のはつらつとした表情に、好感を持ちました。そして心の中で呟きました。

「何て美しいんでしょう！」

彼女は楽しそうに自分の思いを表現している美しさを感じている心が、痺れていくような陶酔感にうっとりして、夢を見るような感じがしました。

「自分の思いを表現することって、美しいことだ」

彼女は自分の言葉にうなずきました。

彼女自身、その美しさに、溶けていきたい気持ちでした。

そして目の前の光景が、自分が望む、最も美しい姿であるように感じました。

それは光も同じでした。しかし彼自身、その雰囲気の中に溶け込めない何かを感じていました。

それだけが、のぞみと違うところでした。先程の憂えた感情と、居間の光景に対する感情とが混ざり合って、何とも言いようのない、複雑な気持ちでした。

彼の表情が、またくもり、のぞみはその表情を、ちらっと見ました。

「ねえ、母さん、本当だったでしょう？　全く信じようとしないんだから」と老母の下の娘が、飾りものに花を添えている手を休めず、無邪気な甘え声で言いました。

「しかし、お前」と老母は、娘の甘える声に対し、言い訳をするというより、自分の方が正しかった、と言わんばかりの表情で言いました。

「夢の世界！　夢の果ての世界の話だよ、信じられるか！」こう言って老母は、奥の部屋に消えました。光も老母の後に続きました。

のぞみは、老母や光の後は追わず、子供たちや先生が、楽しそうに飾り添えをしている光景の中に入りました。彼女は子供たちを、花を見つめるように見つめました。そしてほほえみながら、静かに言いました。

「可愛い子供たちね」

それから先生が花を添えている飾りものを見て、言いました。

「きれいですね」そして彼女は、黙って先生を見つめました。

のぞみがしばらく、先生をそうして見つめていると、先生が手を休めてのぞみに言いました。

「何か？」

「いえ、……あなたが美しいので……」

「お上手ね」と先生は、ほほえんで静かに言いました。そして視線を飾りものに移しました。

「本当です」

「ありがとう」

「おねえちゃん、あそぼう」と一人の子供が、甘えるような声を出しながら、だっこをとせがむような仕草で、のぞみに近づきました。

「駄目よ」と先生は、やさしい声で制止しました。

「終わるまでは」

子供は先生の言う通りにしたので、のぞみはちょっぴり寂しさを覚えました。

しばらくして、先生は子供たちにほほえんで言いました。

「さあ、終わったわよ」子供たちを見つめている彼女の目は、暖かく輝いていました。

「これから何しようか？」

「あそぶ」と子供たちは、一斉に答えました。

「あ丶、そう」と先生は明るくうなずきました。

のぞみは何も言わず、子供たちと先生を見つめていました。

「あそぶ前に、みんなでお祈りしましょうね」

「はいよ、先生」と子供たちが応えました。

先生は正座をして、両手を胸で合わせて目を閉じました。子供たちが先生をまね、のぞみも子供たちと、行動を共にしました。

「神さま、今日一日をありがとうございました」

子供たちが、先生の感謝の言葉を繰り返しました。のぞみも子供たちと一緒に、繰り返しました。

「神さま、私たちは神さまがくれた今日一日を、精一杯生きました。ありがとうございます」

子供たちがまた、先生の感謝の言葉を繰り返しました。のぞみも子供たちと一緒に、繰り返しました。

「ここからは言わなくていいからね、私一人でいいから」と先生は、目をあけ、手をひざの上に置き、子供たちに言いました。そしてまた目を閉じ、両手を胸で合わせて、祈りの言葉を続けました。

「神さまはいつも、私たちを見つめておられます。神さまは平等なのですから、私たちはあるがままでいいのです。私たちはほほえみを忘れない為に、一生懸命頑張っているのですから、それで十分なのです。大きな未来を背負う小さな子供たち、あなたたちは私たちの大きな宝ものです。清らかさと、純粋さと、不平を言わない美しい心を持つあなたたちは、愛に仕える小さな存在でも、神さまには大きな宝ものなのです。神さまは、強き者の愛を祝福する為に、弱き者をめぐみ与えられました。又弱き意志を強くする為に、助け合う心を豊かにする為に、貧しさをめぐみ与えられました。知恵のある者をさらに向上させる為に、究め難い問題をめぐみ与えられました。愛の尊さを知る為に、無力な可愛い子供たちをめぐみ与えられました。愛を美しくする為に、無に等しいような者を、無に等しいような者のいのちを輝かせる為に、愛をめぐみ与えられました。ありがとうございます」

先生は目をあけ、両手をひざの上に置いて子供たちを見つめて言いました。

「さあ、あそんでいいわよ」

両手を胸に合わせて聞いていた子供たちは、わーい、と一斉に立ち上がると、はしゃぎながらのぞみの周りに集まりました。

「あそんで」と子供たちは口々に言いました。

同時に先生は、せっかく作った飾りものを壊されては大変というように、両手を広げ、その箱をひょい、と持ち上げました。

彼女は魔法を使ったのか、それともその飾りものが、もともと軽かったのか、解りませんが、とにかくその飾りものは、軽々と上がりました。

のぞみは子供たちに一斉に寄りかかられて困りながらも、先生のしたことを、驚きの目で見ていました。

彼女には、先生がまるで魔法でも使っているように思われました。先生の手は、その飾りものに触れたようには見えませんでした。そして彼女は、先生のように、ほほえみながら魔法が使えるなら、また使ってもいいと思いました。しかし、犠牲を払ってまで、無理に欲しいとは思いませんでした。そして自分はもう、魔法は使えないのだから、美しくなるには自分で努力をしなければ、そう考えていました。

「いかが？　子供たち、大変でしょう？」と愛想よく、ほほえみを浮かべながら、先生は言いました。

「はい、いいえ。でも嬉しいです」とのぞみは、われに返って、子供たちに取りまかれて嬉しい悲鳴を上げるような、あいまいな返事をしました。

「さあ、みんな」と先生が、子供たちに呼びかけました。

「これから向こうの部屋に行って、じいちゃんに、みんなの大好きな地球の話をしてもらいましょうね」

先生はこう言うと、のぞみに寄りかかっている子供たちの手を取って、「さあ行きましょう」と声をかけた。

子供たちははしゃいで先生の手を引っぱりながら、奥の部屋に歩きはじめました。

「おねえちゃんも行こう」と子供たちの一人が、のぞみに声をかけました。

「ありがとう」とのぞみも、その子に答えました。

彼女は一番後から、みんなに付いて行きました。

「のぞみさん」

彼女は背後から、やさしい声で、名前を呼ばれたような気がして、後ろを向きましたが、誰もいなかったので、空耳だと思いました。そして前を向いて歩き出しました。

「のぞみさん」

彼女はまた、背後で自分の名前を呼ぶ声を聞いて、振り向きました。またしても誰もいなかったのですが、振り向いた時、先生が持ち上げた、あの飾りものが、ゆっくり落ちていくのを見ました。

「のぞみさん」

彼女は三度《みたび》、自分の名前を呼ぶ声を聞きました。その声は、飾りものから発しているように感じました。ゆっくり落ちたその飾りものが、床の上に着くと、また彼女を呼ぶ声がしました。

「のぞみさん」

「私？」とのぞみは、心の中で尋ねました。

「そうよ、あなたよ」

のぞみが見つめていると、床に着いた飾りものの中のマリアが、顔を持ち上げました。彼女はそれをびっくりすることもおびえることもなく、しっかりと目を見ひらき、真剣な表情で見つめました。

「あなたに言っておきたいことがあるの」

「なあに？」

「美しさにはね」顔を持ち上げたマリアは、表情を変えず、のぞみを見つめていました。

「自分を犠牲にする美しさがあるの」

「自分を犠牲にする美しさ？」とのぞみは、心の中で尋ねました。

「そうよ、自分を犠牲にする美しさよ。あなたはもう魔法は使えない。だから、自分ですべてを美しくしていかなければならない。覚えておいてね、自分を犠牲にする美しさがあるってこと」

「私は魔法を使おうとは、もう思わない。私は、地球には生きる為に行くのよ、犠牲になる為に行くんじゃないわ」

「あなたに教えてあげるわね、犠牲は失うことでも、死ぬことでもないってこと。犠牲は生きることなの。生きたことなの。愛の為に犠牲になったっていうことは、つまり、愛の為に死ぬっていうことは、愛に生きたってことなの」

のぞみは犠牲を払ってまで、魔法が欲しいとは思っていなかっただけに、犠牲になることが美しい、という意味に疑問を感じていました。

「犠牲は失うことじゃない？　死ぬことでもない？　愛の為に死ぬことは、愛に生きたこと？」

「そうよ。心の美しさには、生きたっていう、証がなければならないの。自分だけの為ではなく、誰かの為に生きなければ、美しさは輝かないの。それが犠牲なの。そしてその犠牲を生かすのが愛なの。だから、愛の為に犠牲になったっていうことは、愛に生きたってことなの、解ります？」

「愛の為に犠牲になるってことは、私自身を失うことじゃないの？」

「愛に生きてごらんなさい、そしたら解るわ」

「愛に生きたら、犠牲は生きたことなの？」

「そうよ、愛は全てを生かすわ。全ての美しさは、ひとりでに生まれるものではないの。愛の中にこそ、全ての美しさがある。美しさの極みは、愛の中にあるの。愛に生きることこそ、美しさの極みなの。忘れないでね。愛に生きるってこと」

「解ったわ、愛に生きればいいのね？」

「そうよ、愛に生きることよ。あなたがより美しくなることを祈っているわ」

「ありがとう」とのぞみは言いました。

彼女の表情には、納得できたことに対する感謝と、ほほえみが見てとれました。彼女は、その飾りものにほほえみ、そして奥の部屋に向かいました。

「のぞみさん」

のぞみはまた、自分の名前を呼ぶ声を背後で聞き、振り向いたその表情は、ほほえみが若葉のように、花のように、ほころんでいるみたいでした。

飾りもののマリアは、天使のような、澄んだやさしい声で、言葉をかけました。

「そうよ、のぞみさん、そのほほえみ、どんな時にも忘れないで。愛の中に咲くいのちの花は、今のあなたのそのほほえみそのものなの。忘れないで、質素だけど一番美しいんだってことをね」

「ありがとう！」

彼女は一礼すると、奥の部屋に向かいました。

のぞみが奥の部屋に入った時、この一家の主、村長長老はまだ、老母と光に怪我の手当をしてもらっていました。

長老は実際に痛いのか、手当のやり方に不満なのか、「痛い！」「へたくそ！」とぶつぶつ、ぼやいていました。顔を歪めることもありました。

長老の怪我は、かなりの重傷だったに違いありません。顔の右半分のほとんどがガーゼにおおわれ、右手は肩からほとんど包帯でまかれ、左側の腹部にも大きくガーゼがはられ、右足のほとんどが包帯でまかれていました。

のぞみは奥の部屋に入って長老を見た時、とても可哀そうに思えました。慈悲心で、胸はちぎれる思いでした。彼女は光の側まで歩み寄り、正座して長老に深く一礼をしました。

その時、長老の手当が終わって老母は夫に言いました。

「さあ、お父さま、手当が終わったよ。全く！　ぶつくさぶつくさ、文句ばかり」

「母さまや、ありがとうよ。いつもいつも、助かるよ」と長老は、手当してもらった妻に、日頃の苦労をねぎらうように言いました。

「父さま、本当にそう思っている？」と老母は、眼鏡を取って、苦笑しながら尋ねました。

「思っているさ、思っているとも。母さん、お前さんがいなければ、今頃わしは死んでいるよ」と長老は、感謝と真心を込めて言いました。

のぞみはそんなに大怪我だったのかと、さらに胸が痛むような慈悲を覚えました。それは光も同じでした。

「本当だ、お前さん。あたしがいなければ、あなたは死んでいるよ。あなたの怪我を見た時、あたしの胸はえぐり取られたみたいに痛んだんだからね」と老母は、わがままでやんちゃな愛する者が傷付いた姿への憐憫と、手当をしたのにぼやかれた不機嫌さとで、愚痴をこぼすみたいに言いました。しかし、老母の表情は、幸せそうでした。

「ありがたいよ、女房どの」と長老は、幸せ者ののろけた表情で言いました。

「わしは幸せ者だ、本当に幸せ者だ。怪我をしたのにこんなに幸せな気分を味わうとは。ありがとうよ、女房どの。わしはお前さんにめぐり会えて良かったよ」

「本当にそう思う？」

「思うさ」と長老は、心の底から言いました。

長老と老母のおのろけみたいな会話を、光やのぞみは、温かい心で聞いていました。それは子供たちや、老母の下の娘も同じでした。

「随分なお怪我ですね、お気持ち察します。病気の方はいかがです？」とのぞみは、お見舞の言葉を述べました。

「もう大したことはない、怪我は自業自得だ。病気だって、大したことはない。憂鬱病なんだから」と長老は、照れと、謙遜をもって答えました。そして光を見やると、真顔になって、

「女房によると、地球に行くという話だが、本当かね？」と何やら疑わし気に尋ねました。

「本当です」と光は、真剣に答えました。

「その娘さんも一緒かね？」

「はい、そうです」

光の返事に、長老の顔は明るくなったようでした。

「地球に行く？　ほう。で、どこから来なさった？」

「地球です」

光の返事にびっくりして、長老はさらに真剣な表情で言いました。

「何！　地球から？」

「はい、そうです」

「その娘さんも一緒にかね？」

のぞみがまた、ほほえみながら長老に一礼した。

「いいえ」と光は、答えました。

「何？　違う！　どこから来た？」

「彼女は魔法の世界から来ました」

「何！　魔法の世界から？」と長老は、さらにびっくりした表情で言いました。そしてのぞみに視線を向けて言いました。

「それじゃ、そなたは魔女？」

のぞみは恥ずかしそうにうなずきました。彼女を見つめる長老の顔に、幾分、穏やかな笑みが浮かびました。長老はそのまま、のぞみを見つめていました。それから昔のどじな失敗事を思い出した時のような、くすくす笑いを始めました。。長老の怪我はだいぶ治ってはいましたが、笑うと体が痛んだので、顔は少し歪んで泣き笑いのようになっていました。

「この怪我はな」と長老は、痛さをこらえながら言いました。

「魔法の世界で負ったんだ。逃げる時にな」

光の顔に、同じ失敗をした者同志に相通じる、納得した表情が浮かびました。

のぞみはびっくりして小さな声で叫びました。

「何ですって！　本当ですか？」

彼女はいつ頃、この長老に会ったのか、記憶を辿ってみましたが、駄目でした。彼女はいつ頃会ったのか、思い出せなかったのです。

長老は穏やかな笑みを浮かべて言いました。

「ああ、本当だ。どじな話さ」

「本当だよ。どじな話だよ、全く！　魔法の世界で怪我した？　いつもいつも、夢話ばかりするから怪我するんだよ」老母はからかい半分に言いました。

「とんでもありません！」とのぞみは申し訳なさそうに言いました。

「その怪我は、私がさせたのですね？」

「いんや、この怪我は自分でしたのさ。あなたが気にすることではない」と長老は、静かに言い、光に顔を向けました。のぞみは申し訳なさで震えています。

「お兄さんや、お前さんは何で、地球から魔法の世界に行ったんだね？」

「僕は自分が嫌になって、闇雲に自分自身から抜け出しました。自分が嫌なのだから、どうしようもありません。どうでもよかったのですから、目的もありません。彷徨《さまよ》っているうちに、魔法の世界にまぎれ込んでしまったのです」

のぞみはその言葉に、光に対するあの仕打ちを思い出しました。しかし彼女は、光に対しての罪悪感は、ほとんど感じずに、長老に対する申し訳なさ、罪悪感に、震えていました。

愛する人や、これから愛していこうとする人に対して、犯したあやまちを正そうとしないことは、悲しいことです。のぞみ自身、それを感じてはいましたが、今は、長老に対する申し訳なさで、それどころではありませんでした。

「自分を嫌った為に、自分自身から抜け出て魔法の世界に行ったってか？」と長老は、懐かしむかのように続けました。

「わしもな、恥ずかしい話、自分が嫌になって魔法の世界に行ったよ。だがな、わしには目的があった、地球に行くという目的がな。いつもいつも地球の夢話ばかりするから、女房のやつ、わしの話に愛想をつかしたんだろう、右の耳から入ったら左の耳から抜ける始末さ、だからわしは証明したかったんだ。それでわしは地球を目指した。ところがわしは女房に、愛想をつかされて、憂鬱病にかかっていたんだな。そうとも知らず、わしは地球を目指した。ところが途中、憂鬱病に気付いた。そこでわしは自分が嫌になって、自分自身から抜け出た。そしたら魔法の世界って訳さ」

「ご主人」と光は穏やかな表情で言いました。

「僕はいい体験をしたと思っています。ご主人はどうです？」

「わしか？　ああ、わしもいい体験をしたよ」と長老は言い、一息入れて続けました。

「だがな、兄ちゃん。わしには愛する人たちがいるから、そしてわしを愛してくれる人たちがいるから、そう思えるんだ。君だってそうだと思う。いい人たちにめぐり会えたから、いい体験をしたと思えるんだ。違うかね？」

「そうです」と光は言いました。

「僕はいい人たちにめぐり会えました」

「そういう人たちに感謝するんだな」と長老は言いました。

「わしは現実をおろそかにした訳ではない、それだけは解ってくれるかな、兄ちゃん？」

「解りますよ」と光は答えました。

「あなたの妻や子供さんたちを見れば解ります。そしてお孫さんたちもね。みんな幸せそうにしている。それはご主人への信頼から生まれているのでしょう」

「いいこと言うな、お前さん。お前さんはその娘さんをあんたの妻にするつもりかね？」

「はい」

「娘さん、そなたはいいね、いい人にめぐり会えて」と長老は言いました。

「あのう」とのぞみは、恐る恐る、長老に声をかけました。

「私は、私はどうすればいいのでしょう？　こんな大怪我をさせてしまって」

「奥さん」と長老は、穏やかに言いました。

「気にしなくてもいい。この怪我は、わしのへまなんだから」

それから長老は、光に向かって言いました。

「兄ちゃん、君はどうやって、魔法の世界から抜け出したんだね？　わしは一束の花に救われたが」

「僕たちは」と光が答えました。

「不思議な鏡と、理想を適えるジュウタンに救われました」

「どういう意味かね？」

「僕たちが地球に向かおうとした時、魔法の世界の途方もなく高い山が、大爆発を起こしました。その時、岩が落ちてくる前に、花が舞い落ちてきて、その花が不思議な鏡と、理想を適えるジュウタンに変わったのです。僕たちはそのジュウタンに乗って、鏡の中に逃げました。その鏡に写っていたのがこの村なんです。ご主人は？」

「ふうん、なる程、わしか？」と長老は、光の話にうなずいて続けました。

「わしはな、途方もなく高い山のふもとの洞窟の入口前に広場があったろ、あの広場が全部火の海になってな、そこに頭がわんさかある、ひょろ長く大きな生きものが迫って来たんだ。そこから逃げようとした時、わしは家族のことを思い出して、会いたいと思ったんだ。そしたら、頭上から一束の花束が舞い落ちてきたんだ。それに乗って、洞窟の中に逃げたって訳さ」と長老は、懐かしむように、言いました。そして痛みを思い出したかのように、左手で右手をさすりながら続けました。

「まっ、聞いてくれ。その花束に乗ったはいいがな、バランスの悪いこと、まいったよ。そこから出て来たらこんな姿よ。それから自分自身に戻って、家まで帰ったら、気を失っていたって訳さ」

「あのう」とのぞみはまた、恐る恐る声をかけました。

「いつ頃のことでしょう？」

「忘れたかね？」と長老は穏やかに言いました。

「わしはそなたに言ったよ、お前さんは本当に美しいかって。そしたらそなたはこう言った。余は全ての美しさの象徴だってね。そこでわしはそなたにこう言った。ではそなたに訊くが、その美しさを誰が代弁してくれる？　誰が証人になってくれる？　わしには愛する家族がいる、わしを愛してくれる妻や子供、孫がいる、そなたは誰が代弁してくれる？　誰が証人になってくれる？　ってね。そしたらそなたはこう言った。余の代弁はこの魔法の杖がしてくれる、ってね。そこでわしはこう言った。その魔法の杖は、そなたの美しさを証人として代弁してはいない、そなたの醜さを隠しているだけだ、美しいものを代弁してくれる人はいくらでもいる、しかし醜いものは隠されるだけなんだ、お前が美しいって？　お前は夜叉みたいに人を食うしか能のない妖怪女なんだ、この間抜けめ！　ってね。そしたら」

長老がここまで言った時、のぞみは申し訳なさと、恥ずかしさで胸が一杯になり、長老の言葉をさえぎって、口を挟みました。

「そしたらこう言ったのでしょう？　何を、この老いぼれめ！　お前みたいな老いぼれは丸焼きにして、ヘビの餌にして、糞にしてやるわ！　って。申し訳ありません、こんな怪我までさせて」

「思い出したかね？」と長老は、にこやかな笑顔で言いました。

「申し訳ありません」

「いや、わしこそ、あの時は言い過ぎた」

「いいえ、事実です」とのぞみは、申し訳なさそうに言いました。

「お体は痛みます？」

「いや、気にせんでいいよ、もう治ったから。後は女房の愛情さえあれば治るから」

「私に何かできること、ありません？」とのぞみは、慈愛にあふれるまなざしで、長老に言いました。

「わしからそなたに望めるのは、あのことは忘れることです」

「でも」

「わしはね」と長老は考え深い様子で続けます。

「解っていたんだよ、突っついてはいけない藪だって。そっとして置くべきだって解ってはいたけど、興味本意に突っついたんだ。そなたが忘れてくれないと、わしの心にしこりが残る。忘れるんだね」

「でも……」とのぞみは、言葉をつまらせながら言いました。

「それじゃ、私が辛い」

「忘れてはもらえないかね」と長老は、また言いました。

「そなたは変わった、そなたみたいに美しい女性の心が悲しみに沈むとわしが辛い。わしの怪我はいずれ治る。体の傷は癒えても、心に痛みが残ったら、それこそ辛い。それにしてもそなたは随分変わった。あの時と今では雲泥の差だ。あの時のそなたなら償ってもらうが、美しくなったことでそなたの罪は消えた。わしの怪我はあの時の魔女から受けた。今のそなたから受けたんじゃない、忘れるんだね」

「いいんですか？　いいえ、いけません」とのぞみは申し訳なさと、あやまちを許してくれるという、長老の温もりに揺れながら、辛そうに言いました。

「奥さん、そなたは変わった」と長老は言いました。

「随分変わった。あの時と今では、雲泥の差だ。あの時より、今の方が美しいよ奥さん。幸せになるんだね」

のぞみは嬉しさのあまり、何も言えませんでした。長老は続けました。

「奥さん、体の傷は日増しに痛むことはまずない。しかし心の傷は日増しに痛むことがある。それを味わうのは嫌だが、それを与えるのもわしは嫌だ。奥さん、今のあなたに似合うのは悲しみじゃない、幸せだ。幸せになりなさい。あなたが幸せになることを、わしは祝福するよ」

のぞみは、長老の温もりのある好意に、涙ぐむ思いでした。

「ごめんなさい」とのぞみは、涙声で言いました。

一同は長老を真ん中に、光とのぞみ、老母、それから子供たちと先生が、周りを囲み、正座して長老を見つめていました。

光は長老の思いを察し、助け舟を出すようにやさしく言いました。

「のぞみ、心の美しい人はね、美しいことをしたいのだよ。この方は、お前を責めるより、許すことで美しいことをしたいのよ。心の美しい人は、そうなんだよ、のぞみ」

のぞみは光のなぐさめに感謝する思いで一杯でした。そして彼女は、自分が犯したあやまちに対する、強い思いを言葉に託して、詫びるように言いました。

「私は、私はどうすればいいの？　私に忘れてって言うの？」

光はまた助け舟を出した。

「のぞみ、僕は君に忘れなさい、とは言ってない。あやまちは後悔しても、自分の存在を否定してはいけない、それこそこの方の悲しみだ。今までのことで、君がこれから先、もっと心を美しくしようとするなら、僕はこの方に甘えてもいいと思って」

「でも私、何もしてないのよ」とのぞみは、涙声で言いました。

「のぞみ、君の悲しみは僕の悲しみでもある。僕も一緒にあやまるよ」と光は言いました。そして長老に一礼してから続けました。

「申し訳ありません、ご主人。私の妻が、お詫びのしようもないようなことをしました。心からお詫びします。お許し下さい。ご主人、お詫びや償いには、二つの方法があります。物をもってする方法と、心をもってする方法です。僕たちは何も持っていません。でも僕は、心にいいものを持っていると思っています。ご主人、あなたは自分が嫌になって、自分自身から抜け出したと言っていましたね。それは自分からの逃避です。自分がきらいになって自分から逃げると、どこに行くのか、どこまで行くのか解らない。僕は自分から逃避しなくてもいい方法を知っています。それは希望を持つこと、何かを望むことです。そして自分自身をよく見つめることです。自分自身を見つめることはつまり、自分自身に存在している何かいいものを探すことです。心を持っている限り、みんないいものを持っているのです。心、それ自体いいものなのですから。自分自身にいいものがあれば、自分から逃げなくていい訳です。言ってみれば、自分が嫌になった時、早合点して早急に決断しなくてもいいのです。ご主人、どうです、思い当たる節がありませんか？」

「確かだ、兄ちゃん。お前さんの言う通りだ」と長老は、苦笑いして、納得したように言いました。

「わしは自分から逃げた、憂鬱病の自分が嫌でな。あの時、何かを望んでいれば、自分から逃げなくて済んだかもしれない。自分が嫌になった時、何かを望むことは、自分から逃げ出そうとする自分を止めてくれる。言ってみれば、あるがままの自分を受容するということだ。自分が嫌になった時、何かを望むのは、時間の上に咲いた意志の花なんだよ。何かを望まなければ、時間の上には花は咲かない。自分という花は、何かを望まなければ咲かないんだ。でもな、兄ちゃん、わしはこの怪我によってそれを知ったんだ。だからわしは君たちに、この怪我を償ってもらおうとは思ってない、本当だよ、奥さん。あのことは、もう忘れて。それから兄ちゃん、わしはいいことを聞いたよ。自分でも思ってはいたけど、確かめることができた、自分が嫌になった時には、何かを望むということをね。それを確かめさせてくれた、それで十分だ、君たちはこの怪我に対して、十分なことをしたよ」

「僕の思っていることが、役に立てて光栄です。それに、それだけで、僕たちのあやまちを許していただいて、お礼の申しようもありません。ありがとうございます」

「礼を言いたいのはわしの方だ。いいことを聞かせてくれた、ありがとう。それから奥さん、幸せになるんだよ」

のぞみは目頭を押さえながら言いました。

「すみません、……ありがとう」

彼女の心は、温かい思いやりに対する、感謝の思いで一杯でした。

「すみません、奥さん……」

彼女は長老の妻に、言葉をつまらせながらお詫びをしました。

老母はのぞみに言いました。

「奥さんや、実際痛い思いをしたのはこの人だ。私らじゃないて。この人がいいと言うんならいいんだよ。私らはこの人と共に在る。この人が気にせんでいい言うたら気にせんでいいんだよ。奥さん、私らも祈っているわ、幸せになるんだよ」

女は女の気持ちを知る。しかしそれは、愛する人に十分大切にしてもらった、十分に愛された、そういう確信がなければ、行動や態度、言葉に、やさしさが表れることはないのです。老母の顔には、幸せに満ち足りた明るいほほえみが見られました。

長老の怪我は、魔法の世界から逃げる時、洞窟のあちこちにぶつかったために負ったのです。それなりに痛い思いをしました。しかし長老は、自分が怪我をすることによって、何が原因で自分が嫌になり、その結果どうなるのか、どこに行くのか、ことの顛末は何を意味しているのか、そしてそれを防ぐ方法とは何か、そうしたことを身をもって知ったのです。そして光の話によって、それを確信できました。だから長老には責める気持ちは全くありませんでした。

「過去のあやまちを詫びること程、辛いことはなかろう」と長老は、のぞみを見つめながら、同情するように言いました。

「それはね、心が美しいからだよ。そなたみたいに、心の美しい女に悲しみは似合わない。心の美しい女が、幸せになれない社会は間違っている。幸せになりなさい。あなたが幸せになることは、自分の為だけじゃない、みんなの為なんだ」

ついに、のぞみの目から涙がこぼれました。

「すみません……」と彼女は、言葉をつまらせ気味に、涙声で言いました。

「ありがとうございます」と光は、一礼しました。

「心暖まる言葉、ありがとう。心の琴線にふれた思いです。心ない行為に心ある言葉、身に染みます。ご主人、奥さん、それからみんなにめぐり会えたことを、僕たちは幸せに思います」それから彼は、のぞみに向きを変え、彼女を見つめながら続けました。

「のぞみ、幸せになろう、心に染みる愛をいただいたお礼にね。僕たちが幸せになることが、お詫びと、恩返しになるならね」

のぞみは喜びの涙を流しながら、光の肩にもたれるように顔を伏しました。彼女はもう、言葉を出せませんでした。

そんな二人に、長老は穏やかに言いました。

「涙で心が溶けないうちに、幸せになるんだよ」

「女の心はね、涙で美しくなるものよ、心を美しくすることが女の幸せよ」と老母は、やさしい声で言いました。

部屋の中に、しばしの沈黙が訪れました。

のぞみは自分の内部で、確かな、重く響くような声を聞きました。

その声は、こう言ったのです。

「のぞみ、私は神だ、聞こえるか？　そなたは素敵な名前をもらった、おめでとう。私は美しく生まれ変わったそなたに告ぐ。のぞみ、自分自身の内部をよく見つめよ。そなた自身に何があって、何がないのかを。そしてそれらはどうあるべきか、どうするべきか、外部を見つめて考えなさい。そして自分の心に正直に生きなさい。愛に生きるなら、美しきものが見えるだろう。そなたの心に悲しみが残っているなら、まだ愛が足りなかったからだろう。愛しなさい、傷つくまで」のぞみは、神は何を告げようとしたのか、考えた。

　彼女はまず、自分にあるものが何かを自問しました。そして、自分には悲しみがあり、嬉しさがあり、心があり、そして長老に対する申し訳ない思いと、お詫びしたいという意識があることを確認しました。そしてないものを自問しました。ないもの、それは償った、お詫びした、という意識、そしてその方法が見つからないことも知りました。何もしないのに、これでいいとは思いたくありませんでした。そして彼女は、自分にあるものと、ないものを前に、これでいいのかと自問しました。彼女は、これではいけないと思いました。そう思った時、彼女は光の肩から離れ、袖で涙を拭きました。彼女はもう、涙を流してはいませんでした。彼女の心は晴れていました。快晴と言わぬまでも、八方ふさがりのどん底から抜け出したような、自由な解放感を味わっていました。彼女は、はしゃぐ少女から一歩大人へと近づいた時のような、慎ましやかな表情で、長老を見つめていました。その目には、希望と情熱があふれているように思われました。

「みなさん、聞いて下さい」と光は彼女が肩から離れると、語り出しました。

「美しいか、可笑しいか解りませんが、僕が小さい頃、母が僕に聞かせてくれた話です。畑の真ん中にきれいな花が咲いていました。その花を、鶴が毎朝毎朝見に来ました。鶴はその花を、うっとりするように見ていました。この光景を、地主は感動的な思いで見つめていました。地主は貧しかったので、その花を抜き取って作物を植えたかったのです。しかし地主にはそれができませんでした。地主には、花を見つめている鶴が、とても愛しく見えました。そこで地主は、その花のまわりを残しました。このような光景を遠くの方から、狸が見ていました。狸は、鶴や地主を引っかけようと思って、花のまわりに大小幾つかの罠をかけました。よく朝、鶴が罠にかかってもがいています。これを見た地主は、鶴を助けようとかけ寄ったのですが、地主も罠にかかってしまいました。それを見た狸は大笑い。腹を抱え、体をよじりながら笑いました。地主は何とか自分の罠をはずし、そして痛い足を引きずりながら、鶴の罠もはずしてやりました。そして地主は鶴に尋ねたのです。『痛むかい？』鶴は自分を助ける為に、怪我をした地主への申し訳ない思いと、怪我までして助けてくれたことへの感謝の思いで、胸が一杯でした。鶴は地主のやさしい心遣いに、言葉にならないような思いを言葉に託して言いました。『ごめんなさい』そして『ありがとう』それから鶴は、地主を見て言いました。『地主さん、私を助ける為に怪我までさせて本当にごめんなさい。助けてもらったのに私には、何の恩返しもできません。でも助けてくれて本当にありがとう！』何の恩返しもできないと言った鶴に、地主はやさしく言いました。『その足では痛くて飛べないだろう、たとえ飛べてもその怪我ではどうにもなるまい。生きていくこともままなるまいに。うちで怪我の手当をするから、そして怪我が治るまでうちにいなさい』鶴は地主にこう言いました。『とんでもありません。地主さん、私は何の恩返しもできません』地主は鶴に言いました。『私は恩返しが欲しくてやるのではない、ただいいことをしたいのだよ。いいことをしたという思い出ができたら、私はそれで十分だよ』鶴は地主に、『ありがとう』とお礼の言葉を言いました。地主は鶴をやさしく抱いて、家に帰りました。そして鶴の世話をしたのです。鶴は日に日に元気になりました。地主が鶴を助け、世話をしたことを、村人たちは温かな心で見つめていました。そして鶴は、村の子供たちに可愛がられました。やがて鶴は、旅立つ時が来たのです。地主は鶴に言いました。『鶴さん、元気になれて良かったですね？　あなたのお陰でいい思い出ができました。ありがとう』鶴は地主に言いました。『地主さん、お礼を言うのは私の方です。何の恩返しもできない私にここまでしていただいて、本当にありがとう。あなたの親切はいつまでも忘れません』。地主は鶴に言いました。『鶴さん、あなたにお願いがあります。あなたに名前を付けたいのですが、いかがですか？』『私に名前ですって、どんな名前でしょう？』と鶴は尋ねました。『あなたの名前は愛です、いかがでしょう？』と地主は言いました。鶴は地主に、やさしく感謝をこめて言いました。『助けていただいた上に、素敵な名前までいただいて、何て感謝したらいいのでしょう！』地主は鶴に言いました。『私はいい思い出ができて嬉しいですよ、それだけで十分です。また遊びに来て下さいね』鶴は地主に言いました。『地主さん、私もいい思い出ができました。あなたは生命の恩人です、ありがとう。また遊びに来ますね』そして鶴は旅立ちました。ご主人、この話、美しいと思います？」

長老は光の話に、ほほえみながら穏やかに答えました。

「美しい話だね、心に温もりを感じるよ。兄ちゃん、君の母親はいい母だ。わしは地球の話を、夢物語にして随分話してきた。わしは地球という存在を、夢の中で見てきた。兄ちゃん、そなたの話を聞いて良かったよ。わしの夢物語は、美しいものだったと信じることができた。美しい話をありがとう、わしはそなたらに会えて嬉しいよ」

「ありがとう、ご主人。僕たちは何も持ってないけど、心が触れ合うことができたと思っています。ご主人、お願いします。僕たちに美しい思い出を下さい」と光は言うと、長老に一礼した。

「兄ちゃん、わしは地球の世界の夢物語を随分してきた。それというのも、現実に不満があったからではない、理想に対する芸術的なものを求めたかったからだ。それに対する報酬がこの怪我かもしれない。しかしわしは後悔してない、むしろ良かったと思っている。地球に存在するほとんどは、ここでは夢物語に出て来るようなものだ。わしは地球を見てはいない、だけどわしの夢物語は間違ったものではない、わしの理想を求めた夢物語は芸術として完成していると思っている。兄ちゃん、わしの心が美しいと思うかい？　美しいと思うなら、わしの心を持っておいき」

と長老は、光を見つめながら言いました。

「ありがとう、お父さん。あなたの心は美しいです。お父さんの夢物語が美しいなら、心も美しいです。心が美しくなければ、美しい夢物語は生まれません。お父さん、美しい心をありがとう。僕たちにとって、美しい思い出になります」

「ご主人からお父さんかい、いい言葉だよ。心がこもっている。美しい思い出になるのは君たちにとってだけじゃない、わしたちにとっても美しい思い出なんだ。兄ちゃん、名前は何て言うんだ？」

「僕は光って言います」

「奥さんの名前は？」と長老は言いました。

「私はのぞみって言います」とのぞみは答えました。

「のぞみさんですか、いい名前ですね。あなたは素敵なパートナーにめぐり会えた、幸せになって下さいね、遠慮することはありません。この怪我のことは忘れて下さい。あの時はあれで良かったのです。もしあの時、竜宮城なみの待遇をされていたら、わしは取り返しの付かないあやまちを犯していたでしょう。愛する家族をいつまでも忘れてしまうというあやまちをね。のぞみさん、あの時あなたのあの一喝があったから、わしは致命傷的な病から救われたのです。わしこそお礼を言うべきだ、ありがとう」

「とんでもありません」とのぞみは、真剣な表情で申し訳なさそうに言いました。

「どうお詫びしても、しきれるものではありませんわ」

「のぞみさん」と長老は言いました。

「正直に言うとわしは恥ずかしい、この年で自己喪失病にかかるなんて。この怪我のことは忘れて下さい、お願いします。あの時はあれで良かったのです。あなたはあやまちを犯してはいないのです。あなたのやったことが道義上どうであれ、結果的に良かったのです。わし自身目が覚めたというか、自分自身を取り戻したのですから」

「私のやったことを許して下さると言うのですか、お父さん？」とのぞみは、長老を真剣な表情で見つめながら、申し訳ない思いと許された喜びをかみしめながら言いました。

「お父さんの心は何と美しいのでしょう！　そして私は何と幸せ者でしょう。ありがとう、お父さん！」

「のぞみさん、今のあなたの幸せそうな顔、とても素敵ですよ。遠慮なく幸せになって下さい、幸せはいいものです。あなたが幸せになったら、わしはあなたとめぐり会えて良かったと思う。わしは君たちと出会ったことを美しい思い出にしたい、だから幸せになって」

のぞみは長老の言葉を心底嬉しく思いました。自分にできることが何もなく、長老の為に何かをしたという意識もなく、ただ自分はまわりの人たちに甘えるばかりで何もせず、あやまちを許されただけに、ひと際嬉しかった。彼女は内部で聞いた、神の声を思い出しました。

彼女は神が言ったように、自分にあるもの、ないものを自問しました。彼女は自分には、あるものは全てがあるように思えました。そしてないものは、何もないように思えました。喜びの全てがあるように思え、不足なものは何もないように思えました。そして神の告げた『愛しなさい、傷付くまで』この言葉に対して、何の抵抗も感じませんでした。長老から、そして光から受けた、温かくやさしい言葉、心に染みる親切、思いやりのある励まし、このような温かくやさしい、寛大な善意に触れ、傷付くまで愛したとしても何の不足もないと彼女は思いました。そしてそこまで愛さないとしたら、自分に不足を感じるだろうと思いました。彼女は、自分は心底幸せ者だと思いました。彼女の心は、まばゆい程に輝きかけていました。

事実、彼女の心には、過去の暗く醜い考えはもう何もありません。過去の醜い生きざま、長老や光に対するあやまち、こうしたことが全て、光明に変わったのです。あやまちを許されたこと、励ましてもらったこと、そして自分が美しく、幸せに満たされていることが感謝となり、感謝という光明が、彼女の心を満たしていました。

彼女は光や長老に出会うまで、何をやっても満足したことはありませんでした。いつも自分のすることに、猛烈な怒り、苛立たしさ、そしてもの足りなさを感じていました。美しく優雅で、やさしい心遣い、他者のこと、まわりのことなど一切考えたこともありませんでした。哀れで悲しい存在。いつも怒り、虐げ、せせら笑い、満足すべき結果を得ながら満足した喜びのない、魔女としての彼女は、こんなにも悲しい生き方だったのです。

その彼女が大きな変身をとげたのです。

のぞみを魔女から、美しい心を持った女性に変身させるには、光の存在が必要でした。彼女の心をさらに美しくするには、長老が必要でした。

長老が先に、光が後からめぐり会ったのに、後から出会った光が彼女を変えたのですが、それは単なる運命のめぐりあわせによってではなく、彼女の内部にも、変わる要素があったのを光が目覚めさせ、長老に出会った時に、彼女の心はさらに美しくなったのです。

人の運命には、順番があるかもしれません。しかし初めが後で、後が始まりになる時もあります。

ただ、運命が二つの確実な要素である、心を色付けするもの、つまりのぞみを変身させる為の光と、長老のやさしさ、思いやりのある心が、のぞみの心という花を開花へと導いたのです。

のぞみは、光や長老のそうした善意に対して、自分にできることは、たとえささやかでも真心をこめようと、心に決めていました。

彼女は、自分は幸せであるという思いを、言葉にして言おうとしました。しかし、光が先に言葉を発しました。

「お父さん、美しい思い出は、美しい心がないとまずできません。しかし美しい心があっても、一人では駄目です。誰かに出会い、心の触れ合いがなければ、美しい思い出を望むのは無理です。そしてその行為は、お互いの心からの思いやりがなければ無意味でしょう。言ってみれば僕たちは、お父さんの美しい思い出の素敵なパートナーだったのですね？　つまり僕たちは……」

光がここまで言いかけると、長老の夢物語を聞こうと思って待ちくたびれた、子供たちの一人が、ついに待ちきれずに、おねだりするように言いました。

「ねえ、おじいちゃん、地球の話してよ、夢物語聞きたいよ」

子供たちには、光や長老の話は地球の話のように思えても満足できず、一斉に、「地球の話してよ」とせがみました。

「地球の話はね」と長老は、子供たちに穏やかに言いました。

「光兄ちゃんにしてもらって、この兄ちゃんは地球から来たんだから」

そして光に視線を戻して続けました。

「光君、地球の話をしてくれないかね、君が話した方が、子供たちにはより楽しく、興味をかき立ててくれるだろうから」

子供たちは今度は光に視線を向けました。光も子供たちに視線を向けました。

子供たちのまなざしは、純粋そのものに思えました。

子供たちは大した苦労は知らないのだから、と言ったら失礼かもしれません。運命的で宿命的な重みは年齢を選ばないのだから。

虐げられた苦しさ、運命の重みによる歪みを知らない子供たちの目は純粋です。こうした子供たちは、裕福なくらしの中でも夢や希望、理想を求めます。それは満足していないからではなく、むしろ満たされているからです。子供は結果に対してより、成長の過程に存在性があるのです。子供が夢や理想を求めるのは満足しているからであり、そのまなざしに純粋さが見られるなら、順調な成長をしているのです。

光は子供たちのまなざしに、自分に求められたものが、純粋で真剣なものであることを感じました。彼は子供たちのまなざしに、自分の役割が大切なものであると思いました。

彼は子供たちを一人一人見つめ、子供たちはかたずを飲んで光を見つめていました。彼は長老の為にできるだけ間を作り、笑みを浮かべると話し始めました。

「地球にはね、いろんな生きものが沢山いるんだよ。いろんな形をした、大きいのや小さいの、そしていろんな色をしているんだ。それから空を飛んだり、飛びはねたり、走りまわったり、そして水の中にもいろんな生きものがいるんだよ、地面の中にもね。それからいろんな色の花もあるんだよ、君たちはどんな生きものを知っているかな？」

十二人の子供たちは一斉にはしゃぎ声をあげました。そして自分の話を聞いてもらおうと、みんな一斉に立ちあがると光に集まりましたが、誰が何を言っているのかさっぱり解りませんでした。

のぞみは光の側にいるのに相手にされなかったので、寂しくなり、光を羨ましく思いました。子供たちのあどけない可愛らしさに心を奪われ、子供たちが相手にしてくれたらというあこがれで、胸が痛くなるほどでした。彼女は、後退りするように離れて、遠巻きになるように子供たちを見ていました。

光のもとへ集まった子供たちは、周りのことを気にせず、自分の言いたいことを聞いてもらおうと、飼い主に戯れつく子犬みたいにまとわり付きました。

「ねっ、ね、聞いて、赤い色の生きものがいるって本当？」と一人が、はしゃぎ声で尋ねました。

「白や黒の生きものもいるんだって？」と別の子供が尋ねました。

「水の中にいる生きものもいるの？」

「空を飛んでいる生きものがいるって本当？」

おおぜいの言うことを一度に聞くことはできないし、何を言っているのかも解らないので、光は一人一人、子供たちの顔を見ながら聞いていました。

のぞみは子供たちや光を羨望する思いで見つめていました。

子供たちの質問は続きました。

「喧嘩をしているのもいるんだってね？」

「首の長いのや鼻の長いのもいるんだって？」

「土の中に生きものがいるの？」

「姿を変えるのもいるんだって？」

「おいしい実をならすの本当にあるの？」

「きれいな花が一杯あるの、本当？」

子供たちははしゃぎながら、無邪気に光を見つめながら質問しました。どの子の質問も素朴で、真剣で、的を得たような素直なものでした。

光は子供たちの質問に、誰もがなごめるような笑みを浮かべながら、一人一人の顔を見て答えました。

長老は光をとりまく子供たちが、伸び伸びとしてはしゃいでいる光景に、心の底からしみじみと明るく、暖かくなってくるのを感じていました。そして呟くように老母に言いました。

「あの子はわしのできんことを、簡単にしよる」

彼の妻は何の返事もしませんでした。長老は続けました。

「あの子たちを見ていると、わしがどの程度だったのか、つくづく解った。わしは今まで、あの子たちの質問を一度に二人、三人、時にはみんな一遍に聞こうとした。だからあの子たちは畏縮して、伸び伸びと無邪気に子供らしくできなかったんだ。あの光って子はああもいい笑顔を持っているんだから、ずいぶんと大きな心を持っているんだろうね？」

「本当だね、お前さん」と長老の妻は言いました。老母はしみじみと、感情を込めて続けました。

「お前さんとではえらい違いだ。想像の世界でどれだけ解っていても、実際に見た人にはかなわないよ。お前さんを責めるつもりはないけど、せめてあの子たちを相手にする時には時間をけちらないで、たっぷり使ってあげなさいな。それがあの子たちに対する真心ですよ。見てごらんなさい、子供たちの伸び伸びとした姿を。あの子にはいつまでもここにいてもらいたいものだ」

「全くだ！」と長老は、相槌を打ちました。

老母は光や子供たちを、ほほえんで見つめていましたが、その胸には、長年の生涯に積み重ねた、人生の喜びよりもっと大きな和の喜びが溢れ、その生涯に学び得た、人生の尊さよりもっと大切な、真心だけが作り得る愛の尊さを感じていました。

それは長老も同じでした。長老の下の娘も、それに似たような何かを感じていました。

光は自分にまとい付く子供たち一人一人の質問に、暖かい日溜まりの中で太陽にほほえむ花のような笑みで答えました。子供たちの興奮が少し静まると、光はみんなを見回して尋ねました。

「まだ他に聞きたいことがあるかな？」

「ねえ、お兄ちゃん」とまだ質問していない子供が尋ねました。

「お兄ちゃんは生きもの全部好き？」

光は、答え難い質問、あるいは答えられない質問を受けた人がするように、はっと息を飲んで面食らったような表情で、考えている様子でした。

長老は、かたずを飲む思いでした。子供が言った「好きか？」ということを一度も考えたことがなかったからです。彼はこの言葉の意味を、考えざるをえませんでした。今まで地球に対して、いろんなことを夢見、想像してきましたが、好きかなどとは考えてもみませんでした。そして子供の質問を聞いて初めて気が付いたのです。長老は自らの未熟さを意識し、子供が見つめる目、子供が抱く素朴な疑問の中には、確かな真実が秘められていることを感じました。

そしてどんなものであれ美しいものやすばらしいもの、煌びやかなものだけが尊いのではなく、自分がそれらをどれだけ好きか、というところにも存在の尊さがあると思いました。そう思った時、長老は自分の見識の狭さを悟り、子供たちの何気ない思いに、大切な何かが秘められているのを感じました。

光は子供の質問に考える仕草をしながら、笑みを絶やすことなく答えました。

「好きです、大好き。でも嫌いなものもいるよ、だけどほとんどは好きだな。その中にはね、とっても可愛くて、だぁい好きなものもいるんだよ」

「いいなぁ、大好きなものがいっぱいいて。行きたいなぁー、地球に行きたいよー」と子供たちは、おねだりする時の甘え声で光に言いました。

他の、質問していない子供が光に尋ねました。

「ねえ、お兄ちゃん、その生きものは何をしているの？」

光はまたしても考える仕草をしました。

長老も、今度もかたずを飲んでいました。彼はその質問で、自分が夢中になっている間に、気付かずに葬り去られてしまおうとする大切なものがあることに気が付きました。彼は今まで、その生きものたちが何をしているのか、考えたこともありませんでした。

大切なものが気付かずに、忘れ去られてしまうというのはよくあることです。忘れてしまえば、存在そのものが消えてしまう程の大切なものまで。けれども、誰かのさり気ない行為によって、それを気付かされることがあります。その時、その行為に感謝したり、喜んだり、自分の未熟さに気付いたりするのは、心が成長したからなのです。そしてその成長は、心が純粋でなければ、ありえないのです。

長老は二度に渡って、子供たちに気付かされたことに、恥かしさと感謝の念を抱いていました。

光は笑みをそのままに、ややあやふやながらも答えました。

「何をしているかって、みんな一生懸命生きているんだ、それぞれが自分の使命を帯びてね。どんな使命を帯びているのか僕には解らないけどね。たぶん自分の為に、そして子供を残す為に精一杯生きているんだ。だから可愛いんだけど。一生懸命生きるってことは、とてもすばらしいことなんだよ。使命って分かるよね？　とっても大切なことをしているってことなんだよ」

光の言葉に、子供たちは甘え声で言いました。

「いいな、地球はいいな。すばらしいものがいっぱいあるんだ、地球はいいな」

光は子供たちに相槌を打つように、言いました。

「君たちは地球のことをどれだけ知っているかしらないけど、地球にはね、いろんな生きものがいて、一生を水の中で生きているものや水の中からやがて空に向かって生きていくもの、長く大空を飛んでいるものや、地面を走ったり飛びはねたり、そして紙のように薄い羽根をもって飛んでいる生きものもいるんだよ」

子供たちは正座して、何か興味深いものに対する真剣なまなざしで光を見つめました。

光は続けました。

「それから僕はね、地球でいろんな小鳥を飼っているんだよ。その小鳥たちはね、いろんな色をしてとっても可愛いんだ。僕は心を込めて可愛がったから、僕にとってもなつくんだ。その小鳥たちは僕の手や腕、肩や頭に止まって嬉しそうに鳴くんだよ。僕の友だちにね、体が弱くていつも病気みたいな、女の子がいたんだ。その子は体が弱いから、ほとんど家の中にいて友だちが少ないんだ。その為に、その子は心を開いてくれないの。だからみんなで心を開いてくれるように気を遣っていたんだけど、なかなか難しい。だけどね、その子は動物が好きなの、特に小鳥が大好きなの。だから僕は自分の飼っている小鳥をその子にあげたの。そしたらその子は心を開いたんだよ。そして僕にこう言った。ありがとうって。そして、『その小鳥は私にこう言っているように思えたの、まわりのお友だちにあって自分にないものを求めるより、今自分にあるものを見つめなさい、その中にも美しいものがあるから。一生懸命生きていることは美しいものよ、私たちは一生懸命生きているわ、あなたが私たちを美しいと思うなら、私たちが好きなら、ほほえんでごらんなさい』ってね。そしてこう言ったよ。『私は小鳥が好きだから、心の中で呟いたの。私はあなたたちが大好きよって、そしたら心が明るくなったの、そして心の扉が開いたの。あなたが小鳥をくれなかったら、私はいつまでも同じだったでしょう。私は、私みたいな女の子は誰も見ていてくれない、そう思っていたの。あなたのお陰で生きることのすばらしさが解ったように思えるの、ありがとう』ってね。そしてその子は笑顔でこう言ったんだ。『人間にとって小鳥はね、希望や夢、生きる勇気を与えてくれる、心の友だちなのかもしれない』って。そしてしばらくしてその子は僕にこう言った、『いいものばかりを求めるより、一生懸命生きることが大切だ』って。そしていよいよ具合が悪くなって死ぬ間際、僕にこう言った。『生きることのすばらしさを知って死ぬのは、幸せなことだ』って」

子供たちは熱心に聞いていましたが、むしろ、子供たち以外の者たちの方が熱心に聞いていました。

光がここまで言うと、子供たちはまた彼にまつわり付いて口々に言いました。

「地球はいいなぁー、いろんなものがいっぱいあって」

「お兄ちゃん聞いて、ここには何にもいないんだよ。水の中にも、土の中にも。空を飛んでいるものも何にもいないんだ」

「いいなぁー、地球はいいなー。行きたいよー」

事実、このほほえみ村には家畜以外の動物はいません。植物も地球程の種類が存在しないのです。それでもほほえみ村の人々は、幸福にくらしていました。それは心と心の繫がりを大切にしていたからです。といっても、彼らに理想がないと言えば嘘になるでしょう。

理想とはないものを求めることです。彼らは無いものを求めていたのでしょうか。それは違うようです。彼らが求めていたものは他人にあって自分にないものではなく、いつかは、という期待のこもった可能性だったのです。

地球程恵まれてはいないこのほほえみ村は、不幸なのでしょうか？　それは一概には言えません。周りの人々のことを親身に考えるなら、真心を尽くすなら、それはそれで豊かなのですから。

子供たちは長老から、地球の生きものの形や動きなどは教えてもらっていました。ただ、実際に見たことがないというだけでした。

子供たちは夢を見る。希望を求める。それはないから求めるのでしょうか。いいえ、あるから求めるのです。未来というすばらしいものが。そして夢を見る心、希望を持つ心があるからなのです。

長老たちは熱心にというよりはむしろ、感動の思いで光の話を聞いていました。

老母は感動を隠せない様子で、言いました。

「素敵なお話ね。地球はさぞ、素敵なところなのでしょうね？」

「それがそうでもないんです」と光は寂しそうに言いました。

「地球は理想ばかりじゃない。困難な現実問題が沢山あるんです。人類の歴史は権力や勢力争いの為に、その多くが悲しみで作られています。理想を掲げていても、現在も悲しみは消えていません。人類は理想を文明や開発と称して、自然を自分たちの都合のいい形に変え、その結果地球を汚してしまいました。そして一部に理想が過剰な形となり、それ以外には欠乏という大きな悲しみを生み出したのです。同時に動物たちの住み処を脅かし、追い払い、一部の動物たちは絶滅の危機に瀕しているのです。悲しいことに、人類は動物たちの絶滅の危機に直面してはじめて、自分たちの生命にも関わる危機を知ったのです。悲しいことでも、これが地球の現状です。理想のためにも心をなくしてはいけません。理想を自分たちの都合のいいものだけで作ると、必ずや過剰と欠乏が生まれます。それは理想や夢、そして心にとっても、消滅の危機なのです」

光の話を聞いた老母は、少し蔑んだような笑みを浮かべて言いました。

「理想を求めたのに歴史が悲しみで作られるなんて、もしかして人間は賢くないんじゃないの？」

光はしょんぼりしてしまいました。

それを見た長老は、すぐ助け舟を出しました。

「これ、母さんや、何てことを言うんだ。理想を求められるのはすばらしいことなんだ。結果が悪いからといって発想まで悪いんじゃない。多分理想があり過ぎたんだ。いや、あり過ぎたんじゃない、そうなるようになっていたんだ。つまり途中なんだよ、完成のな。あり過ぎるのは良くないかもしれない、しかし全然ないじゃあまりにも寂し過ぎるじゃないか。母さん、お前さんだってそうだ。わしが心を込めて話しているのに、お前さんは愛想のない空返事と生返事ばかりだ。結果が悪いからといって、その考えや目的まで悪いと思ってはいけないんだ」

「だってお前さん」と老母は、愛想笑いを浮かべながら言い訳をした。「ないものをあるようにいつもいつも聞かされたら、耳にたこができちゃった。同じ話ばかりじゃ、あきちゃうよ。夢話ばかりじゃ生きていけないよ。でもま、考えてみれば全然ないよりましだね。全くなかったら、人生が干からびていたかもね。感謝しているよ、お前さん」

「そうだろう」と長老は言いました。

「全くないより、あり過ぎてもあった方がいいだろう？　結果が悪いからといって、発想や目的も悪いと考えたらいけないんだ。理想は悪いものじゃない、結果が悪くても発想や目的が悪くないなら、そしてそれらに心が込められていたなら、結果が悪くてもそれは悪じゃない、あやまちなんだ。途中なんだよ。それは詫びることによって、改め直すことによって、償われるはずだ。償うことによって、また新たな可能性、理想にめぐり会えるはずだ。違うかね、光君？」

「僕もそう思います」と光は、信頼を回復したような表情で言いました。

「少なくともそう信じたい。結果が悲しいのは、発想や理想が悪いからじゃない、完成への途中だからです。僕はそう思っています。歴史は悲しくても、心には素敵な思い出があったはずです。心と心の触れ合いという、素敵な思い出がね。人類は理想に真心を込めてきた、少なくとも僕はそう信じています。理想は未来に明かりを灯すものです。希望の光を灯すものです。理想は無知を真理へ、叡知へと導く光です。そして愛がそれを可能にするでしょう。人類は平和という、永遠の理想を持っています。今が悪いからといって、理想を捨てる訳にはいきません。それこそが、一番悪いことなのです。結果の悪さから原因を考えるのは、大切なことでしょう。だけど心と心の触れ合いを見つめることは、もっと大切です。理想という光が消えることは、永遠にありません。僕はそう信じています」

老母は光を真剣な表情で見つめていました。

「光さん」と老母は言いました。

「私が言い過ぎました、あやまります。ごめんなさい」

そして頭を下げました。

「あなたは知的でたのもしい人ね。あなたのような方には、いつまでもいてもらいたいわ」

「いえ、理解してもらえて光栄です。もしかしたら人間は、あやまちを犯しながらより真実なるものを、探していくのかもしれません」

子供たちは大人しく正座して話を聞いていましたが、話が終るとまた光にまといつき始めました。そしてまた無邪気な甘え声を発しました。

「地球に行きたい、行きたいよー」

「ねっ、ねー、地球に連れて行って」

光は優しく言いました。

「ごめんね、君たちを連れて行けないんだ」

「どうして？」と子供たちは口々に、不服気に訴えます。

「君たちを地球に連れて行くと、君たちのお父さん、お母さん、それから兄弟、そして君たちのお友だちがとっても悲しむよ。それにいつ帰って来られるのかも解らない。君たちはね、お父さん、お母さん、兄弟、そしてお友だちにとって、大切な存在なんだよ。いいかね、よくお聞き。君たちはね、お父さんやお母さんが、真心を込めて育てたのだよ。真心を込めたものは、みんな大切なものなのだよ。僕が小鳥をあげた友だちは病気で死んじゃったけど、死ぬ時にこう言っていた。みんなに大切にしてもらって良かったって。だから僕は思うんだ。君たちにとって一番いいところは、お父さんやお母さんのいるところなんだ。本当だよ。だからね、僕は君たちを、地球に連れて行けないんだ」

「嫌だ嫌だ、地球に行く。地球に連れて行って」

またしても子供たちは、口々に訴えましたが、もうはしゃいだ表情ではなく、すねているような表情になっていました。

光は一人一人を見つめながら尋ねました。

「君たちはお父さんやお母さん、好きかな？　お父さんやお母さんが好きな子、手を上げてごらん」

子供たちはみな手を上げました。そしてすねかけた表情から、はしゃいだ表情に戻っていました。

光は子供たち一人一人の顔や体の一部に触れながら、一人一人に質問した。

「本当にお父さんやお母さん好き？」「本当に好き？」「お父さん好きなの？　お母さん好きなの？　それでみんな可愛いんだな」

彼は同じ言葉をくり返しました。

子供たちはみんな、「好きだよ」と無邪気な笑顔で答えました。

光はまた訊きました。

「好きでしょう。お父さんやお母さん、好きでしょう？　そのお父さん、お母さんが側にいなくなるとどうかな？　寂しくないかい？」

「それってずるい」何人かが、こう呟き、子供たちは、地団駄を踏むようなすねた表情をしました。

老母が穏やかに言いました。

「残念ね、子供たち。どうしようもないの。あなたたちがいなくなると困るの。その代わり、光兄ちゃんに少しでも長くいてもらおうね」

「それはいいや、ね、お兄ちゃん」と子供たちは、喜びの声を発しました。子供たちの表情に、また明るさが戻りました。

あこがれと寂しさの入り交じった気持ちで子供たちや光を見つめていたのぞみもまた、老母の言葉に、気持ちが明るく、心がほのぼのとしてくるのを感じました。

老母の言葉に、心がほのぼのとなったのは、のぞみばかりではありませんでした。

老母の下の娘も、子供たちのすねた顔を見て、心が暗くなっていたのですが、母の言葉に、心が和んだのを感じました。彼女は子供たちの、それ程までに明るい表情を見たことがありませんでした。彼女は光が、輝いているように思えました。彼の何気ない行為にも、内に秘められた才能、宝もののようなものを感じました。そして、それが何なのか、知りたくなったのです。

彼女のような世代には、確かに、若さゆえの視野の狭さはあるでしょう。しかし他人の良さを見つけることができるのは、心の豊かさなのです。

彼女は自分の人生にとって、子供たちを大切な存在だと思っていました。そして子供たちと共に生きることが、人生の輝きだと思っていました。

生きがい程、美しい人生の花はまずありません。生きがいは人生を飾る花であり、その花を美しい色彩で飾るのが愛なのです。

美徳への愛は、その情熱が外にあふれ出る時、常に人々を美しく飾ります。

彼女にとっての人生は、自分よりも子供たちを飾ることに、多くの時間を費やしていました。

そんな彼女は、光に、何か惹かれるものを感じていました。そして彼女は、尊敬のまなざしで、笑みを浮かべて言いました。

「よろしければ、時間の許す限り、ここにいて下さい。お願いします。ここにいて、この子供たちの夢を完成させて下さい。それは私たちにはできないのです。この子供たちの夢は動物たちのおとぎ話を作ることです。それはあなたにしかできません。お願いします。この子供たちの夢を、少しでも助けてあげて下さい」

「わしからも頼むよ、光君」と長老は、娘に相槌を打つように言いました。

老母の、少しでも長くいてもらおうね、という言葉を聞いた時、光の表情から笑みが消えました。老母の娘の言葉を聞いた時、表情がくもりました。そして長老の言葉を聞いた時、くもった表情に寂しさと申し訳なさが加わりました。そして彼は、今自分がどんな立場にいるのかを感じずにはいられませんでした。

彼は老母の言葉を聞いた時、嬉しく思いました。それは自分のような人間が受け入れられた、という喜びと同じでした。老母の娘の言葉を聞いた時、心がほのぼのとなるのを感じました。長老の言葉を聞いた時、心に安らぎを感じました。それは信頼し合う友らがそれを認め合った時に味わう安らぎと同じでした。

こうした思いを胸に、彼の表情はくもり、沈んだような様子でした。

「みなさん、申し訳ない。僕はここに長くはいられません。僕は一刻も早く、地球に帰らなければばなりません」

明るい笑顔がほころびかけていた子供たちの表情が、また一変し、悲しそうな表情で、光を見つめていました。

のぞみの胸も、失意に沈みました。彼女は老母、老母の娘、そして長老の意見に賛成でした。それが光の言葉を聞いた時、胸が暗くなるのを感じました。怪我を負わせたお詫びと、あやまちを許してもらったことへの恩返しができると思っていただけに、失意の悲しみも大きく、彼女は心の中で、「なぜ？　なぜ？」と呟いていました。「せめてもの恩返しができると思っていたのに！」

老母、老母の娘、そして長老の心からも明かりが消え、失意に沈んだ悲しみがあふれました。

老母は光を見つめ、寂しそうに言いました。

「どうして？　ここはお気に召しません？」

老母の娘も、沈んだ声で光を見つめながら言いました。

「ここよりも、地球の方がいいんでしょうね？」

「そうじゃありません。ここが気にいらないから急ぐんじゃありません」と光は、別れの悲しみを胸に、申し訳なさそうに言いました。

「光君、そんなに急ぐ必要があるのかね？」と長老も、失意の重みを味わいながら、穏やかに言いました。

のぞみも悲しそうな表情で言いました。

「どうして？　そんなに急がなければいけないの？　私はあなたに付いて行きます。でも教えて、あなたが地球に急ぐ理由と、この子供たちの夢とでは、どちらが大切なの？　私はここにいて、この子供たちの夢の完成を手伝いたいの。この子供たちの喜ぶ顔が見たいの」

のぞみの表情に、光は熱いものが込み上げてくるのを感じました。

「のぞみ、僕だってこの子供たちの夢の完成を手伝ってあげたい。僕にとって、どちらが大切かって？　両方大切だよ。でも僕は今、生命に係わる危機に瀕しているんだ。急いで帰らなければならない、解ってくれ！」

それから彼は、子供たちを見つめ、そして老母や老母の娘、長老に視線を向けて続けました。その表情には、切羽詰まった時に真剣に哀願するような切なさが漂っていました。

「みなさん、申し訳ない、聞いて下さい。僕は今朝手術しました。僕は手術前、自分が嫌で自分から抜け出たので、もう手術が終ったのか、まだ最中なのか解りません。成功したのか、失敗したのかも解りません。僕は不治の病、白血病です。今度の手術がたぶん最後になるかもしれません。さいわい現代の医学は、多くの人々のたゆまぬ努力によって、不治の病を克服しようとしています。白血病もその一つです。白血病は死の病と言われていました。でも今は違います。克服する方法が見つかっています。骨髄移植がその方法です。僕は今、その手術をしています。手術はもう終ったか、終る頃でしょう。手術が失敗したら死ぬかもしれないし、たとえ成功しても、長く生きられる可能性は少ないんです。手術が終っていたら、僕はもうすぐ目を覚ますでしょう。僕にとって、手術の成功はとても意味のあることです。それよりも僕は、地球にいる僕が目を覚ますより先に、自分の体に戻りたいんです。僕は今、僕自身の存在の危機に瀕しているんです。そして僕が目を覚ましてくれるのを、待っている人たちがいるんです。解って下さい」

光の、「僕は白血病です」と言う言葉に、長老たちの顔が青ざめました。彼らは光に長くいてもらいたいと思っていましたが、もうどうにもならないことを知ったのです。けれども、行ってしまったらもう二度と来ないかもしれない。これが最初で最後かもしれない、もう誰も地球から来ないかもしれない、そう思うと忍びないという気持ちでした。光のためには、そんなことは言ってはいられないとはいえ、子供たちの夢の完成のことを考えると、本音が頭から消えませんでした。

あまりの驚きに黙っていましたが、それでも彼らは心の中では光の無事を祈っていました。長老は光の切羽詰まった気持ちが痛い程理解できました。彼は愛しい人の辛い立場を理解した時のような、崇高な人間性から生まれる思いやりをもって、訴えるように言いました。

「光、お前がそれ程の危機に瀕していたとは知らず、引き止めたりしてすまなかったね。早く地球に帰る準備をするといい。お前自身が終った霊魂だったなら引き止めもするが、お前はまだ終った人間ではない。光、お前には愛する人も、愛してくれる人もいる、その人たちの為にもお前は生きなければならん。わしたちはお前と出会ったことを誇りにして忘れん。お前が幸せになったらわしたちの誇りであり、喜びだ。もっとゆとりがあったら良かったがな。でもよくぞ訪ねてくれた。ありがとう！」

のぞみは何も言いませんでした。言えなかったのです。自分のあやまちを許してもらったことへの恩返しができると思っていたのに去らなければならないのは辛かったのですが、それ以上に光のことが心配でした。同時に、地球に行ったらどうなるだろうということも、気がかりで不安でした。

今となっては、信じる人を、信じている自分を信頼して、光に全てを託すしか道がないように思えました。光に両方大切だと言われて、彼女には信じる人と共に歩む以外他に道はないように思えました。白血病、不治の病、死の病、もしかしたら死ぬかもしれない、こうしたものが自分の行く手をはばんでいるように、彼女には思えました。もう、ただ一つのもの、信じる人への思いしか残されてないように思えました。

そして理想を適えるジュウタンでこのほほえみ村に向かう途中や、長老の家に入る前に教会の鐘が四時を打った時、そして老母に少しでも長くいてもらおうねと言われた時に見た、光の悲しそうに沈んだ表情が今やっと理解できました。魔法の世界を出る前に聞いた、「地球では限界がある。いつまでも生きられない」という意味も、解ったような気がしました。

彼女は、たとえ一時《ひととき》でも美しく生きられるなら、それでいいと思いました。しかしそれでも胸の痛みは消えず、その痛みは彼女の気持ちを暗い底に突き落とそうとしていましたが、彼女は耐えました。彼女の信じる人への思いが胸の痛みになり、それがだんだん大きくなっていきましたが、思いは変わりませんでした。

そうした胸の痛みはいつかは消えます。けれども、味わっている時は辛いものです。嵐を乗り越えていく愛があります。それは自己を変えていこうとしますが、どんなことがあっても、変わらないのも愛なのです。

のぞみの胸に、そうした何かが芽生えつつありました。けれど彼女はそれに気付かず、漠然とした不安に迫られ、それに耐えていました。

周囲の心配をよそに、子供たちはすねながらも、だだをこねるように光にまつわり付いていました。

光はそんな子供たちを決して、邪険にせず、一人を胸に抱いたまま、また切なそうに言いました。

「申し訳ない、みなさん解って下さい。僕は地球にいる僕自身が目覚める前に、僕自身に帰らなければならないんです。もし手術が終わって僕が抜け出たままの僕自身が目覚めたとすると、何を言うか解らない。父や母に向かってあなた方は誰？　僕は誰？　と言ったとしたら、父や母はどんなに悲しむでしょう！　そして姉や友だちはどんな思いをするでしょう？　僕を助ける為に、少なからず心を砕いて下さった医師やスタッフは、どんな思いをするでしょう？　何より僕が僕自身に帰ろうとした時、僕自身が僕に、お前は誰だと訊かれたら、僕はどう答えればいいのでしょう。僕は僕自身が嫌いになって自分から逃げ出したのですから、返す言葉もありません。たとえ手術に失敗して死ぬことがあっても、僕は僕自身に帰って、死ぬ前にこう言いたい、僕を生んでくれてありがとう、僕を育ててくれてありがとう、僕に多くの愛をくれてありがとうってね。そして僕に骨髄を提供して下さった方にもお礼を言いたい。僕の為に、心をくだいて下さった医師やスタッフにもね。僕は手術が成功すると信じています。僕に骨髄を提供して下さった方や、これから骨髄を提供して下さる方々、白血病で苦しんでいる人々の為に、そして医療の発展に貢献して下さる人々の和を広げる為にも、僕は帰って生きなければなりません。解って下さい。今帰らなければ、僕は永遠に僕自身に帰れないかもしれません。たとえあやまちを犯したとはいえ、永遠に自分自身に帰れないとしたら、こんなに悲しいことがあるでしょうか？」

子供たちは光の言っていることが理解できずに、相変わらず不満そうな表情でまとわり付いていました。

子供たちの人恋しさ、意志の表現、それらにある無邪気さにはどんな罪もないのです。子供たちを叱れる大人はいませんでした。

友愛が悲しみを優しく包む時、悲しみは友情を受け入れる。それを心と心の繋がりと言うのでしょう。悲しみとは、痛さより別れに伴うのでしょう。子供たちの無邪気さは、時には沈黙を救います。

老母は光の真剣な顔を、自分たちの願いが適えられなくても、無事でさえいてくれることを祈る思いで見つめていました。

無事を祈る心は、その奥に潜む影の中にも、悪い思想が潜んでいることはないでしょう。祈りは他人のもののようで自分のものです。祈る心に悪い思想が潜んでいると、自分が駄目になっていくのです。

老母の下の娘も、落胆した気持ちは味わっていませんでした。彼女も光が無事であるよう祈っていました。

祈る心から友愛が生まれる。友愛は人間性から涌き出る温もりと、未来への光のようなものを感じさせるのです。彼女は光の表情や態度に、彼に秘められた、内部から輝いているような、徳性のような宝ものがどこから生まれているのか、解ったような気がしました。彼女はそれが、どんな些細なことであれ、真心を込めて尽くすことによって生まれていると思いました。それを理解したのは、大きな収穫だと感じた時、彼女は心が明るくなったように思えました。

そして自分もそうでありたい、自分もこの子供たちにそれを生かせるようにと願いました。

他人に、自分を明るくしてくれる何かを見い出せる人は、心の素直な、豊かな、そして何より幸せな人でしょう。自分の胸の中に、輝く何かがあることを感じる人は、希望、目標を持っている人と同様、いやそれ以上に豊かであるかもしれません。そこには、輝ける、生命の極みへと成長する愛があるからです。

のぞみは違っていました。彼女の胸には、まだ悲しみが残っていました。恩返しをしたいことと光への思いが複雑に絡み合っていました。

子供たちの、夢の完成への手伝いをあきらめることが、あまりにもつらかったのです。彼女の子供たちへの思いは、それ程熱かったのです。けれども彼女は、どうにもできないと感じていました。彼女は複雑な思いに耐えながらも、信じる人をただ見つめるしかありませんでした。

けれども、信じる意志が、彼女の心に明かりを灯したのです。ただその明かりは、信じた人の心を写したのではなく、子供たちの夢の完成を手伝いたいという、自分の心を写しました。それが彼女の胸の痛みの元なのですが、彼女はそれを捨てようとは思いませんでした。胸の痛みや複雑な思いに耐えながらも、非難がましく責めようなどとは思ってもいませんでした。

心の内部に灯る明かりが、萌え出る意志を照らした時、その意志は、周りの人を責めることはありません。優しくことの成り行きを見守っています。意志の尊さは、周りの人を純粋な目で見ることです。尊い意志は、その炎が消されかけようとも、自らの思いを消すことはないのです。のぞみ自身、胸の痛さゆえに思いが変わろうとしている自分と戦っていました。愛する人、信じる人への思いを貫き通すことは、自らの思いを尊い意志に変えることです。

子供たちの中の年長の子が言いました。

「みんなで一緒に行こう。ねえ、お父さんもお母さんも、みんなで地球に行こうよ」

のぞみはいいアイディアだと思い、思わずほほえみかけました。

「それはいけません」と老母がたしなめるように言いました。

「私たちは先祖の思いを受けて、ここで何十年も生きてきました。ここを離れる訳にはいきません。私たちがここを離れると、誰がここを見るでしょう。ここは私たちの心のふるさとです。ここを離れる時は、心を置いて行かなければなりません。心を置いて行ったなら、地球の方々はさぞ迷惑するでしょう。といって心を持って行ったなら、ここのことが気がかりで何もできないでしょう。いずれにしても迷惑をかけるでしょう。私たちはここを離れる訳にはいかないのです」

「その通りだ。わしたちはここを離れる訳にはいかん。ここがふるさとなんだ。心を置いても、心を持っても、わしたちはここを離れては生きていけないんだ」と長老は、妻の意見に相槌を打つように言いました。

「それじゃつまらないよ」とその子が言いました。

子供たちはがっかりと、しょぼくれました。

光は切羽詰まった切ない表情から、やや落ち着いた寂し気な表情で言いました。

「子供たち、みんなよくお聞き。君たちにとって一番いいことはね、お父さんやお母さんに大切にしてもらうことだよ。豊かな愛情を受けることだ。いつか解る時が来るからね。君たちのことを一番考えているのは、お父さんお母さんなんだよ、解るよね？　大きくなったら自分で考えること、それが一番すばらしい夢なんだ」

それから彼は、長老や老母に視線を移して続けました。

「僕は父や母から大切にしてもらいました。豊かな愛情を受けたのです。その父や母への恩返しは生きることです。僕は両親が好きです。その両親が僕のためにいま、祈っているのです。みなさんの要望に応えられない僕は、いたずらに人を煽る山師みたいな人間です。申し訳ないです」

光はこう言うと、まとい付く子供たちをそのままに、長老や老母、そして老母の娘を見つめ深く頭を下げました。

光の態度に、老母はさまざまに絡み合う気持ちから解き放されたように、落ち着いた穏やかな表情で言いました。

「光さん、あなたは山師みたいな人間じゃないわ。この子たちの仕草や表情、そして子供たちを見つめるあなたの仕草に、人間らしさが表れています。あなたは素敵な人です。私たちはあなたが素敵な人だからこそ引き止めたい、でも引き止めることができないんです。あなたの子供好きな、優しい人間性をこの子供たちが物語っています。あなたたちが、訪ねて下さったお陰で、私は主人の夢話が真実であることを知りました。そして愛する人の理想を心から、理解してあげられます。言ってみれば、あなたは私の主人を、そして私の人生を素敵に輝かせてくれたのです。ありがとう！」

そして老母は少し間を置いて、にこやかに続けました。

「あなたのような方がいっぱいいる地球は、さぞかし、素敵な未来を持っているんでしょうね？」

光の表情はいくらか安らぎました。そこには敬虔な人間性が漂っているようでした。彼は老母に言いました。

「でも人間はあやまちを犯すんです」

「それでも地球には、理想があるんでしょう？　理想の世界があるんでしょう？」

「あります」

「だったら、それでいいじゃない？　ないものを求めるのじゃなく、あるものを求めるなら。あなたは理想は未来に明かりを灯し、無知を真理へ、叡知へと導くって言ったわね、そして愛がそれを可能にするって。あなた自身に対して、そして周りの人々に対して愛があるなら、地球はすばらしい場所だと思うわ。私も最初、主人が地球の夢話をした時、あまりのすばらしさに信じられない程でした。もし本当ならどんなにすばらしいだろうって。胸がときめいて、私まで夢見気分だったの。でも聞いているうちにだんだん、もしかしてないものねだりをしているんだと思ったの。そしたらあきちゃった。その時からは何を聞いても駄目ね、でもあなたに出会えて、主人が言ったことが本当だと信じることができたの。この子供たちのことは私たちに任せて、あなたたちは地球に行きなさい。そして幸せになるのよ」

のぞみは老母の言葉に、一縷《いちる》の望みを見い出しましたが、まだ自分の進むべき道が二つあるように思えて、憂え悩んでいました。彼女にとってそれは、相反する、別々の道のように思えましたが、信じる人と共に歩む道はどうしても捨てたくありませんでした。

いっぽうでは彼女は一時、長老を怪我させた負い目にここに残らなければならないと思っていましたが、子供たちを見ているうちに胸が熱くなり、できることなら子供たちの夢の完成を手伝いたいという思いに変わっていました。

長老の大怪我への負い目を感じるとともに、子供たちが輝いて見えたからでもありました。けれども、少しでも早く去らねばならないことを知ると、光と共に地球に行くという、一途な思いを貫かざるをえなくなったのです。彼女にとって、光と共に歩む道は、自分にとってただ一つの道だと思っていたからです。だから彼女にとって老母の言葉は、一途な思いが花開いたような思いでした。

一途な思いが望みどおりになった時、その喜びは格別です。一途な思いは、いくつもある迷い道、悩みの道の中から、ただ一つの道を照らします。一途な思い、それは心の奥底から生ずる、最も輝く意志です。

のぞみは一縷の望みが、一途な思いと重なり合ったように感じていました。

老母の娘も言いました。彼女の表情には、光への尊敬と慈愛が表れていました。

「光さん、あなたは母が言うように山師みたいな人間じゃないわ。あなたがどんな人間か、この子供たちを見れば解る。この子たちがあんなに明るくはしゃいだのを見たことがありません。この子たちは、あなたがどんな人間かを物語っています。あなたは人の心が解る人です。父は言っていたわ、地球は理想の世界なんだって。すばらしい理想があるんだって。その理想の世界で、なおすばらしい理想を抱いた人は、未熟な私なんかとは違う。あなたを見ていて思ったの。どんなことでも、真心を尽くすことがどんなに大切かってこと。私たちはあなたたちに、できる限り長くここにいて欲しいと思っています。でも私たちの無理な願いの為に、あなたたちを困らせることはできない。光さん、あなたのお気持ちよく解ります。ただ一つだけ、教えて下さい。この子供たちの為に、この子供たちの成長の為に、この子供たちの夢の完成の為に、私たちは何をすればいいのです？　そしてこの子供たちの成長や夢の完成にとって、何が一番大切なのです？」

光ににこやかな笑みが戻りました。彼は老母の娘を見つめながら、答えようとしました。

その時、長老の上の娘、ゆきが現れました。彼女はみんなに声をかけました。

「夕ごはんの準備ができたわよ」

彼女は辺りを見回し、そして気付き、

「あらっ、しんみり静かじゃない、どうしたの？」と言いました。そして子供たちに向かって尋ねました。

「あらまっ、子供たちまですねちゃって。どうしたの、坊やたち？」

「姉さん、あのね」とゆきの妹が言いました。

「この方たち、急いで地球に行かなければならないの。光さんが、急がなければ大変なことになるの。それで子供たちすねちゃって、自分たちも地球に付いて行くって言ったら、お父さんやお母さんが心配するから駄目だって言われて、余計すねちゃった。仕方ないわよね、引き止めたくても引き止められないの」

「もう帰っちゃうの、どうして？　せっかく会えたのに、それに夕食も作ったのよ」とゆきは、残念そうに、不満そうに言いました。

のぞみはゆきの胸に飾られているペンダントに気づき、引き付けられるように見つめていました。

出会った時にゆきは花を抱いていたので、ペンダントは、見えなかったのです。

「仕方ないのだよ、お前たち。わがままを言っちゃいけない。わしらはどんなにか裕福なんだ。たとえ夢が適わなくても、夢があるだけで裕福なんだ、理想を求めることのできない人たちに比べればね。でもね、生きること、生きていることが、一番の理想なんだ。それを知る者こそ、一番の幸せなのかもしれない。生きることのすばらしさを知ることこそ、本当の理想なのかもしれない。生きることを求めることは、何より優先させなければならない。生命の尊厳を守ることは何より尊いのだよ」と長老は、娘たちをたしなめるように、厳かに言いました。そして大切なものを求める時の切実な、真剣なまなざしで光に訊きました。

「光君、地球では理想や夢を完成させる時、何が一番大切だろう？」

「僕の思っていることが正解かどうか、全てに通じるかどうか、僕には解りません。僕は理想や夢を完成させる時、一番大切なのは愛と心だと思っています。そして勇気と忍耐と努力が大切だと思っています」

明らかに気配りが感じられました。生命の尊厳を前にしては、あらゆる理想は二の次です。生命の尊厳が、最優先なのです。

二人の娘がにこやかにほほえみ、何かを言おうとした時、長老は安心したような表情で言いました。

「ありがとう、光君。それを聞いて安心したよ。みんなが君に求めた理想や夢を、わしはわしの力で、そしてみんなで心を合わせて完成させるよ。君が言った愛と心が一番大切だという言葉を信じてね。それから光君、もう一つ聞きたいんだが、何をもって、どこまでできたら完成かね?」

「みんなが、心から充実した幸せを感じたその時が、完成ではないでしょうか。もう一つ、大切なことは、自分に正直に生きることです」

「それっていい。この子たちの為に、そして自分たちの為にも、私たちは頑張るべきなのよ」と妹がにこやかに言いました。

二人の姉妹は視線を交わし合いました。二人の気持ちは同じだったのでしょう。

老母が厳かに言いました。

「ねえ、光さん。さっき娘が尋ねたこと、答えて下さらない?」

「ちょっと待って」とゆきが言葉を挟みました。

「夕食の準備を手伝ってもらっているの。あの人たちにも聞いてもらうわ」こう言うと彼女は部屋から消えました。

しばらくして、手伝いに来た村の若者たちが現れました。彼らは部屋に入ると、長老の枕元にいる老母の側に坐りました。男二人に女三人で、その中にゆきの夫もいました。

別れの時間が刻々と近づいてくるのを光は感じながらも、できる限りのことはしよう、という意志を強くしていました。

のぞみは一縷の望みが、一途な思いの上に花咲くことを信じて、複雑な思いに耐えながら坐っていました。

「さあ、みんなそろったわよ」とゆきが言いました。

「さっ、光さん」とのぞみが、表情をくずさず静かに言いました。

「あなたの思っていること、みなさまにお話して。私はあなたと地球に行きます。私はここに残りたい気持ちもあります。でもあなたと地球に行きます。あなたと共に生きるのが私のただ一つの望みです。できれば心残りなくここを去りたい、みなさんに祝福されて地球に行きたい。そう思うのは私のわがままかもしれません。私はあなたの愛で、生命の花を咲かせたいのです」

彼女は光から子供たちに視線を移しました。子供たちを見つめているうちに、自分の心が熱くなり、自分ではどうにも抑えられないことも感じていました。子供たちは、だんだんと輝きを増し、自分の胸に、どうしても抱きたくなってきました。

「そうよ、女は幸せにならなければいけないよ。そうじゃなきゃ、生命の花は咲かないんだ。理想がどんなに大切でも、女の幸せ程大切ではあるまいに。だけど、理想を無視した幸せはないみたいね」と老母が、女の切実な思いを訴えるように言いました。

妹が優しく、けれども切に求めるものが満たされない、憂えたような表情で言いました。彼女はのぞみが羨ましく、その言葉には、実感がこもっていました。

「そうよ、本当よ。女は幸せにならなきゃいけないわ。本当の思いが、幸せとなって花開くなら、これ程の幸せはないわ。一途な思いが報われるなら、どんなにささやかでもそれが一番の理想よ。でもそれだけじゃいけない。子供たちがいるんだもの、より大きな理想を適えるのが、本当の幸せなのかもしれない。光さん、教えて、私たちはどうすればいいの?」

光は戯れ付く子供を抱きながら、長老や老母、そして姉妹や村の若者たちを見つめました。そして落ち着いた、真面目な表情で静かに言いました。

「理想や夢は、幸せになるという条件を満たしていなければ、単なるないものねだりに過ぎないでしょう。理想や夢は、未来への成長と幸せの友でなければなりません。そういう意味で、女性が幸せになることはすばらしいことです。僕が言うことが正解とか、全てに当てはまるなどと思わないで下さい。なぜなら、理想や夢はいいものでも、必ずしも結果がいいとは限らない。また悪いものが、必ずしも悪いものを作るとは限らないからです。人生とは自分で作るものです。他人が作るものではありません。善意があだになることもあるのです。子供たちにとって大切なのは、愛情です。豊かな愛情を受けることが大切なのです。子供たちの為に、犠牲を払うことは大切なことです。しかし必要以上に犠牲を払ってはいけません。なぜなら、自分自身の人生が破壊されてしまうからです。それは子供にとって、負担です。何より子供は自由な発想に価値観を感じるのですから。とはいえ、犠牲の尊さは教えるべきでしょう。子供たちはいろんな才能や能力に、恵まれています。それを見つけ、伸ばすのは、忍耐を必要とする愛情です。子供たちの気持ちを理解することも大切なことです。その気持ちの中には、子供の才能や能力が隠れていることがあるからです。それともう一つ大切なのは、子供の成長を喜ぶことです。子供はどんどん伸びます。悪い芽が出れば、摘み取ることも大切でしょう、しかし子供の成長を喜ぶことは、もっと大切です。子供は成長を喜ばれることによって、心を開くからです。何より大切なのは、子供を好きになることです。そして親が、子供がいる自分の人生を喜ぶことでしょうね、僕は子供をもったことがないから、よく解りません。姉の子供たちを見て、そう言っているに過ぎません。そのことは頭に入れて下さい。もし僕が子供なら、親のふところの中で、思いっきり甘えさせてもらいたいですね」

ここまで言うと光は、自分に無邪気にまつわり付く女の子二人に、自分も戯れるようにほっぺに口づけをしました。そしてにっこりしてから、続けました。

「理想や夢を持って生きることは、すばらしいことです。それに向かって弛《たゆ》まぬ努力を続けることは、もっとすばらしいことです。自己本意的なないものねだりを続けることは、ただ単に悲しいだけです。大切なことは、他人の存在を大切にすることです。理想や夢にとって最も大切なことは、心と心の触れ合いを大切にすることです。僕が地球でどんな夢や理想を抱いているのか、聞いて下さい。僕はあれこれ四年余り、学校で医学の勉強をしています。医師になりたい、そう思って長くなります。僕の初恋の人が、病気で死んだ時からです。医師になったら僕は、子供たちを中心に病気を治したい。学校の先生や友人は病気の発生、治療法、撲滅の研究に参加するように言ってくれますが、僕は子供たちが大好きです。だから僕は子供たちを相手にしたいんです。それは簡単そうに見えるかもしれませんが、実際は複雑で難しいんです。子供たちは未来へのかけがえのない宝ものなのですから、責任も重大です。そして子供たちは、痛さを怖がるから、治療でも、なかなか本当のことを言ってはくれないようです。子供は人生のあらゆる体験において未熟なのですから、仕方ありません。そんな時は心のケアが必要なのです。痛さを恐れたり、治療を怖がったりするから、心を閉ざして心の病にまでなったりします。そして理想や夢まで蝕まれてしまうのです。それは理想や夢の損失だけではなく、未来の損失であり、幸せの損失なのです。子供たちの場合、体の病は理想や夢の損失に繋がることがあります。そしてほとんどの場合、子供たち自身で解決できないんです。だから僕は子供たちの理想や夢、未来や幸せを大切にする為に、子供たちの心を見つめたいんです。僕の理想というか、夢は、小さな病院を作り、そしてその周りを花で飾り、小鳥を放し、子供たちを世話することです。そこで子供たちは、病気で落ち込み、ふさぎ込んでいても、花や小鳥たちを見て心を開き、子供たち同志で励まし合い、やがて大人たちと心を繋いでいくんです。生命の成長がなければ、理想も夢もありえません。誰かが誰かを励まし、そして互いに励まし合う。そこでは花も小鳥も人を励ますことができるのです。花はどんなに小さな存在でも精一杯生きていれば、人を励ますことができると僕は信じています。花は何も言いません。でも精一杯美しく咲くことによって、人をなごませるメッセージのようなものを与えます。それは小鳥も同じです。病気で落ち込み、ふさぎ込んでいる子供たちも、子供たちなりに精一杯生きていると思うんです。ですから、僕は何とかしてやりたいんです。病気は子供を選びません。でも理想や夢はどんな子供か、選ぼうとしているみたいです。それはいけません。理想や夢に対して、全ての子供たちは平等でなければいけません。だから僕は病気を治したいのです。全ての理想や夢は、心と心を結ぶ未来の花なのです。そして平和と幸せを前提としていなければなりません。だから、どんなにささやかでも、真心を込めて精一杯頑張ることが、最も大切で、最も尊いのではないでしょうか。心の成長を大切にする、素朴で、自由で、幸せがある、僕の夢はこんなささやかなものです。でもそれが僕には、一番きれいで美しいものだと思っています」

みんなが大人しく、真剣に聞いていていました。子供たちは光の言ったことを理解したのかどうか、それは解りません。とにかく大人しくしていました。話が終るとまた、光に戯れ付きましたが、彼はそんな子供たちを、決して邪険にしませんでした。

「素敵な夢ね、とてもすばらしいわ。私も地球に行きたいくらい。でも私はここで、自分の夢に近付けるよう、頑張るわ」とはなが、言いました。

彼女の言葉を聞いて、のぞみは一途な思いが、自分の胸で大きく輝くのを感じました。そしてわくわくとした、ときめきを感じていました。

「素敵よ、素敵。とてもすばらしいわ！　私もこの子たちの夢を、素敵に飾りたいわ」とゆきが言いました。

長老と老母は何も言わず聞いていましたが、そのまなざしには、人を暖めるような笑みが漂っていました。

「ありがとうございます」と光ははにかみながらも、ほほえんで言いました。

長老と老母は、自分たちが長年かけてできなかったことが、些細なきっかけでできると解った時の、安らいだ表情をしていました。そして残された短い時間が、過ぎた長い時間よりも、充実したものになるような気がしていました。この年老いた二人にとって、それは今までの何よりも充実するように感じられました。二人で長年積み重ねた愛が、花咲く瞬間を夢見させるのに、十分でした。

過ぎ去った日々を愛で飾れた、そう思える人は幸せです。人生と心を美しく飾るに相応しい、愛の開花を夢見る時程、まばゆい表情をしている時はないでしょう。

老母の表情には、そのまばゆさが見られました。老母の娘たちやのぞみにも宿っているようでした。

長老は過去を尋ねていました。彼は長年の人生を飾るに相応しい愛の開花を思った時、ふと自分の人生にとって、何が大切だったのかを考えました。過去のあれこれを思い出し、自分を支えたもの、自分に安らぎと幸せをもたらせてくれたものを、そして自分の人生に充実感、生きがいをもたらせてくれたものを探しました。それらは妻や娘たち、そして孫たちであると思い当たった時、長老は心から、自らの人生を飾る愛の花を祝福しました。

「光君」と長老は言いました。

「夢や理想を完成させたのに、誰も喜んでくれる人がいなかったら、どんなだろうね？」

長老は、遠くを見るような面もちで訊きました。

「寂しいでしょうね、きっと。自分が切に望むことをしたのに、精一杯頑張ったのに、誰も祝福してくれないなら、喜んでくれる人が誰もいないなら、こんな寂しいことはないでしょうね。そういう意味では、理想や夢は一人で追うより、大勢で追う方がいいかもしれません。でも僕は、一人の努力も祝福しますよ。その努力は、誰かに夢を与えると信じていますから」と光は答えました。

光の話を真剣な表情で聞いていた、若者たちの一人が尋ねました。

「理想や夢は、冒険がなければ長続きせず、魅力がなくなり、味気なくなると長老様は言いました。でも冒険には危険も付きものだと言いました。危険を冒してまで求める理想や夢とは何なのです？」

光は困った顔をしました。彼ははっきりとは答えられないと思いましたが、できるだけ、何とか答えようと努力しました。

「はっきり言って、答えられない程に難しい質問です。確かに冒険がなければ真剣にはならないでしょう。そして冒険には危険が付きものです。なぜ危険を冒してまで冒険をするのか、理想や夢は危険を冒してまでも求める価値があるのか、僕には答えられません。でも生命を賭けてまで求める人がいるのですから、価値があるんでしょうね。僕が言えることがあるとすれば、理想や夢は、心の奥底から涌き出る生命への情熱なんです。だからそれは、ないものねだりではないのです。言ってみれば、理想や夢は心が美しいから、生きる情熱が美しいからこそ追い求める、永遠のシンボルなのです」

話し始めの頃は自信なさそうだったのが、光の表情は終りの頃は自信あり気になっていました。

「もう一つ聞きたいのですが」と別の若者が尋ねました。

「理想や夢は、必ず完成するとは限らないと長老様は言います。もし失敗や挫折をしたら、どうすればいいのでしょう?」

「たぶん、全てが完成するとは限らないでしょうね。むしろ完成しない方が多いと言うべきかもしれません。全てが思い通りになることはまずありません。確かに、理想や夢は完成させることに価値がありますが、同じくらい、成長に対するその努力をどのように感じたのかも大切なことなのです。全てが全て完成しなくても、努力をする限り、助け合いが生まれるはずです。そして心と心が触れ合うなら、それもまた美しいのです。理想や夢が大切なのか、現実が大切なのか、誰にも解らないでしょう。ただ僕は、理想や夢を求めることも大切なら、真心を込めて精一杯努力することも大切なことだと思っています。失敗や挫折は心のあり方を学ぶ学問です」

若者たちの難しい表情はだんだんと和んできて、光が話し終わる頃には、みんな納得したようでした。

老母も真剣に聞いていました。

「ねえ、光さん」と老母は言いました。

「理想や夢が完成しないのはどうして？　どうしてそれ程難しいの？　それとも値打ちがないのかしら？」

光はその質問に大きな期待を感じとり、困難な課題を深く考えようとする時のように、自己の中の最も深いところに心の目を向けました。

「なぜ理想や夢が完成しないのか、全てが全て完成しないのはどうしてか、人生体験の少ない僕には、答えようがない程困難な問題です。ただ僕が知っていることは、理想や夢が完成しないんじゃない、困難なんです。そして長くかかるんです。でもそれが全ての答えではないんです。完成しないのは完成しないんです。それはなぜか？　理想や夢に価値がないからでしょうか。いいえ、決してそうではありません。それよりもっと大切なものがあるからでしょう。事実あるんです、日々の暮らしの中には。さっきも言いましたように、理想や夢を完成させることは価値あることです。でもそれと同じくらい、いやそれ以上に、生命の花の開花に向けて、成長する努力、そしてその努力をどのように感じているのかも大切なことなのです。励まし合い、助け合うことによって、心と心が触れ合い結ばれるなら、それもまた尊いのです。このような尊いものを無視した時、理想や夢の完成はありえません。たとえどんなに些細なものであれ、尊いものを無視してはいけません。理想や夢と、日々の暮らしと、どちらが大切か、どちらも大切なのです。理想や夢は未来に明かりを灯し、無知を真理と叡知へと導きます。そして日々の暮らしは心の成長を助け合い、心と心の触れ合いが心を美しく飾り、豊かな人間性を育んでくれます。ですから、理想や夢の完成をひたすら追い求めることより、現在のあるがままの姿で、努力をし、励まし合い、助け合い、心と心の触れ合いを大切にすることでしょう」

「でもそれって、完成の難しさに対する、責任転換じゃないのかしら?」と老母が訊いた。

「それは違います」と光は言いました。

「責任転換ではありません。実際にやってみたら解るでしょう。奥さん、あなた自身味わったはずです。ご主人が側にいてくれる、ただそれだけで幸せを感じたことはありませんか?」

老母を見つめている光の表情は、真剣でした。

「あるわよ、思い起こせば一杯あるわ」

「それですよ」と光は言いました。

「それこそ心を美しく飾る、すばらしいものなのです。得も言えぬほど、心が痺れたでしょう?日々の暮らしの中で、心と心の触れ合いを大切にしている人だけが、それを味わえるのです」

「それじゃあ」と妹のはなが、にこやかに言いました。

「地球では両手に花なんだ。いいな。理想や夢を求めるのがすばらしいなら、日々のくらしもすばらしい。地球って素敵なところね?」

「そうじゃないんです」と光は、少し憂えた表情で言いました。

「実際は両手に花の逆なんです。地球には解決しなければならない困難な問題が沢山あるんです」

「それって変ね」と老母が不思議そうに言いました。

「理想や夢は大切なものでしょう、だったら必要なものじゃない？　必要なものならすぐできていいんじゃないのかしら？　必要なのに、どうして困難な問題がたくさんあるのかしら？」

光はためいきを吐くように答えました。

「おっしゃる通り。必要なものなのにどうして困難で時間がかかるのか、僕には解りません。僕は理想や夢は、大切なものだと思っています。大切なものであるなら、必要なはずです。絶対に必要なはずです。理想や夢は、より美しい心、よりすばらしい人生、より豊かな人間性を育んでくれるはずです。ですから絶対に必要なのです。必要なものが、実際は困難で長く時間を要するんです。価値あるものはたやすくできない、そう言われればそれまでですけど。でも理想や夢がなくなると困るんです。それがなくなってしまうと、明るい未来と美しい心がなくなってしまうように思えるんです。理想や夢というすばらしいものと、心が触れ合える、充実した幸せを味わえる現実の両手に花の中で、実際は解決しなければならない困難な問題をそれはたくさん、地球は抱えているんです。たとえ未来が明るくなり、心が美しくなり、人間性が豊かになるとしても、いつ完成するのか解らない理想や夢と、完成までの努力に伴う助け合いや心の触れ合い、そして心の充実と愛の充実、人間性の開花、こうしたものと、解決しなければならない困難な問題とを同時に持っている現実の中では、どちらがより価値があるのか、僕には解りません。僕はただ、自分にできることを精一杯頑張ろうと思っているだけです。結果だけが、価値のすべてだなんて思っていませんから。地球では実際に、全ての人々が、平和に、幸せに暮らすという理想や夢を二千年も求め続けたはずなのに、未だ完成していないんです」

「何ですって！　二千年も？」とはながびっくりして叫びました。

「そうです、二千年です。少なくとも人類は二千年、切に求めたはずです。全ての人間が、心から安らげる、平和で幸せな社会をね。最も大切で、最も必要であるはずのものが、最も困難な問題なのです。ですから、僕が思うには挫折や失敗を恐れるより、努力をすること、真心を込めることが大切だと思うのです。実際僕が抱いている夢は、そう簡単に完成するとは思っていません。もしかしたら完成しないかもしれません。でも僕はやりたいんです。苦労しても、やるだけの価値があると思っています。ただ僕は、僕一人で、自分の理想や夢を完成させることができるなんて思っていません。誰かの力を借りなければ、完成することはないでしょう」

彼はのぞみに視線を向けて続けました。

「のぞみ、僕は君に手伝って欲しい。完成するのかは解らない。辛いこともあるだろう、苦しいこともね。でも僕はやりたいんだ、やるだけの価値はあると思っている。僕は子供たちが好きだ。子供たちの体の病気や心の病気を治しながら、子供たちと一緒に理想や夢を求めたいんだ。一緒にやってくれるね、のぞみ？」

のぞみは恥じらいつつも幸せそうにうなずきました。

「私でいいのね？　私でも役に立つのね？　私はあなたの手伝いをしたい、一緒にやりましょう」

光を見つめているのぞみのまなざしやほほえみは、じんわりと咲いた花を思わせ、煌めいていました。

「ありがとう、のぞみ」と光は言いました。

見つめ合うまなざしに愛の喜びを感じさせる時、そのまなざしは誰もが羨望するものです。愛する思いに伴う喜びは、心の花です。それはまた愛の花でもあります。

若者たちは、光やのぞみを羨望のまなざしで見つめていました。彼らは光とのぞみの感情を共有しつつ、自分たちもいつかは、というあこがれの念を抱いていました。そして、自分たちの未来を見つめているようでした。

子供たちは相変わらず、光にまとわり付いていましたが、羽目をはずすことはなく、許される範囲というルールを守っていました。光が話している時は、大人しく聞いていましたが、話が終るとすぐまとわり付いていました。無邪気なこの存在たちは、素直に意志を表現しながらも、周りの人々に気遣い、そうしながらも思いを満たしていく。誰からも受け入れられ、誰をも受け入れます。

これは日頃の躾の賜物でしょう。

こまやかな心遣いを伴った躾とは、他者の受容を健全に育むものです。そして他者存在の健全な受容をもって、自らがすこやかに成長していきます。子供がすこやかに成長していく、それはささやかで大きな宝ものです。

未来を担う子供たち、豊かな愛情と教育を必要とする子供たち、すこやかな成長は子供の大きな財産です。誰からも受け入れられ誰をも受け入れるその無邪気さは、子供たちの秘められた才能や能力を助長させます。

「私、思うの」とのぞみは言いました。

「この子供たちを見つめていると、夢や理想って何て素敵ですばらしいのだろうって。そしてその夢や理想を持っている人は、何てすばらしいのだろうって。生きる喜びは、心の自分にほほえむことなのよね、つまり生きるってことは自分の為なのよ。だから美しい心に美しい夢や理想が宿るの。大切なことは心を美しくすることなのよ」

のぞみがここまで言いかけた時、ゆきの上の娘、夢がなにかをせがむ時のように、こう言いながら母親に歩み寄りました。

「ママ、ママー、あたし地球に行きたい、地球に行きたい」

母親は歩み寄るわが娘に、にこやかな笑みを浮かべながら、両手を差し伸べ、抱き寄せました。

その時、彼女の胸のペンダントが、彼女の胸から離れ宙に浮いたかと思うと、ブルーと紫の二色の光を発しながら、真上に舞い上がりました。そして、しばらく漂ってから、部屋の真ん中辺りの天井から五〇センチくらいで、光を発したまま静止しました。

みんなは神秘的なものに対する驚きをもって、その舞いの一部始終に見入っていました。

しばしの沈黙が流れました。

「そのペンダントはな」と長老は、ペンダントの由来を説明し始めました。

「わしのおやじの形見でな、おやじが死ぬ間際、わしに渡す時こう言ったのだ。『そのペンダントには言葉が書かれている、それを見つけると幸せになれる。それからあれのもう片方がどこかにある、探しなさい』、そしておやじは息を引き取った。あれからわしはあらゆる試みをしたが、どこにどんなことが書かれているのか解らん。文字らしきものは見えるが、言葉らしいものは見えない。おやじが嘘を言ったのか、まさか嘘をついたとは思えん。ということは、わしらがそのペンダントに相応しくないのか、それに相応しくない生き方をしていたからかもしれん。でも今こうして見ていると、何かがあるからかもしれんな」

長老がここまで言うと、また静止していたペンダントがひとりでに、そしてまばゆい光を点滅させながら宙を舞い始めました。その光はいろんな色に変わっていきました。

「不思議ねえ、初めてよ、こんなこと。あのペンダントは私がずっと前から身に付けていたのに」とゆきが言いました。

彼女はペンダントの舞いを、感動をもって見つめていました。ずっと大切にしていたペンダントでしたが、自分の胸から離れたことに、何の寂しさも、心惜しさも、感じてはいませんでした。

感動とはそうしたものです。事物を捉える意識の問題であって、所有者は関係ないのです。

意識が意志を越えた時、そこに真の自我を発見する時がままあるものです。感動とは、真の自我の美しさに魅了されている瞬間なのです。それが事物の対象に表れているに過ぎません。

「素敵！　本当に素敵！」とゆきが感動に酔ったような声を発しました。

のぞみはまだ、ペンダントの輝きに酔っていました。

子供たちの一人が、呟くように光に尋ねました。

「ねえ、お兄ちゃん、地球でもこんなことがあるの？」

「ないよ」と光は答えました。

「こんなこと、地球ではないよ。地球ではね、どんなものでもエネルギーがないと動かないんだ。だけどいいなぁ、あれは。動くだけじゃなく、光まで出すなんて！　地球ではね、こういうこと自体、夢みたいなできごとなんだ。本当だよ、今みんなが見ているのは、地球では夢みたいなことなんだよ」

「ふうん、地球ではないんだ」と別の子供が言いました。

「じゃあ地球よりここの方がいいんだね、ねえお兄ちゃん？」

「そうよ」とゆきが笑みを浮かべて答えました。

「地球にはどんなものがあるのか知らないけど、ここにだっていいものがあるのよ。すばらしいものがあるの。私たちにとって、あなたたちがすばらしい存在なの。そしてあなたたちにとってはね、私たちが作ってあげるわ、とても素敵な夢の世界をね。私たちには愛があるの、だからとても素敵な夢の世界を作ってあげるわね」

そう言い終えた時、宙を舞っていたペンダントがのぞみの上まで来ると、舞い落ちるように彼女の首にかかって、胸に落ちました。その胸で輝く光は、いろんな色を発しながら、まばゆく輝いていました。彼女はそれを無意識に、片方の手にそっと乗せると、もう片方の手をそっと合わせました。そして胸で合掌したかと思うと、両手を顔の前に差し出し、そっと開きました。するとそれまでいろんな色を発していたそれは、二枚貝のように開き、元の二色になっていました。彼女はそれを見た時、まるで大きな悲劇が起きたような悲しい表情で、うめくように呟きました。

「まあ、どうしよう？　私、壊しちゃった！」

光は、慰めるように言いました。

「のぞみ、もしかしてそのペンダントは壊れたんじゃなく、もともとそういうふうにできていたのじゃないかな」

「本当？　そうだったらいいんだけど」とのぞみは悲しみにくれた表情で言いました。

「そうだ」と長老も言いました。

「それは壊れたんじゃない、光君の言ったようにそうなるようにできていたのかもしれない。今までそれが開かなかったっていうことは、のぞみさん、そのペンダントはあなたを待っていたのかもしれないよ」

「そんな！」とのぞみは、謙遜と、喜びを秘めたような表情で言いました。

「そんなことありません。これはみなさまの大切な宝ものです。私のような者を待っていたなんて信じられません、これは偶然なのです」

彼女がペンダントを首からはずそうとしたその時、それは再度、二色からいろんな色に輝きました。そして彼女は、開いたペンダントの両方の内側に、文字が小さく煌めいているのを見たのです。その文字は、まるでいろんな色の宝石をちりばめたみたいに煌めいており、両方とも、四行に並んで書かれていました。彼女はそれを見ると、喜びの笑みを浮かべて言いました。

「わー、きれい。素敵！　こちらの文字はこんなふうに書いてあるわ。『自らの心を見つめてほほえむ者、幸せなり』。もう片方にはこんなふうに書いてある、『真心をこめて愛に生きる者、幸せなり』　素敵な言葉ね」

そして彼女は、ペンダントを両手で閉じると、胸で合掌しました。それから両手を離しましたが、ペンダントは、彼女の胸で輝いたまま、元のように閉じていました。彼女の胸で輝いている色とりどりの光は、彼女自身を鮮やかに彩り、彼女の顔には幸せが、喜びが、心の思いが、じんわり咲いた花のようにほほえみとなって輝いているようでした。

子供たちは神秘なベールが突然開いた向こう側に、ゆっくり咲こうとしている花の変化を見たように、時のうつろいを瞬時に見たように、心を奪われた表情で、のぞみや彼女の胸で光輝くペンダントを見つめていました。

大人たちは、うっとりするような恍惚を感じ、希望とあこがれをまなざしの奥に漂わせながらのぞみを見つめていました。

光は心を焦がす程に、熱い思いをもってのぞみを見つめていました。

のぞみ自身もまた、今までに感じたことのない思いを感じていました。彼女はかつて、自分が望んだどんな魔法よりも、今自分が見た光景の方が、満足感をもたらせてくれたように感じました。彼女はもう魔法を使おうとは思いませんでしたが、今見たような魔法だったら、何回使ってもいいと思いました。そして満足感が、自分の内部でだんだん熱くなっていくのを感じていました。

彼女はその熱い思いと、ペンダントの輝きが、自分の内部で一つになっていくように感じ、それが喜びとなって心を満たしていくように感じました。

長老は、のぞみが読んだペンダントに書かれた言葉を聞いて、にこやかな笑みを浮かべ、のぞみが言ったことをもう一度聞きたくて、まるで今聞いたことを忘れてしまったように、矢も楯もたまらないといった様子で、聞き返しました。

「のぞみさん、何て書いてあるって？　もう一度読んでくれんかね」

のぞみが再度、片手にペンダントを乗せ、もう片方の手を乗せるようにして、同じことをくり返すと、ペンダントはまた二枚貝のように開き、彼女は宝石をちりばめたみたいに煌めく、小さな文字を読みました。

「いいですか」と彼女は笑顔で言いました。

「自らの心を見つめてほほえむ者、幸せなり、それからもう片方には、真心を込めて愛に生きる者、幸せなり。いい言葉ですね。本当、素敵な言葉」

「そうか、そうか」と長老は嬉しそうに言いました。

「そういうふうに書いてあるのか、なる程いい言葉だ。自分の心を見つめてほほえむ者は幸せなり、真心を込めて愛に生きる者は幸せなりか。おやじが言ったことは嘘じゃなかったんだ。それにしても、今までそのペンダントが開かなかったとは。わしらの心がけが良くなかったんだな、きっと。考えてみれば今までわしらは、安易に生きてきていたのかもしれんな。日々の安泰に、無為に過ごしていたのかもしれない。真実は見ていなかったんだ、きっと。しているつもりが、つもり違いだった。周りの人たちのことを考えているつもりが、実は自分に都合のいい考え方をしていたのだろう。そしてわしらは、謙虚なつもりで自惚れていたのかもしれない。だからそのペンダントは、今まで輝きも開きもしなかったんだ。それが光君とのぞみさん、君たち二人が訪ねてくれたお陰でそのペンダントは輝き、開いた。言ってみれば、君たちの心が美しかったから、そのペンダントは開き、わしらに自分たちがしていることと、本来どうあるべきかを教えてくれたんだ。ありがとう、君たちが訪ねてくれたお陰でわしらは、真実を見たようなものだ。本当にありがとう。のぞみさん、そのペンダントはあなたに相応しいのかもしれない。いや、あなたにこそ相応しい。そのペンダントはあなたを待っていたのです。それはあなたにあげよう、わしらは自分がどうあるべきかを教えてもらった、それで十分だ」

「とんでもありません」とのぞみは言いました。

「私みたいな者が、こんなに大切な宝ものをいただくなんて、とんでもありません！」

「いや、そのペンダントは長い間、あなたを待っていたのです。遠慮することはない、あなたのものです。そのペンダントはあなたにこそ相応しい。」


「それはいけません」とのぞみは哀願するみたいに言いました。

「私はあなた様に怪我を負わせたのに、それを許していただきました。私はそれで十分でございます。それなのに、こんな大切な宝ものまでいただく訳にはまいりません」

「のぞみさん」と長老は穏やかに言いました。

「それはね、あなたにこそ相応しいのです。ごらんなさい。あなたが身に着けた為にそのペンダントは輝き、そのお陰でみんなが喜んでいる。そういうことは、今まで一度もなかった。のぞみさん、そのペンダントはね、わしらの財産として有るより、みんなの心を輝かせる為に有るべきだ。だからそれはあなたのものなのです」

　誰も長老の意見に、異議を申し立てる者はありませんでした。

「いいんですか？　本当にいいんですか？　こんなにも大切な宝ものなのに、私みたいな者がいただいてもいいんですか、本当に？」

「いいのだよ」と長老はにこやかに答えました。

　一同はのぞみの胸で輝く光に、心を奪われていました。

「ありがとう、ありがとう！」とのぞみは深く頭を下げてお礼をしました。

「お父さん」と光は穏やかに言いました。

「そのペンダントは、こう言っているのではないでしょうか？　心を開かなければ大切なものは見えないって、そして心はどれ程美しく輝くのか、そのペンダントはそれを教えているのではないでしょうか？」

長老は何も言わず、笑みを浮かべたままでした。

のぞみもまた、光の言葉にほほえみを浮かべ、しばらく、ペンダントの小さな煌めく文字を見つめていました。そして両手を閉じて胸に当てると、両手を離しました。彼女の両手を離れたそのペンダントは、色とりどりの鮮やかな色合いで前より一層輝きを増しました。

彼女はその光にわれを忘れたかのように、無意識に手の平を上向きにして両手を差し伸べました。

するとどうでしょう！　何と、彼女の両手から、ペンダントと同じ色合いの光を発したのです。ただ、その光は、ペンダントより幾分弱いものでした。

一同は神秘な光景に出会い、運命的な感動に痺れているようにのぞみを見つめていました。

彼女の両手から発する色とりどりの光は、だんだんと輝きを増していきました。

一同は心を奪われたみたいに、のぞみに視線を注いだままでした。のぞみもまた、その輝きに、心を奪われていました。

彼女の胸や両手で輝いている光は、今度はだんだん輝きを弱めていき、ほのかになりかけた頃、また輝きを増し始めました。それは、彼女の胸や両手から発しているというよりはむしろ、全身から発しているみたいでした。そして彼女の胸や両手からも、いろんな色合いの光が放たれ、彼女を中心として輝きの輪ができていました。

この光景を一同は、誰一人身動きもせず見入っていました。運命的で、明らかに神の意志が加わっているような、これ以上美しい光景はまず見られまい、そう語っているかのような表情でした。そして心の美しさ、輝きは、心から両手に、全身に伝わる、そう理解しているように表情で語っているようでした。

のぞみ自身も両手を前に差し伸べたまま、しばしわれを忘れていました。

この沈黙を光が破りました。彼は心を満たす神秘的な感動に、心を打たれたという表情で言いました。

「のぞみ、君は何てきれい！　君の心が、全てが輝いている！　今まで僕は、こんなにも神秘的な感動に触れたことがない。まるで心の輝きが生命を、全てを輝かせているみたいだ。自分が切に求めた全ての夢に花が咲いたみたいだ。心に残る、美しいものを見せてもらった。ありがとう、のぞみ」

「本当だね」と長老も言いました。

「心が輝くということは、見ていて感動的だ。本当に美しいものを見せてもらったよ、ありがとう、のぞみさん」

一同は光の言葉も、長老の言葉も耳に入らない程、のぞみに心を奪われていました。

「のぞみ」と光は言いました。

「君にはすばらしい能力と、美しい運命があるみたいだ。それはね、のぞみ、君の心が美しいからだけじゃない、未来が君を待っているからだ。のぞみ、君を見ていると思うよ、さぞや美しい生命の花を咲かせるだろうって」

光の言葉に、我に返ったのぞみは光と見つめ合い、そこには、信頼と喜びが伺えました。

そのうち、のぞみをおおっていた輝きの輪が、だんだん小さくなっていき、、胸のペンダントだけがほのかに輝いていました。そしてその輝きも、やがて消えていきました。

子供たちはわれに返ったようにまたはしゃぎ始めました。

「おねえちゃん」

「おねえちゃん」と子供たちは、光への興味をのぞみに移し、口々に言いながらのぞみのもとへ集まりました。

「おねえちゃん、きれいだよ」と一人が言いました。

のぞみの顔に、ほほえみが浮かびました。

子供たちはみな、喜びの笑顔を浮かべていました。

のぞみの心全体に、ずっと持っていた羨望の思いが広がっていき、なついてくる子供たちを見ると、彼女はますます明るい笑顔になりました。

「おねえちゃん、おねえちゃん、きれいだよ」と別の子供が言いました。そしてのぞみに甘えるように、からまり付きました。

のぞみはその子を抱いてほほ擦りをして言いました。

「可愛いな、可愛い！　みんな可愛い！」

子供たちはみな、ほほ擦りを受け、お茶目な笑顔を振り撒きました。

彼女は集まってくる子供たちを見た時、期待と同時に不安を感じました。なぜかというと、子供たちの興味は自分になく、ペンダントにあるのではないかと思ったからです。しかしそれは、取り越し苦労であると知り、不安は吹き飛び、子供たちの賛美の表情を見た時、大きな喜びを感じました。

彼女の胸は、さらに熱く、光や子供たちを通して、人間の美しさ、すばらしさ、そして尊さを感じていました。

のぞみは地球で見た、母娘の中に、それまで思ってもいなかった美しいものを感じていましたが、それが何かを理解することができませんでした。けれども、魔法の世界で光に言われた、『人間は美しい』ということを、今こそ肌で感じていたのです。

彼女が住んでいた魔法の世界には、権力と服従しかありませんでした。地球では、母親の傲慢さと、その母親を慕う子供心を見ました。そしてその子の母親をカラスに変えてまた元に戻した時、子供を思う母心を見ました。その時、その母親に憎まれこそすれ、感謝されるとは露程も思っていなかったので、彼女は面食らっていたのですが、母娘の関係が美しいことは少し解りました。それは彼女にとって、意識の革命でした。

それまでの彼女の世界には、絶対命令と絶対服従しかありませんでした。服従する者がどんな思いをしようと、そうしたことは全て無視されました。思いやり、理解、信頼、助け合い、こうしたものは微塵もありませんでした。あったのは魔女の絶対権力と、服従者の忍従と機嫌伺いだけでした。

地球で見た母娘の関係には、母親の傲慢さを認め、醜いと感じました。そしてその娘に少しは哀れを感じましたが、何より自分がその娘を助けた、その娘の為になることをしたという高飛車な自己満足を得ようとした行為に、母親を思う娘の意志と心の絆が立ちはだかったのを感じて、一瞬たじろぎました。それはその娘の意志と、母との心の絆の存在を認めた一瞬でした。

かつての魔女としての彼女にとって、自分以外の存在に美しさを感じたのは、あの時が初めてでした。それは母を慕う娘の意志と、信頼と、心の絆の容認でした。そして母親をカラスにしてから元の姿に戻した時、母親の変化に戸惑い、あっけにとられて、自分の知らない何かを感じました。それはご機嫌伺いとは違う、それまでに味わったことのない、美を意識させる温もりであったのです。予期せぬことでもあり、抵抗できないものでもありました。母親の娘を思う気持ちに触れ、それが純粋で、美しいものに思えたのです。そしてそれは、彼女にとって敗北でもありました。

彼女は希望を胸に抱いている者、真心を込めて愛に生きようとする者の美しさに、初めて突き当たったのです。そして胸がだんだん熱くなっていくことに抵抗できず、自分の敗北を認めない訳にはいかなかったのです。それは同時に、改悛の時でもありました。

彼女は地球から魔法の世界に向かう途中、その熱さに耐えながら、改悛していく自分を意識していました。それでも、美しさにあこがれている自分には、気が付きませんでした。それ程にも熱く、胸の痛みを伴う改悛は、真剣でもあったのです。その痛さを拒絶すれば、より醜くなり、その痛さを認めれば、自分はもう魔女としては存在しないであろうことを感じながらも、痛みに耐えながら、魔法の世界に帰ったのでした。

彼女が以前持っていた絶大なる権力は、求めるものを満たせば満たす程、満たされない何かを感じさせ、彼女はいつも不満ばかりこぼしていました。どんなことも思いのままになりながら、いつも満足できませんでした。それは彼女が魔法の杖を握って以来、ずっと続いていたのです。

しかし今、子供たちが側にいるだけで、彼女は満足できました。心底喜びを感じ、胸に花が咲いたような明るさを感じ、未来の夢の完成への喜びをかみしめていました。

要求は常に、価値観の優劣を伴っています。つまらない要求であれば、それに見合うだけの結果しか得られません。そして不満を言います。それはまた、思想の貧しさでもあります。

不満は常に、相手を劣ったものとして見下すことにありますが、実は己の思想の貧しさには気付いていないのです。

しかしある人が側にいるだけで、あるいはその人の側にいるだけで、十分な幸せを感じる時、それは心の充実の証なのです。心、それは十分に意識された純粋な理念なしには宿らないのです。のぞみはそれを、他者存在の容認によって、胸の痛さに耐えることによって、改悛によって、自己の純粋な成長への目覚めによって、光や長老たちとの触れ合いや祝福によって、克《か》ち得たのです。彼女は子供たちが側にいる、ただそれだけで満足して、十分な喜びを感じていました。人間は美しいと言われたことを、実感として肌で感じていました。

彼女は美しさ、輝きは、自分の外だけにあるのではなく、自分の内部にもあることを知りました。

魔法の世界に住んでいた彼女は、自分の求めたことに対して満足感がないのでいつも怒りを爆発させ、他者を容赦なく責め立てていました。その要求は、エスカレートするばかりで、自分に都合の悪いものごとは、全て頭から捩じ伏せていました。怒りにまかせてやり過ぎることがあっても、決して詫びませんでした。地球に行ったのは、退屈しのぎの気晴らしに過ぎなかったのです。

それが今ではどうでしょう。もう彼女は、過去を引き摺ってはいません。それは生命の花の開花への成長と言えるのです。

自己を見つめる心の目は、自らを受容する意思がなければ開くことはありません。

退屈、それは真の自己、理想を求めようとする自己と向かい合わず、ないものねだりをする自己と向かい合っているのです。

退屈は不満を生みます。不満は要求を生みます。ないものねだりをしているのだから、要求すればする程、自分を忘れ、自分が自分から離れていき、自己嫌悪に陥るのです。

そして堂々めぐりをくり返します。

自分が何をすべきか知らない人は、この堂々めぐりは止《や》まないでしょう。自分がなすべきことを求めることこそ、退屈を心の充実に変える方法なのです。

心にはその人の存在において、つまりその人の個性、才能などによって、変化する要素が違うのです。

心、それは自己を形成します。自己、それは心の在り処を示す意志の象徴なのです。心、それは自己の内部にあって、外部を飾ります。

心という花の開花への神秘な変化、成長は、自己の意志を越えて起きます。ことに、誰かの心と触れ合えたならば、心という神秘な花は、その触れ合いによって変化し、成長し、やがて開花するのです。心の花の開花という神秘は、暗い過去を明るくするだけではありません。それは心と心を一つにして、見ている誰かに少なからず感動を与えます。それは、希望を、あこがれを、夢を熱く燃えさせ、苦難を喜びに、幸せに、対話に、笑顔に変え、そして生命という存在を、色とりどりの色合いで染め、美しく輝かせるのです。

のぞみには子供たちが側にいるだけで、十分でした。彼女の胸は喜びでいっぱいでした。そして彼女の心は光で一杯でした。

子供たちは無邪気に、のぞみに取り付いたり、戯れたりしていました。

「おねえちゃん、きれいだよ」と子供たちの一人がまた言いました。

のぞみはほほえみ、その子にまたほほ擦りをしました。他の子供たちも、おねえちゃんきれいだよ、と無邪気に言いました。彼女はその子供たちにも、ほほ擦りをしました。

この光景をゆきの妹はなは、何とも言いようのない羨望に満ちた表情で見つめていました。その表情には妬みはなく、苦悩に耐えているのが伺われました。彼女には婚約者がいました。けれどもその婚約者は、隣の悲しみ村にいました。彼女の愛は、悲劇の要素を含んだ、悲しみ村のある掟によって胸を締め付けるものでした。

彼女のような若い女性にとって、愛は心を美しく飾る一番の要素でしょう。しかし何らかによって、その愛が結ばれることがことごとく阻《はば》まれるのなら、これ程辛いことはないでしょう。彼女の愛は、悲劇の要素を秘めて、胸を締め付ければ締め付ける程、燃えようとするものでした。彼女はのぞみを見つめる彼女の胸は、幸せ者を見つめて焦がれるような思いと、自身の可能性を試してみたい熱い思いで一杯でした。

なくてもいいものと、なくてはならないものがあります。

愛の悲劇を秘めた運命は、時の流れに溶け込んで見え難いものでしょう。心にとってその運命は、さぞかし疎ましいものでしょうが、運命は、愛の情熱を生む元になります。望まぬ運命もあれるでしょう。しかし自分に都合が悪いからといって、ことごとく拒絶するなら、心の成長は蝕まれるでしょう。運命は自分に都合のいいことばかりではありません。また愛は、都合のいい運命だけを好むものでもありません。

心にとって愛は、殺傷兵器のような武器であってはいけません。愛にとって心は、都合のいい逃げ場所でもいけません。心にとって愛は、愛にとって心は、互いに助け合って、生きる情熱を生む関係でなければなりません。

心と愛は生きる情熱にとって、生命にとって、美しく輝く光の泉なのです。

はなにとって自らの愛は、なくしてはならないただ一つのものでした。どんなに苦しくても消してはならないものでした。また全てを消しても、消えないものでした。どんな悲劇に会っても、捨てたくはありませんでした。彼女にとってその愛は、情熱の全て、光の泉でした。輝く光の全てだったのです。

彼女は愛の為なら、全てを失ってもいいと思っていました。それでも愛があれば、何の不服もないと思っていました。しかし現実には、自分のことだけを考えていれば、それでいいという時ではありませんでした。彼女の相手にも、それなりの問題があったからです。彼女はそうした問題と、愛の苦しみの両方に胸を痛めながら、のぞみを見つめていました。

のぞみが子供たちを相手にしている間、長老や老母、そして村の若者たちは静かに話し合っていました。

「村長」と若者の一人が言いました。

「準備はできました」

「そうか」と長老は、ため息を吐くように静かに言いました。

「お義父さん、どうしましょう？」とゆきの夫が尋ねました。

「どうしたものかね」と長老はまた、ため息を吐くように言うと黙ってしまいました。

長老や老母、そして若者たちはしばしの沈黙の中で、何かを思案しているような表情をしていました。彼らはのぞみへの感動にしばしわれを忘れていましたが、子供たちが沸き上がると同時にわれに返り、現実問題に向き合おうとしていました。

光はのぞみや子供たちを見つつも、彼らの話を聞いていたので、長老や老母、村の若者たちの表情から、何か困った問題を抱えているように思えて言葉をかけました。

「どうかしたんですか？」

「実はな、光君」と長老は静かに言いました。

「わしらは困っているんだ。実は二日前、隣の悲しみ村は大きな嵐に見舞われてな。幸い、わしらの村は大したことがなかったが、隣村は大変な被害に見舞われたんだ。そこでわしらは、食糧や暮らしの必需品を援助するつもりで準備したんだ。だがな、運ぶのが問題なんだ。わしらには運ぶものがない。一人一人持ち担いで行けばいいのだが……」ここまで言うと、長老は口籠もってしまいました。

「どうかなさったのですか？」と光は尋ねました。

「村長、われわれが持って行きます」

「お義父さん、僕たちが持って行きますよ」

「長老さん、私たちが行きます」

口々にこう言う若者たちは控えめではありましたが、真剣でした。

長老はその若者たちを見つめ、悲しそうな顔でたしなめるように言いました。

「お前たちが行ってどうなる？　あの人たちのことを思いやるのも心遣いだ。心を遣うのも援助だと思うがね」

ここまで言うと長老は、光に視線を移し、悲しそうな表情をそのままに続けました。

「実はな、光君。隣の悲しみ村には昔からの言い伝えみたいな掟があってね、よそ者を寄せ付けないんだ。その掟というのが、自分たちの村にはたとえ何人《なんぴと》といえど、どのような時であろうと、よそ者を受け入れてはいけない、もし受け入れたら、必ず災いが起るという言い伝えなんだ。もしわしらが行ったとしても、恐縮して怯えたようにこう言うんだ。『私たちに関わっていると、あなた方に災いが起る』ってね。わしたちは昔、何度も足を運んだ、そして何度もこう言った。『そんなことはない、絶対にない』ってね。でも駄目だった。隣村の者たちが苦しんでいるのはよく解る、誰も訪れはしないのだからね。何とかしてやりたい！　でも駄目なんだ。どうしていいのか解らないんだよ。祈る以外にね。二日後の教会創立記念日までは辛抱しなくてはならない」

長老は、気を落としたような表情をしていました。

「今まで、どうなさっていたのですか？」と光は静かに尋ねました。

「今まではな」と長老が答えました。

「牧師さんが尋ねていたんだ。不思議と牧師さんには気を許していたみたいだ。その牧師さんがいろんな情報を寄せてくれたんだ。でも今は横になっている、ここ何ヶ月かはね。二日後の教会創立記念日に間に合えばいいのだが」

光は長老を見つめた。そして静かに言いました。

「僕が何とかしましょう、僕とのぞみで運びます」

「えっ、君たちが？」と若者たちの一人が、びっくりしたような表情で言いました。

「大丈夫でしょうか？」と別の一人が、心配そうに呟きました。

「君たち二人では無理です」とゆきの夫も言いました。

「光君、君たちはどうやって運ぶつもりかね？　援助品はだいぶあるはずだが」と長老も心配そうに言いました。

「大丈夫です」と光は答えました。

「僕たちは持ったり担いだりしません。理想を適えるジュウタンで運ぶんです。僕たちはそれに乗ってここに来ました。そしてそれに乗って地球に行くんです」

こう言うと彼は、のぞみに視線を向けて続けました。

「のぞみ、僕たちはそろそろおいとましなければならない。それに僕たちの仕事もできた。心残りがあるのは解るけど、僕たちの夢が僕たちを待っている。僕たちの夢を完成させることができるのは、僕たちしかいないんだ。未来への大切なかけ橋は、今を大切にすることだ。自分にできることは精一杯頑張ることだ。別れはみんな辛い。それはね、忍耐という心の育成なんだ。心は忍耐によって成長する。大切なことは、未来に向かって一歩を踏み出すことなんだ。さあ、準備して」

それから彼は立ち上がり、長老や村の若者たちに視線を移して言いました。

「さあみなさん、僕たちを援助品のところに案内して下さい。それから僕たちを歓迎して下さってありがとう。心からお礼を言います。本当にありがとう。そしてみなさんの期待に添えなかったこと、心からお詫びします。本当に申し訳ない」

それからのぞみに向かって言いました。

「さあ、のぞみ」

のぞみの顔に、不服そうな表情が表れた。まだ心残りがあったのだ。

「もう行くの？　寂しい」と彼女は呟くように言い、立ち上がりました。

子供たちも不服そうな顔をしました。子供たちの表情は、もう行ってしまうの？　と言いた気で、のぞみを見つめる目には、別れの寂しさを秘めた友愛の尊さを感じさせる思いが、ありありと感じられました。

見つめる目に心が写るとすれば、このような時でしょう。それは心が、友愛の尊さを知っているからです。それは何と切実な光景でしょう。目が口程にものを言う時があります。それは確かなものです。

子供たちを見つめるのぞみの目が、涙で潤んでいるみたいでした。友愛の絆を持つ友に、二度と会えない別れをする時程、切ないことはないでしょう。

「いいのか、光君？」と長老は、申し訳なさそうに言いました。

「君は急がなければならないのじゃないのか？」

「いいんです」と光は答えました。

「地球では困っている人たち、苦しんでいる人たちへの援助を、最大の美徳としています。僕は運命を信じます。信じた以上、自分にできるだけのことをすることが、僕の務めです。気にしないで下さい。さあみなさん、案内して下さい」

村の若者たちが立ち上がりました。老母が、はなが、ゆきが続きました。子供たちは不服そうな表情で、ことの成り行きを見守っていました。

「わしも起こしてくれ」と長老が言いました。

「いいんですか、その体で？」と光が気遣いました。

「そうです、お義父さん。怪我をしているんですから」とゆきの夫が言いました。

「わしらにできぬことをしてもらうんだ、寝ている訳にいかんじゃないか」

老母は何も言わず、夫の言うようにした。

一同は歩き始めました。長老も妻を支えに歩き出しました。

外はまだ明るく陽が射していました。

玄関から表に出た時、さっきまで何もなかった玄関広場に、援助物資が積まれていました。明らかに若者たち以外の手が、手伝ったことが見てとれました。若者たちや長老が言ったように、確かに光とのぞみだけで持ち抱えて行くには、余りに多過ぎました。

光は家の中から出る途中、任務への責任を感じながら、未来の大きな運命を感じていました。それはやりがいと、期待と情熱がはじける前触れのようなものでした。

のぞみもまた家の中から出る途中、受難のわが子を抱いたマリア像を見て、心がさらに輝いたように感じ、笑みを浮かべました。彼女も期待と情熱を感じ、それは彼女にとって、未知の可能性への輝きのようなものでもありました。

期待と情熱が心の中で輝く時、無意識に心の成長が始まります。その時、心は太陽を見ます。全ての生命の輝き、そのほほえみ、その美しさ、その喜び、その愛を見ます。心の成長は、極みの中に進みます。

二人の期待と情熱もまた、心の成長を促さずにはいません。その成長は生命の輝き、ほほえみ、美しさ、喜び、愛の極みへと進むでしょう。そしてやがて、心という神秘な花を開花させます。

その花は生命の輝きの中に、ほほえみの中に、美しさの中に、喜びの中に、愛の中に咲いた時こそ、最も美しいでしょう。

「これが全部です。こんなにあるんです。大丈夫でしょうか？」とゆきの夫は、心配そうに尋ねました。

光は黙って援助物資を見つめていました。

「光君」と長老は尋ねました。

「これだけのものを本当に運べるのかね？　理想を適えるジュウタンは、どこにあるのかね？」

光は黙って長老を見て静かにほほえむと、一同に背を向けました。

一同は光を見つめていました。光は両手を合わせ、静かに目を閉じ、切なる祈りを込めて、言葉を発しました。

「理想を適えるジュウタンよ、ここに現れておくれ」

「用件は済んだかね？」

理想を適えるジュウタンの声に、光が目を上げると、ジュウタンは頭上から、舞い降りました。そのジュウタンには白地に赤、黄、緑の三色で、義に真心を込めるは勇気なり、愛なり、と描かれていました。

「頼みがあるんだ」

「御用ですと？」

「そうだ、頼みたいことがある」

「何用で？」

「この援助物資を隣村まで運んでもらいたい」

「お安い御用で」

ジュウタンの言葉に、光は安心して、一同に向かい合うと言いました。

「さあ、みんなこのジュウタンに乗せて下さい」

若者たちは動き始めました。ジュウタンは援助物資を乗せるに相応しい大きさまで伸びました。

若者たちと動き始めた光とのぞみに、ゆきが声をかけました。

「光さん、のぞみさん、あなたたちはいいの、やらなくても。後はみんなに任せなさい。それよりあなたたちはここに来て、ごちそうとは言えないごちそうだけど、食べて行って下さい。私たちはあなたたちに、何の持てなしもできなかったけど、せめて食べて行って下さい。口に合うかどうか、解りませんけど」

それから彼女は、手伝いかけた子供たちに声をかけました。

「子供たち、あなたたちも何もしなくていいの。こっちにいらっしゃい」

光とのぞみは彼女の言葉に従いました。子供たちも従って家の中に入って行きました。

台所では、手伝いに来てずっと料理を見ていた村の老婆とはなが、料理を盛り付けていました。

ごちそうとは言えないごちそうとは、大鍋に煮られた、肉や野菜などのごちそうでした。

光とのぞみが先に料理を受け取りましたが、二人は子供たちに行き渡るまで、手を付けませんでした。子供たちの不満気な表情は、料理を配られても変わりませんでした。

ペンダントの輝きや、彼女が発した輝きを見つめている時、彼女とたわむれている時には、子供たちの表情は明るかったのですが、彼女や光が去って行くことを知るとまた、すねた不満気な表情に戻った子供たちの気持ちは、料理を手にしても同じでした。

のぞみは子供たちが不機嫌なのは、自分たちのせいだと思っていました。

「みんなで食べましょう」と彼女は言いました。

「おいしそう、いただきます」と光が言いました。

「おいしいわ、ねっ」とのぞみは一口食べると、光に言いました。

二人は食べながらも、何とか子供たちをなだめようとしましたが、駄目でした。

光は楽しい食卓を作ろうと、あれこれ考えて、

「おいしい？」と子供たちに尋ねました。

訊かれた子供たちは、押し黙ったまま、返事をしませんでした。

「困った子供たちね。すみません、わがままで。でも余程あなたたちが気に入ったのね。仕様のない子供たちでごめんなさいね、気になさらないで下さい」とゆきは、穏やかな笑みを浮かべながら、駄々っ子を弁護するみたいに言いました。

「いいえ、気にしていません」と光は言いました。

「ただ余りに可愛いから気になるだけです」

光の言葉に、ゆきは思わず笑みを浮かべ、光を見つめていました。それから子供たちになだめるように声をかけました。

「この甘えっ子たち、何をそんなにしょぼくれているの？」

「だって！」と駄々をこねるように一人の子供が言いました。

そうこうしているうちに、援助物資を積み終えた若者たちと、それに続いて長老と老母が、家の中に入って来ました。

「積み込み終わったよ」とゆきの夫が言いました。

「本当に大丈夫なのでしょうね？」

光は若者たちを、そして長老を見つめました。

「頼みましたよ、光君」と長老が言葉をかけました。

「急いでいるのに申し訳ないと思っている。わしらにできないことをしてもらうのだから、本来なら手厚くねぎらうところだが、そうも言っていられないようだ。本当に心から礼を言うよ、ありがとう」

「いいえ、気になさらないで下さい」と光はにこやかに言いました。

「困った時はお互い様ですから。それに僕たちは何の苦労もしていない。助け合うことはいいことです。人は誰でも、いいことをしたいと願っているものです」

食事を終えた二人は立ち上がりました。

「ごちそうさまでした」と光は頭を下げて言いました。

「とてもおいしかったです。お腹を満たして心を暖める、とてもおいしいごちそうでした。ありがとうございました。僕たちはこれでおいとまさせていただきます」

「ごちそうさまでした」とのぞみも言いました。

彼女は子供たちを見つめましたが、子供たちのすねた不満気な表情は変わりませんでした。のぞみは黙って子供たちに近づき、笑顔で一人一人のほっぺたに、口づけをしました。子供たちの顔に、無邪気な笑みが戻りました。

一同はまた外に出ました。理想を適えるジュウタンの上に、援助物資が積まれており、若干のゆとりが残っていました。

光とのぞみはジュウタンに向かって数歩歩むと、振り返りました。そこに子供たちの、別れの寂しさや切なさ、心からの願いをあきらめる悲しみ、大切な希望を失ってしまうことへのすねた表情、最後の抵抗を試みる、小さな胸の中の悲しい程純粋な戦いなどを見ました。

二人の胸は痛み、それに耐えながら、

「僕たちの為にありがとうございました」と光が言いました。

「僕たちは貴い体験をしました。みなさんの御健康と御健闘を祈っています。夢は心です。心は花です。喜びが、ほほえみが、幸せが花のように思えたら、そこには夢があります。大切なことは、真心を尽くすことです。僕たちはこの村に来たことを、心から喜んでいます。ありがとうございました。僕たちは地球に行きます」

心をつなげる意志の純粋さと、生きる意味における美しさには相反するものが、別れの中にはあるようです。

子供たちは自分たちに背を向けて去って行こうとする二人に、相変わらずすねた不満気な表情を向けていました。まるでそれぞれが最後の抵抗を試みているように。

のぞみは胸の痛みに耐えながら、子供たちを見つめていました。彼女は黙って子供たちに近寄り、ほほえみを浮かべ、子供たちの一人一人のほっぺにまた、口づけをしました。子供たちの表情には、彼女が期待した程の効果はありませんでした。

子供たちは理想を適えるジュウタンの若干のスペースを見つめていました。のぞみにほほに口づけをされても、子供たちの表情は、ほとんど直りませんでした。

別れの悲しみはいつも切なく、胸が痛みます。もう会えない、そう思えばなおさらのことです。心と心の触れ合いがもたらす別れの悲しみ、それは成長という心の花の開花への脱皮なのです。自己形成への、放棄と成長の分岐点での道標にもなるのでしょう。

人間性の高みへの道は、成長という試練から逃れると、どこに行くのか解りません。それを自己放棄といいます。心の成長にとって、別れの悲しみは時間を永遠化させます。人間性の高みへの道は、遠くまた険しいのです。

人生という長きに渡る生涯は、山あり谷ありの方が、見渡す限り何もない平地より表面積が大きいように、何もない退屈な人生より、開花への成長と試練を含んだ波乱のある人生の方が、より深みがあるのです。

別れは悲しい。けれど、もっと悲しいことは、自分の道を歩まないことです。

「私も地球に行きたいな、地球に行きたい！」

子供たちの最後の願いにゆきは諭すように言いました。

「駄目よ、あなたたちがいなくなると、私たちの夢がなくなるの。あなたたちは私たちの心なの。だから、ね、無理言わないの。その変わり地球にないものを、いっぱい、いっぱい作ってあげるからね」

のぞみは子供たちに、何もしてやれない自分に落胆していましたが、ゆきの言葉に刺激されました。

「そうよ」と彼女は、自分を慰めるように言いました。

「あなたたちにはね、あなたたちを必要とする人たちがいるの。この村ではあなたたちは大切な存在なの。私はあなたたちが大好き。でもね、一緒に行けないの、解ってくれるわね？　可愛い子供たち。あなたたちはここで、十分愛されなさい。私はね、あなたたちにめぐり会えたこと、とても嬉しく思っているの、ありがとう」

彼女は、光に近寄り、そして二人は、一同に向かって頭を下げました。

「みなさん、ありがとう。とても素敵な思い出ができました。本当にありがとう。みなさんのこと、いつまでも忘れません。みなさんは親切にしてくれたばかりでなく、私の心を美しくして下さいました。心から感謝します、本当にありがとうございました」とのぞみが言いました。

「ありがとう、みなさん。ここに来たことを、僕はとても嬉しく思っています。もう一度言います。夢は心です。大切に咲かせて下さい。あきらめてはいけません、きっとできる、いつかきっとできる、そう思うことです。みなさまの御健闘を心から祈っています」

それから彼は胸の痛みに耐えながら、子供たちに向かって続けました。

「ごめんね、君たち。僕は君たちに何もしてやれなかった。そして地球にも連れて行けない、本当にごめん。みんなで心を合わせて自分たちにできる夢を探して。本当に美しい夢はね、どんなことがあっても美しく生きることだ、みんなが心を合わせたらきっとできる。夢は心が大切なのだから」

子供たちは納得したようではなく、そのまなざしは明らかに、行かないで！ と訴えているみたいでした。

二人はまた一同に頭を下げてから、ジュウタンに向かって歩みかけました。

「光君、のぞみさん」と長老は、二人の背中に向かって言いました。

振り向いた二人に、長老は続けました。

「幸せになって下さいね、君たちが幸せになることを心から祈るよ。よくぞ、ここを訪ねてくれました。心からお礼を言うよ、ありがとう。君たちはとても大切なことと、大きな財産を恵んでくれた。本当にありがとう。それからその援助物資、頼んだね」

二人は頷き、ジュウタンに向かって歩いた時、自分たちの背後から、切実に何かを訴えるような声を聞きました。

「お父さん！　私も行くわ。絶対行く！　もうあの悲劇は嫌！　私も絶対に行く！」

「はな、駄目だ。よく考えなさい！　自分のことばかりでなく、少しは周りの人のことも考えなさい」

はなが父親にぶつけた切実な思いに、父は戒めるように言いました。

はなはのぞみの幸せそうな表情に、たまらない程の羨望を抱いていたのですが、その思いが爆発したようでした。父ははなの感情をそのままやりたいようにさせるとどうなるのかを考え、その結果みんなが不幸になることを思いはばかっているようでした。自分の娘であればなおさらでした。

幸せほど、人の心を暖めるものはないでしょう。幸せは時のかなたにあるものを、引き寄せる魔力を持っています。幸せはないものではありません。あるものなのです。幸せはどれ程時間を挟んでも、すぐ側に、自分の中にあるものです。その人の存在が、誰かの存在が、幸せを意識させるのです。幸せはどれ程のかなたに離れていても、自分の中にあるものなのです。

遠く離れていてもすぐ近くにあるように思えるもの、何ものも代役を果たせず、それだけで全ての役をこなせるもの、全てを消し、ただ一つの意志を芽生えさせ、その一つがやがて全てを充実させるもの、そんな幸せに身も心も焦がしている者の心は、何とまばゆくも切ないものでしょう。はなの心は、そうした中にいました。

はなの声に光は足を止めて振り向き、長老に歩みよって尋ねました。

「いいんですね?」

「ああ、頼む」

全ての意味を含んだ問いと、全ての意志を込めた答えでした。それらは余りに簡素で短いものでしたが、このような関係は、信頼がなければまず成り立たないものです。

意志と言葉は人と人、心と心を繋ぐ。言葉が意志を伝えようとする時、その人の心の姿や在り方までも伝えるのです。言葉にとって、意志は心そのものなのです。意志、それは言葉で作った心なのです。

光は一同に向かって一礼しました。そして理想を適えるジュウタンに向かいました。

長老は穏やかな表情で、光を見つめていましたが、はなは寂しそうでした。それは恋人に会えない寂しさに似ていました。

光はジュウタンの前まで来ると、祈りを込めて呟くように言いました。

「理想を適えるジュウタンよ、僕の希望を適えておくれ」

ジュウタンは言いました。

「両手を合わせて祈るんだね」

光は両手を胸で合わせ、目を閉じて祈りました。彼はしばらく動きませんでした。

長老はこの光景をしばらく見つめてから娘に言いました。

「はな、わしはお前の幸せを壊そうとしているのではない。わしはあの青年に全てを託した。あの青年なら何とかしてくれる。待つんだ、時機をな。お前が苦しんでいるのは、お前が持っている大切なものを失っているからではない。大きな平和を包む為の大きな器を作る為に、小さな器を広げようとしているからだ。わしはお前が幸せになることを、心から願っている。しかしな、わしは隣村のみんなと手を繋ぎ合うことを夢見ている。それを成し遂げるのはお前たちなんだ。だが今は待つんだ、あの青年を信頼してな」

「お父さん、私はそれでも行きたいの」とはなは、切実な思いで父に言いました。

「私は自分のことばかり考えてなんかいないわ。みんなのことも考えている。でも行きたいの。私にとって愛は、愛は生命なの」

誰かを愛する、愛の為に生命がけになる、それは夢です。また心であり、生命の花の開花でもあります。

真剣であるだけに悲しくもまぶしい愛、心が苦悩と憂愁の中でも輝く愛、星の煌めきよりも雄大で、花々の美しさよりもまばゆい愛、心の隅々まで、骨の髄まで染み通る愛、そのような愛という心の花は、生命の花として美しく開花します。若い女性たちをとりこにする、生涯の夢として胸の中に咲かせる愛は、心の花なのです。

愛する、もしくは愛した、それは長い生涯に夢という心の花を咲かせる努力です。その努力には苦しみもあるでしょうが、その苦しみもまた耐えれば努力なのです。その苦しみこそ、情熱の泉に知性を与えるのです。

愛する努力は、心という花の開花への成長をうながします。生命というかけがえのないものは、自らが信じた最も美しいもの、輝かしいもので飾ってこそ美しいのです。

愛する努力と苦しみに耐える忍耐は、自らが信じた世界に個性という花を咲かせます。愛、それは自らが求める生命です。

愛を求めることは、すばらしいことです。そして愛は心の充実から求めたいものです。もし愛を不足から求めるなら、寂しさを、不満や退屈をまぎらわせる手段になるでしょう。しかし心の充実から求められるなら、夢を完成させるでしょう。

愛、それは夢の世界に咲いたこれ以上ない花なのです。そしてまた生命を美しく飾る原点なのです。心の極みには、美しいものしか咲きません。

はなにとっての愛は、障害ゆえに切ないほど苦悩に満ちたものであり、障害に負けまいとするまばゆいほどの情熱そのものでした。

心が愛によって苦しむ時、その愛は心の極みへと向かいます。そしてそこに、ただ一つの最も美しいものを写します。それはただ一つをもって全てとする、心の成長なのです。心の無限さは、その極みにただ一つをもって始まります。心に有限はありません。しかしただ一つが全てなのです。心の極みへの成長は、ただ一つを全てへと変化させていくことです。愛の消滅が生命の消滅を招くのは、この為でしょう。

愛は心の極みに、ただ一つをもたらす光なのです。


光が祈っている間に、村人たちが数人増えました。

光は祈る姿勢をそのままに、ジュウタンから一同の方に、向きを変え、胸に合わせていた両手を広げながら、手の平を上に差し出しました。まるで自分の目の前の大切な人に手を差し伸べるように。

すると、何ということでしょう！　光の両手の掌から、いろんな小鳥たちが飛び出しました。それは色とりどりの小鳥たちが飛び立ったのです。それからいろんな種類の蝶やとんぼ、その他の空を飛ぶ生きものたちが舞い出ました。彼の足元からもいろんな動物たちが、それはたくさん、まるで湧き出るように現れ出ました。

子犬や子猫、うさぎや亀、リスに小鹿、その他いろんな動物たちが、彼の足元から飛び出したのです。しばらくすると今度は、いろんな種類の満開の花々が、舞い上がりました。

彼の両手の掌から、足元から飛び出したそれらの動物たちは、四方八方に飛び、走り回りました。

このような光景を光はしばらく見つめていましたが、やがて厳かに叫びました。

「光あれ！」

すると、宙を舞う花々が、一斉に鮮やかないろんな色で光り輝きました。するとどうでしょう、勝手気ままにばらばらに飛び、走り回っていた生きものたちが、その光を浴びると、すぐさま方向を変え、村人たちのもとに集まりました。宙を飛び交う小鳥たちは、子供たちの頭と肩に一ぴきずつ止まり、あとは村人たちの頭上を楽しそうに飛び交っていました。地を走る動物たちも、村人たちの足元に戯れ付いていました。宙を舞う花々は、辺りで鮮やかな色合いで咲き満ちていました。

この光景を一同は、想像だにしなかったという、信じられないような表情で見つめていました。誰も一言も発しませんでした。言葉が出なかったのです。ただ、あっけにとられて見ていました。神秘に満ちた崇高な光景は、あらゆる目撃者の心を捉え、痺れる程に感動の念を抱かせます。しばらくすると、光は笑みを浮かべながら、一同に歩み寄りました。

のぞみも光の後ろに付きました。彼の作り出した光景に、彼女の心は晴々としていました。明るい笑みを浮かべた彼女の晴々とした思いは、光に対する思いと同じでした。彼女にとって光の存在は、彼が側にいるだけで、彼の側にいるだけで、十分満足できるというものでした。彼女の胸はときめきとあこがれ、喜びと幸せで一杯でした。彼女にとって何より嬉しかったのは、光を好きになれたことでした。そして彼を好きになった自分を誇れることでした。

誰かを好きになる、誰かを愛する自分を誇りに思えるのは、心の充実です。心の世界では愛する心、愛された心を誇りに感じる時ほど、まばゆい光を発することはありません。好き放題をして、自分の思い通りになっても人生に雑草しか生えないのは、心が貧弱だからです。見すぼらしく質素な中でも美しい花が咲くのは、心が豊かだからです。

「みなさん」と光は一同の前まで歩み寄ると、笑みをそのままに言いました。

「夢を創造することはすばらしいことです。その努力はみんなを一つにするでしょう。なぜなら夢は心だからです。大切なことは、創造した夢に対する自分のあり方です。そして信じることです。いつかきっとできる、そう信じることです。夢は自分を変えます。美しい方向に変わったなら、それはすばらしいことです。美しい夢は、みんなの心を一つの美しい心にして、花を咲かせてくれることでしょう。一番の理想は、自らの意志で生きることです」

光の言葉に、一同は夢から醒めたように、われに返りましたが、まだ夢見心地でいるようでした。

彼らにとって今の光景は、かつて一度も想像したことのないものでした。

長老にとって、この光景は夢の全てを越えているように思えました。子供たちにとっては、夢見る喜びの全てのようなものでした。一度も見たことのない神秘な光景を目の前で見つめていると、その神秘に酔うように、子供たちも酔っていました。

光の両手から飛び立った、いろんな小鳥たちや蝶たちが、そして彼の足元から飛び出たいろんな動物たちが、一同の周りで飛び交い、はしゃいでいました。

一同はにこやかな表情で、小鳥たちや蝶たち、他の動物たちを見つめていました。

「みなさん」と彼はほほえみをそのままに続けました。

「夢の完成にできないことはありません。真実に対する冒瀆的で無知な夢や、ないものねだりの貪欲な夢でさえなければ、長くかかることはあっても、できないんじゃありません。やろうとしないだけなんです。理想や夢の大敵は、障害や悪ではありません、あきらめることです。あきらめないこと、いつかきっとできる、そう信じることが大切なのです」

子供たちの顔から、すねた不満気な表情が完全に消えました。子供たちは夢見心地な笑顔で、動物たちを見つめており、そのまなざしには、希望の明かりのようなものが見られました。

時が永遠のかなたに離れようとし、なお人の心に残ろうとするその接点には、いつも美しい思い出が生まれます。それは離れ去ろうとする時が、永遠より、人の心を好んでいるようです。そしてそこにはほほえみ、幸せ、喜び、感動などがあります。それは心の為でもあれば、時の為でもあります。なぜなら心は、美しくなる為に存在するからであり、美しくなるのは喜ぶ為、幸せやほほえみ、感動を味わう為なのですから。

美しい思い出、それはあこがれや夢などに理想が表れているものでもあります。しかしそこには、理想だけが写っているのではありません。誰かに思いを寄せ、真に心を寄せてくれる人の理想、心からの思いが写っていなければ、美しい思い出にはならないのです。

美しい思い出は時の流れと、時の静止が重なり合っていなければ写りません。心の極みには美しいものしか写らないのです。その極みに写るもの、それが愛です。理想が愛と結び付く時、その光景は時間の静止として、思い出として心の極みに写るでしょう。

理想が心に美しい思い出を作る時、心は健やかで健全な成長を遂げています。それには大人も子供も関係ないのです。

子供たちはお互いの肩や頭に止まっている小鳥や蝶、そしてはしゃぎながら地を走り、自分たちの足元に戯れ付く動物たちを、得も言えぬ表情で見ていました。その表情には、夢の完成があるみたいでした。

子供たち以外の大人たちにもそれが言えました。彼らもそうした動物たちを、喜びに目を輝かせながら見つめていました。のぞみも同じく、喜びに目を輝かせていました。

そんな光景を見て、光は言いました。

「みなさん、これは地球にいる動物たちのほんの一部です。地球にはもっと沢山の動物たちがいます。忘れないで下さいね、理想や夢にとって、この動物たちが主役ではありません。みなさんの心が主役なのです。どんな生きものも代わりはいないかもしれません。しかし、それでも心が主役なのです。理想や夢が美しい花として開花した時とは、心が尊重された時です。子供たちの夢を美しい花として開花させるには、大人たちの長く辛い、忍耐を必要とする愛情がどうしても必要です。その愛情を長く清らかに維持するには大人のみなさん、みなさんが自分たちの人生を、美しく飾ることです。僕たちは任務を遂行したら、そのまま地球に行きます。どうかみなさん、お体を大切に。そして夢の完成に、みんなで心を一つにして頑張って下さい。御健闘を心から祈っています。みなさまとめぐり会えたこと、心から感謝します。ありがとうございました」

こう言うと彼は、子供たちの和の中に入って行きました。のぞみも彼に続きました。

子供たちは喜んで、光やのぞみを受け入れました。光が、地球に行くと解っても、子供たちは今度はすねた表情も、不満気な表情もまったく見せませんでした。

光は子供たち一人一人のほほに、暖かい笑みを浮かべながら口づけをしました。のぞみも同じように、口づけをしました。子供たちは無邪気に喜び、大人たちはそれを、暖かいまなざしで見守っていました。

可愛いね、可愛いよ、と言われながらほほに口づけを受けた子供たちの顔は、喜びがこぼれんばかりでした。

心の絆を強くする別れ、自然な別れ、お互いの意志が尊重された別れ、祝福と祈りの中で心の触れ合いの尊さを味わった別れ、このような別れは、他者を正しく受容できなければありえません。他者を正しく受容することは、その人への信頼がなければ、理想の確認と理解、未来への喜びがなければありえません。そして喜びの中で、感動の中で、愛の中でしかありえないのです。

他者を正しく受容することに喜びを感じる人は、幸せでしょう。感動を感じた人は、大いなる運命を感じたことでしょう。愛を感じた人は、純粋な心、そして自らの成長に大いなる喜びを感じたことでしょう。

誰かのささやかな善意、祝福などに喜びを感じる人や、他人の不幸に同情や悲しみ、慈愛などを感じる人、自分に正直に生きている人や、ささやかなことに真心を込めて生きている人、どんなことにもめげずに一生懸命生きている人に感動の念を覚える人、一生懸命生きている人を心から祝福できる人たちは、運命や他者を正しく受容したからです。

子供たちのにこやかな笑みは、そのまま夢と繋がっているみたいでした。それはまた、光やのぞみとも繋がっていました。

運命がもたらす障害は、心と心が清らかに結ばれ合う時、それはもう障害ではありません。人間性という花の開花への成長、努力、融和、助け合いへの登攀なのです。

心と心の清らかな触れ合いこそ、運命を正しく受容することから、夢の完成への出発なのです。

子供たちのほほへの口づけが終ると、光は言いました。

「いいかな、子供たち、大きくなりなさい。夢は心が大きく広い分だけ、自分のものになるのだよ、解るかな？　子供たち、大きくおなり。それが君たちには一番の夢なんだ。いっぱい遊んで、いっぱいお手伝いして、いっぱい愛されなさい。いつか自分が信じる道が見える時が来る。その時、自分の力をあるだけ出しなさい。それまでは大きくなりなさい。あとはみんなで心を一つにして頑張りなさい。神様が見ていたら、きっと喜んで祝福してくれるでしょう。みんなが心を一つにしたら、僕も嬉しい。地球から応援しているよ」

のぞみも笑みを浮かべて言いました。

「私も応援するわ、大きくおなり、子供たち。大きくなったら、自分たちで夢を完成させるのよ。

みんなが心を一つにしたら、きっとできるわよ。みんなが作った夢って、どんなかしら？　きっとすばらしいでしょうね。みんな頑張るのよ、私も地球で頑張るわ。約束よ、夢を完成させるってこと。それからまた約束、いつかどこかで会った時、絶対知らんぷりしないこと。いいわね、約束よ」

子供たちは光やのぞみが言ったことに、こぼれるほどの笑みを浮かべて、口々に言いました。

「いつか必ず来てね、きっとだよ」

「約束よ、いつか必ず来るのよ」

「きっとよ、きっと来るのよ。待っているから」

「今度来た時はね、おねえちゃんとお兄ちゃんの夢を持って来るのよ」

「今度来た時、私たちの夢と交換しよう、ね。だから必ず来るのよ」

「お兄ちゃん、今度来た時、私大きくなっているからね。見に来てね」

「私も大きくなっているから、必ず見に来てね」

「必ず来てね、待っているから」

「きっと来るのよ、きれいになった私見て」

口をそろえてこう言う子供たちもいました。

「必ず来てね、待っているから。今度は私たちも地球に連れていってね、きっとよ」

光とのぞみは子供たちと小指をからませながら、約束を交しました。

「いつか、必ず来るからね、その時はよろしくね」

「いつか来られるといいね、その時はよろしく」

こう言うと光は子供たちから、長老や老母、それから村人たちに視線を移しました。村人たちを見回し終えると彼は、長老に視線を止めました。

「ありがとう」と彼は、温もりを感じさせるような声で言いました。

「本当にありがとう。みなさまのお陰ですばらしい思い出ができました。ここに来て本当によかった、ありがとう」

こう言い終えると、村人たち一人一人に握手を求めました。

のぞみも、みんなを見渡して言いました。

「私もすばらしい思い出ができました。みなさまのお陰です。本当にありがとうございます。私が受けた御親切、御恩、いつまでも忘れません。ありがとうございました」

そして光に続いて、村人たち一人一人に握手を求め始めました。

最後に光は長老と握手を交わしました。

「ありがとう、お父さん」と彼は言いました。

それから側にいる老母に言いました。

「ありがとう、お母さん」

それから彼は一歩下がって、長老と老母を見つめながら続けました。

「こちらを訪ねたこと、心から喜んでいます。本当にありがとう。お父さん、お母さん、お元気で。いつまでも長生きして下さい。ありがとうございました」

のぞみも最後は、長老と握手を交わしました。

「ありがとう、お父さま」と彼女は言いました。

「私が受けたお父さまの御恩、いつまでも忘れません。本当にありがとう。私はこちらに来て、心がきれいになりました。お父さまのお陰です。本当にありがとう」

それから側にいる老母に言いました。

「ありがとうお母さま、素敵な思い出をありがとう。ここでのこと、いつまでも忘れません。本当にありがとう。私、幸せになります。ありがとう、お母さま」

こう言うと彼女は、老母のほほに口づけをしました。それから長老のほほにも口づけをしました。それから彼女は、もう一度言いました。

「お父さま、お母さま、私幸せになります。お父さまもお母さまも、いつまでも元気で長生きして下さいね」

こう言うと彼女は、深々と頭を下げました。

「みなさん、お別れです。すばらしい思い出、ありがとうございました」と光は、一同を見渡して言い、頭を下げました。

二人は理想を適えるジュウタンに向かって、歩き始めました。あともう一歩という時、光は振り返りました。

「最後にみなさん」と光は言いました。

「夢は子供たちだけのものではありません。大人も含めた、みんなのものです。みんなが心を一つにした時、美しい夢は完成するでしょう。夢の完成は心を美しくすることです。心を美しくしたなら、自然に一つになっていくでしょう。みなさまの御健闘を祈っています。ありがとう、さよなら」

のぞみは光につられて、振り向きました。彼女は何も言わず、にこやかに片方の手を振りました。

「光、のぞみ」と長老が言いました。

「ありがとう、君たちがここを訪ねたこと、心から感謝する。君たちはわしらに、尊い宝ものを恵んでくれた。お礼を言うよ、ありがとう。幸せになるんだよ、二人で幸せになるんだ。幸せは心を一つにする、それも夢の完成の一つであるはずだ。いつかまた会おう。いいかね、二人で幸せになるんだよ、元気で行きなさい」

「幸せになるんだよ」と老母が続いて言いました。

「幸せは全てに繋がる明かりです。あなたたちが幸せになることは、多くの人々に明かりをつけることでしょう。いつか、いつか訪ねておくれ。元気でね、さよなら」

光とのぞみは、笑顔で手を振りました。

村人たち一同は、あこがれや尊敬、感謝と友愛の念をもって、二人を見つめていました。光とのぞみはジュウタンに乗りました。その表情は、喜びに満ちて晴れやかなものでした。ジュウタンが宙に浮きました。

光とのぞみは手を振りました。村人たち一同も、二人に手を振りました。

去って行く者たちと、見送る者たちの双方に、温もりを感じさせるような、笑みが見られました。そのほほえみは、喜びを胸に、感謝の思いを表わすような、明るく清らかなほほえみでした。

しばらくすると、村人たちの視界から二人は消えました。

二人が去ったそこに、小さな記念碑ができました。

清き望みに
神のほほえみ宿る
心と心のつながりを大切に
愛にみちた理想は
いつか心の花になる

人間を好きになった魔女

第二部

いつくしみ深き愛は、
心の無限さを自分色に美しく飾る、
ただ一つのもの。

○心の鏡○

理想に繋がる全ては無限です。

それ無しには、全ての存在は無意味に思えることもあるのです。

そして心の世界には、ただ一つが全て、そう思えるようなものもあるのです。

ただ一つが全てを超える時、そのただ一つは、心を焦がす程切に、一途に求めたいもの、何ものにも代えられないもの、かけがえのない生きがいをもたらすものになるでしょう。

それなしには全てが存在しない、そう思えるものが、心の無限を満たすでしょう。

心の極みで輝くもの、それはあなたに、全てを超えたただ一つのものを見せてくれるでしょう。

心のあり方を求める時、そのただ一つはあなたの人生に明かりを灯すでしょう。

人生、それはあなた自身が作った、心の物語です。

一、悲しみ村

すぐ隣にあるのに、何年も何十年も訪れたことがない、そんな場所があるものです。悲しみ村は、そんな村でした。

行こうと思えば何の苦労もないのに、地の果てにあるような、そんな場所があるものです。光とのぞみが訪れた村は、そんな場所だったのです。

心の世界には、そんな場所があるのです。そこに訪ねることは、もしかしたら自分自身を、あるいは自分の未来を訪ねることかもしれません。

光とのぞみは、悲しみ村への援助物資を乗せた理想を適えるジュウタンに乗り、悲しみ村にひとっ飛びに着きました。

そこは三方を高い絶壁に囲まれ、絶壁の山々は、万年雪をかぶってそびえていました。残る一方は、遠くにゆるやかな山々が連なっていました。

絶壁の上から、大きな滝と、小さな滝がいくつも連なって、水が豊かに落ちていました。

光とのぞみが着いた時は、まだ十分明るく、彼らが見たものは、嵐が去った後の、いくつかの瓦礫の山みたいな惨状そのものでした。それから二人は、絶壁を見渡しました。

彼らの側には大きな岩があり、その岩は村に面した部分がきれいに削られていて、そこに文字が書かれていました。二人が読んだ文字は、次のようでした。

この村は神に愛されし村である。
過ぎ去りし歴史に悲惨が残っているなら、
その中に愛が潜んでいるからである。
悲惨は肉眼で見る限り、不幸だが、心の目で見るなら、それは愛に繋がるだろう。
いつくしみ深き愛は、その悲惨に喜びの花を咲かせるだろう。
希望の光は美しい心から出て、悲惨に手を差し伸べる。
愛にとって、無駄なものはない。
全ての愛は生命の極みにありて、
汝の美しさに花を添える。
悲惨は愛にとって、心のあり方を教える茨の道であり、人間性への道である。
自分が歩む人生の道に、愛が輝く時、愛の花が咲く時、心から喜べるなら、
これ程の幸せは他にないだろう。

読み終った二人は、心が暖かくなる思いでした。心がほのぼのとなり、、幸せな笑みが、見つめ合う二人の表情に見られました。けれども、彼らの目に写った悲しみ村の光景は、その感情と

は全く正反対のようでした。

二日前の嵐は、村全体が壊滅状態を思わせる程、被害を与えたようでした。

まともな建物は一つもなく、修復中らしい建物が、一つ見られました。その建物は、継ぎ接ぎされた壊れた家といったものでした。四方の壁がなく、屋根と柱だけが見られました。

この村の地面は岩盤でできており、その表面を、わずか五センチぐらいの土がおおっていました。その為に、家を建てるにも基礎がなく、土の上に、ただ置いてあるだけでした。

この悲しみ村はただ一つを除いて、あらゆる面で、恵まれていませんでした。ただ一つ恵まれたもの、それは水でした。水だけは、きれいで豊かにありました。

二日前の嵐は村を壊滅状態にしましたが、怪我人は一人も出ませんでした。

光とのぞみは、山から切って来たと思われる、木を担いでいる人達を見ました。

三人の若者と四人の子供が、歩いていました。彼らはめいめい、自分に精一杯の木を担いで、山から帰って来たところでした。

二人は木を担いでいる村人たちに、近寄って行きました。

「すみません」と光は村人たちに声をかけました。

「僕たちはほほえみ村から、あの援助物資を運んで来ました。この村は、あなた方だけですか？」

村人たちは、何か不満そうに、そして少し怒ったように、木を担いだまま、見知らぬ二人を見つめていました。その中の若者が聞き返しました。

「君たちはあの長老から、聞かなかったのかね？」

「何をです？」とのぞみが尋ねました。

「この村と関わり合うと、災いが降り懸かるってことだよ」

光は言いました。

「聞きました。生命と風習はどちらが重たいでしょう。少なくとも僕たちは、善いことをしたいと思っています。心を尽くすことが、悪いことでしょうか？」

「私もそう思っています。人間を信じて心を尽くすことが、悪いこととは思っていません。困っている人や、苦しんでいる人たちを見て何もしないことの方が、心をなくしたみたいで悲しいことです。心の触れ合いを求めて、善に導かれた私たちの行為が拒絶されるなら、こんな悲しいことはありません。でもその悲しみは、私たちの心の問題です。私たちがあなた方の悲しみを心から慈しんで祈れば、それでいいのです。でも問題は、あなた方にあるのです。生命の危機に関わるような重大な時に、なぜ心を開かないのです？　こんなにも大変な時に、なぜ他人を信用しないのです？　こんな時、成り行きまかせですか？　どうして自分たちで、生きる為に大切なものを求めないのでしょう？」

こう言ったのぞみの表情は、真剣でした。彼女は言い終ると、子供たちに手を差し伸べました。

「重くないの？　重たいでしょう？　お姉ちゃんが担いであげる」

彼女は二人の子供が担いでいた木を、代わって担ぎました。

光ものぞみに続き、他の二人の子供が担いでいるものを、担ぎ上げました。そして言いました。

「生きることは、自分たちの問題です。生きることが、真剣であればある程、自分たちの問題です。運命まかせや成り行きまかせではいずれ、懸かる責任の擦《なす》り合いをするでしょう、悲しいことです！　生きることは、自分の問題です。そして生きることは、重要で責任のいることです。どのような人生であれ自分に対する責任は持つべきです。どんな人生でも大切なものはあるんです。それを真剣に求めるべきです。今このような状態では、無理かもしれません。しかし今こそ、それが必要な時ではないでしょうか？　僕たちはすぐ帰りますが、今こそ自分たちに何が必要か、真剣に考えるべきです。忘れてはいけない、生きることは自分の問題なのです」

ここまで言った彼の表情も、真剣でした。そして穏やかな表情になって続けました。

「本当ですよ、生きることはね、自分の問題なんです。生きていく上で本当に悲しいのは、誰も信じない、何もしないということなのです。ところでこの木、どこに持って行くのです？」

三人の若者は、説教されているようでもあれば、感銘を受けているような表情で、二人の言葉を聞いていました。子供たちは、疲れ果てているようでした。

若者たちは、黙って俯いていました。子供たちも黙ったままでした。

三人の若者たちの中の一人は二十代の男で、他の二人は十代後半の女でした。子供たちは二人が男の子で、二人は女の子でした。子供たちは光やのぞみを見つめていました。

しばらくして、三人は黙ったまま歩き始め、子供たちや光、のぞみもそれに続きました。

若者たちの表情は、親や師匠にきつく叱られたようでもあれば、何か大切なことを教えられた時の、反省している様子でもありました。

村人たちの身なりは、あまりに見窄らしいものでした。この村では、誰も着替えを持っていず、彼らは何日も前から、風呂に入っておらず、垢と埃にまみれた顔をしていました。

三人の若者たちは、黙ったまま歩き続けましたが、空腹、疲労、失望の上に、のぞみや光の言葉が、重くのし掛かっているのを感じていました。

言葉には重みがある、というより、あるように感じます。それは人間性に関わる責任の重みともいえ、また、自己の人生、運命への気持ちの表れでもあります。

自らの人生を見つめる時、たとえどのような運命であれ、すばらしいものと思えた時、すばらしいものにしたいと思った時に、良心は責任を感じ、言葉には重みがあるように感じます。

人は純粋になればなるほど、感無量的な何かを感じます。意志と裏腹な結果が出た時、人はとかく絶望感や無力感を抱くものですが、その時こそ、新たな可能性にめぐり会えるのです。純粋な心から、責任感が生まれているのです。

責任という人間性への道は、光明にこそ向かえ、闇に向かってはいません。

三人の若者たちは、絶望感や無力感を感じながら、黙ったまま俯いて歩いていました。のぞみや光の言葉が、こたえていたのです。彼らは苛酷な運命に、疲れ果てていました。

もし彼らのその絶望感や無力感が後ろ向きな道を求めていたなら、責任の擦り合いをしていたでしょう。しかし彼らは、悲しみに耐えていました。そしてのぞみや光の善意に、自分たちにはない美しさ、自分たちが本当は望んでいる美しさを見たような思いでした。彼らは、人生や人間性に伴う大切なものを、捨てきれなかったのです。彼らの心が、それをさせなかったから。

運命の苛酷さに耐えている心は、たとえ疲れ果てていても、純粋さや掛け替えのない大切なものを失うまいと、限界まで努力しているものなのです。

彼らは自らの人生に対し、切実な夢を持っていました。けれどもそれは、村の掟に押し潰されていました。

子供たちは何も言わず、光やのぞみを見つめて歩いていました。

先を若者たちが歩き、少し遅れて子供たちと、光とのぞみがついて歩いていました。

「この木は重たかっただろう?」と光が子供たちに訊きました。

子供たちは黙ったまま歩いていました。光はまた訊きました。

「君たちはこの木、どこから持って来たの?」

子供たちは何も言わず、光は肌寒さを感じていたのでまた訊きました。

「君たち、寒くない?」

子供たちは黙ったままでした。

のぞみは慈愛の思いで言いました。

「疲れているのよね、こんな重たいものを担いでいたんだもの、ねぇ?」

子供たちはまだ無言でしたが、のぞみは続けました。

「ねぇ、あなたたちの他に、誰もいないの？」

子供たちはなおもしばらく黙ったままで、光とのぞみは寂しそうに、見つめ合っていました。

「お兄ちゃんたち、どこから来たの？」と一人の男の子が、ぽつりと口を開きました。

「地球からだよ」と光は答えました。

「ふうん、地球？　地球なら僕、知っているよ」

「私も知っているわ」と女の子が言いました。

「地球のこと知っているの？　すごい！」と光は感心したように、笑みを浮かべて言いました。

「地球のどんなことを知っている？」

「解らない、地球がどこにあるのかも解らない」と女の子が興味なさそうに言いました。

「地球はね」と光が言いかけたところに、

「地球は遠いところにあるんだろ」と男の子がぶっきらぼうに言いました。

光は言うべき言葉を、見つけられませんでした。

やがて修復中の建物に着き、若者たちはその前に、担いでいる木を降ろしたので、光とのぞみも、荷をそこに置きました。

一同は修復中の建物の中に入りました。その建物の周囲には、壁がなく、吹いてくる冷たい風が身を震わせました。

建物の中には一人の老婆と、七人の子供と、若い女性が三人いました。

子供たちは寝ており、若い女性たちは、子供たちに付き添っていました。子供たちは病気で、母親である若い女性たちが子供たちの看病をしていました。

老婆も寝ていました。痩せて、病弱そうでした。

この村は嵐の前から、食べものはほとんどなかったのですが、全滅状態になってからは、まったく無くなり、村人たちはまる二日、何も食べておらず、口にしたものは、水だけでした。

光とのぞみは、建物の中の状態に言葉が出ませんでした。あまりの哀れさに、語るべき言葉を見い出せなかったのです。

子供たちは地べたに、布団をかぶって寝ていました。老婆も同じでした。その布団は薄く、汚れてぼろぼろでした。この寒さの中で、地べたに、薄っぺらな布団一枚……！

光はこの状態に、胸が痛み、のぞみも何とかしてやりたいと、切に思いました。

子供たちは痩せて、かなり衰弱しているようでした。看病している母たちも、肉体的にも精神的にも、かなり衰弱しており、寒さに震えているようでした。

建物の中には、暖を取れるものは、薄っぺらな布団以外、何もないように思えました。希望を与えてくれるようなものは、何一つなかったのです。

手当てする薬もなければ、ミルクや食べものも何一つありませんでした。

母たちの表情には、悲しみに身を切られるような思いをしながらも、何かにすがろうとするような表情が見られました。子供たちを見守る表情には、悲しみの中にも、身につまされるような美しさが感じられました。それは、見るも哀れな程でした。

建物の中に入ってから、一人の若者と子供たちが老婆の側に寄り、他の二人の女は母たちと一緒に、寝ている子供たちを見つめていました。

「お婆ちゃん、起きている？」と若い男が言いました。

それから子供たちが言いました。

「お婆ちゃん、起きてよ」

「起きて、お婆ちゃん」

「お客さんだよ、お婆ちゃん」

「お婆ちゃん、お婆ちゃん」

老婆は静かに目を開けました。

光は老婆に近付きながら、声をかけました。

「お婆ちゃん、僕たち」

その時、一人の子供が遮って言いました。

「お婆ちゃん、この人たちね、地球から来たんだって」

老婆の表情には、何の変化も見られませんでした。光は黙って老婆を見つめていました。

母たちの表情にも何の変化も見られませんでした。彼女たちは見知らぬ二人が入って来た時、一目見ただけで、何の関心も示さず、わが子を見つめたままでした。

二人の女性も、振り向きもせず、病気の子供たちを見つめたままでした。誰一人、興味の欠片さえ見せませんでした。

貧困にあえぐ人々には、夢がないと思ってはいけません。貧困の中では、理想より現実の方が、優先なだけなのです。

貧困の宿命的な問題は、現実が、何一つ理想と繋がらないことです。貧困が現実と対峙している時に、英知がその前で、絶望していることです。

生命と心に関わる切実な問題の一つは、生きることです。それは、英知と、勇気と、存在の戦いです。それはまた、生きることのすばらしさ、喜び、生命の尊さとも関わっています。

貧困という厳しさの中で運命に対峙するものごとは、その全てが、心に通じる何かを持っています。何かとは？　それは人の心に、意志や思想、知性のあり方を問う何かです。良心とはどうあるべきかを問う、何ものかなのです。

人生、それは美しい生命の物語です。テーマはなんでしょう？　それは心です。そして愛でもあるのでしょう。

美しい愛は、清らかな心から生まれた理想が情熱となって、悲しみ、苦しんでいる人々に、救いの手を差し伸べることです。

光とのぞみは、寝ている子供たちや母たちを見ていると、さらに胸が痛んできました。

老婆に話しかけようとして子供に遮られたまま黙っていた光は、また気を取り直して言いました。

「お婆ちゃん、僕たち、隣のほほえみ村から援助物資を届けに来ました。ここまで運びます」

光の言葉に、老婆は上体を起こすと、見知らぬ人間へのその労を察しながらも、悲しそうな声で言いました。

「あなたたちは、あそこの長老様から聞かなかったのですか？　この村に近づくと、どうなるのか」

光は真剣な表情で、慈愛の念をもって言いました。

「お婆ちゃん、今そういうことを言っている場合でしょうか？　少なくとも僕には、もっと大きな、もっと大切な問題があるように思えますが。少なくとも今、この村では」

光がここまで言いかけた時、また別の村人たちが現れました。彼らは木を担いで来て、光たちが置いたと同じ場所に、それを置きました。

それは八人の若者と、三人の子供で、彼らも痩せて、疲れ切って、苦しさに耐えている表情でした。

光は彼らを見ると、老婆に訊きました。

「あの木は何に使うのですか？　今この状況で切に求めるものとも思えませんが……」

老婆は弱々しく言いました。

「あの木は食糧にするのです。あの皮を剥いで、それで木粥を作るのです」

「何ですって！」と光はびっくりして言いました。

そして彼は、寝ている子供たちに視線を移し、歩み寄りながら尋ねました。

「この子供たちは病気なんですね？」

彼は地べたで布団をかぶって寝ている子供たちの額に、手を差し伸べて、子供たちの額に触れると同時に、叫びました。

「のぞみ！」

のぞみは光に目を据えました。

「理想を適えるジュウタンまで行って、援助物資をここまで運んで来るんだ！」と彼は、少々言葉を荒らげて言いました。

のぞみは困惑したような表情で、光を見つめて言いました。

「でも私では、動いてくれるかどうか」

「僕の意志だと言うんだ、大至急！」

のぞみは大慌てで出て行きました。

光は次々に、子供たちの額に手を触れていきましたが、だんだん胸の痛みが増していくのを感じました。最後の子供の額に手を触れると、彼は落胆したように呟きました。

「何てことだ、こんなになるまで何の処置もされていないとは！」

「あのう……この子は？」と、光が七番目に触れた子の母が心配そうに尋ねました。

「病気です。それもかなり酷い」

「どこが悪いのでしょう？」

「それはまだ、はっきりとは言えません。ただ、栄養失調も原因している」と光は言って、子供たちの母親みんな向かって、慈愛の念を込めて言いました。

「この子供たちはみんな、病気です」

彼が七番目に触れた子の母が心配そうにまた尋ねました。

「このままだと、どうなるのでしょう？」

「死にます。たぶん」

「何ですって！」とその子の母は、あまりの衝撃に絶句し、わが子を見つめるしかありませんでした。

「他の子供たちもこのままだと、いずれ死にますよ」

母親たちはみんな言葉もなく、胸を切られるような思いを抱きながら、祈っているようでした。自分に関する悲しみより、自分の子供や愛する人の上にのしかかる不幸の方が、より耐え難い時があります。母たちの胸は、祈る思いがなければ、たぶん壊れていたことでしょう。それ程にその悲しみは切実で、耐え難いものでした。

しばらくして、光が最後に額に手を触れた子供の母が、口を開きました。その声は、悲しみにくれて、絶望的な響きがありました。

「可哀そうに、ごめんね、私の生命！　母は、あなたに何もしてあげられない。本当にごめんなさい！　これは天命なのよ……」

こう言うと彼女は、絶望的な嗚咽の涙をそのままに、わが子に頬擦りをしました。

光は、やや声を荒らげて言いました。

「何ですって！　天命？　馬鹿な！　人間の生命を何だと思っているんです！　ええ？　人間の生命は借物じゃないんですよ、お母さん！」

その時、のぞみが理想を適えるジュウタンに乗って、建物の側に舞い降りました。

それを見るなり、光は言いました。

「のぞみ、その中に薬があるはずだ、探してくれ」

「えっ、薬？　どこにあるの？」

困惑したような表情で、のぞみが言うと、光はジュウタンに急いで歩み寄りました。それは一番外側に置かれており、彼はそれを探し出すと、説明書を読み始めました。それから程なくして、子供たちに歩み寄ると、母たちに言いました。

「お母さん、水を」

母たちは動きませんでした。そこで彼は母たちにはそれ以上は言わず、のぞみに向かって叫びました。

「のぞみ、水を！」

のぞみは慌てたように、容器を探し、水を求めて走って行きました。

のぞみが水を探している間、光は子供たちを見つめていました。そして母たちに視線を移すと、真剣で厳かな表情で言いました。

「お母さんたち、よく聞いて下さい。人間の生命は天命で決まってはいません。人間の生命は美く輝く天命を超えた存在なのです。そのような生命は、一人でも多くの人に感銘を与えるように、長らえなければなりません。あきらめてはいけない、人間は生きることを全うしなければならないのです。人間の生命はね、美しいものなのです。光輝くものなのです。人間の生命はたった一つなんです。たった一つしかないから、掛け替えのないものなのです。人間の生命はその全てが、天命で決まる程安くはありません。お母さんたち、お子さんはあなた方にとって、掛け替えのない存在でしょう？　自分の生命に匹敵する程、掛け替えのない存在でしょう？　人間の生命はね、心と愛という最も美しいものを、二つ同時に輝かせることのできる、ただ一つの存在なのですよ、解りますか？　こんなに小さな生命といえど、ただ一つの存在なのです、解ります？　子供にとって、親は自分の全てなのですよ、解りますか？　人間の生命はね、天命によって決まっているんじゃない、愛と心によって、変わるんです。愛と心によって、生きているんです。解りますか、お母さんたち？」

母たちは黙っていましたが、程なくして、一人が口を開きましたが、その声は、投げやり気味でした。

「お兄さん、あなたの言うことはよく解りますよ、私たちだって子供は可愛い、自分の生命程にね。でも他に、どうしろって言うのです？　どうしようもないのよ！　あなたに私たちの胸の痛みが解りますか？　解っているのなら、そんなきれいごとは言わないわ。私たちはどんなことがあっても、その全てをありのままに受け入れなければならない。私たちには夫や子供以外、失うものはもうない。だから私たちは、自分のことで悲しむのは何でもない。でもね、自分以外のことで悲しむのは疲れた！　これ以上は勘弁して！　そしてあなたたちへの災いは、私たちの悲しみなのです。この村には誰も訪れない、誰もこの村から出て行けない、こんな私たちにどうしろって言うのです？　生きることが、心や愛より優先しなければならない生き方って、どんなに辛いか解りますか？　人間の生命は、天命で決まっていないって？　あたりまえよ！　天命なんかで決められてたまるもんですか！」

こう言い終えた母は、震えていました。

彼女の話している間に戻ってきたのぞみは、黙って光に水を渡しました。

光は子供たちを起こして、薬を飲ませ始めました。そうしながら彼は、言い過ぎたかもしれないと感じていました。

最も恵まれない人々、虐げられた人々には、救いの手を差し伸べることはあっても、責めるべきではない。そう感じていました。彼は薬を飲ませ終ると、詫びるように母たちに言いました。

「お母さんたち、言い過ぎました。謝ります、ごめんなさい」

彼は頭を下げて続けました。

「でも僕は信じています、子供たちの生命は大切な宝ものだってね。お母さんたち、そう思うでしょう？　美しい存在や、大切な存在は守られるべきだと。長らえるべきだってね、僕はそう思います。実際にいるんですね、悲しみの中にいるのに、自分のことではなく、周りの誰かのことを思っている人たちが。それがお母さんたち、あなた方のような人々です。母が美しいのは、強いからより、悲しみの中でも、わが子や周りの人々を思い、慈しむからでしょう。僕たちのことを気遣って下さってありがとう。あなた方のような人々は、幸せになるべきです、心が美しいものである為に、そしてそうあり続ける為にも、あなた方は幸せになるべきなのです」

のぞみは光と一緒に、子供たちに薬を飲ませながら、自分の内部で、何かが変化しているのを感じていました。彼女は子供たちの顔を見つめているうちに、慈愛が生まれたことを、意識し始めました。それは最初にこの建物の中を見た時感じた、胸の痛みからの変化でした。その慈愛は、美しい情熱となって、彼女の中から、外に流れようとしていました。彼女は何とかしてやりたい、非力な自分には何もできないかもしれないが、もしできることがあるとすれば、できるだけのことをしてやりたいと念じていました。

そして子供たちに薬を飲ませ終ると、小さな声で光に訊きました。

「ねえ、この子供たち、そのままだったらどうなっていたの？」

光は寂しい声で、呟くように答えました。

「もしそのままだったら、死んでいただろうね」

「まあ、可哀そう！」とのぞみは小さく叫びました。

「でももう、大丈夫なんでしょう？」

光は黙って頷きました。

もしそのままだったら死んでいただろうと聞いた時、彼女の胸はさらに痛み、慈愛の念も、さらに輝きました。そして大丈夫と思った時、胸を撫で下ろすような安心感を覚えました。

彼女は自分の中の、心の成長に伴う確かな変化を感じていました。その変化に、彼女は神秘なものを感じていました。

苛酷な運命に打ちのめされ、生命の危機にさらされた子供たちを見やって自分自身も胸を痛めているのに、心の中には、美しく光輝く希望、思いやり、慈愛の念、といったものが生まれたことに、彼女は神秘なものを感じていたのです。そして、看護という行為を通じて、感動していました。

彼女は悲惨や不幸の中で、希望や理想が生まれるとは思っていませんでした。

ほほえみ村での、子供たちの夢の完成を手伝いたいと思ったあの時の情熱と、病気の子供たちを何とかしてやりたいと思う情熱では、今の方が、ずっと大きいような気がした。

ほほえみ村の子供たちの夢の完成の手伝いより、ここの子供たちに何かをしてやることの方が、重要であるように感じていました。生命の危機に関わるような悲しみの中でも、希望や思いやり、慈愛の念が生まれるという神秘な変化に目覚め、その変化に美しさを見い出して喜びを感じていました。

悲しみに耐えている人々への胸の痛みが慈愛を生み、それが行動への情熱を生み、やがて喜びをもたらすのです。

美しい心、純粋な心は、このように変化するのです。

心の神秘な変化は、本人が気付く、気付かないに関係なく、いつかは咲く花のように、春が来ると雪が溶けて大地から芽を出す植物のように、成長し、変化していきます。その方向は光明であり、善なのです。

のぞみは最後に薬を飲ませた子供を抱いて、地べたに正座して、見つめていました。その表情は、まるで自分が母であるかのようでした。

光の言葉に、母たちの悲しみもいくぶん薄らいだようでした。光にくってかかっていた母が言いました。

「ありがとう、お兄さん、あなたは善い人ね、きっと。私たちの子供に真心を尽くしてくれた、それもこんな状況なのに。あなたは知っているんでしょう？　この村に来たらどうなるか。私たちはそれが悲しいの。あなたたちに災いが振り懸かることがね。だから言うの、この村からは、早く去るべきだって」

「お母さん、今問題なのは、僕たちのことではありません。この子供たちの危機的な状態です。薬は飲ませました。しかし、まだ楽観はできません。僕は医者です、もっともまだ卵ですが。この子供たちの未来が、今にかかっているのです。さあお母さんたち、立って下さい。これからが大切なのです」

母たちは動こうとしませんでした。光はのぞみに視線を移して言いました。

「のぞみ、立って」

のぞみは子供を布団の中に戻すと言われた通りに立ち上がりました。

「あの援助物資の中に布団があるはずだ。持って来て、子供たちにかぶせなさい。それから敷布団もあるはずだ、それを敷いてやりなさい。お婆ちゃんにもね」

のぞみはうなずき、光は母たちに言いました。

「さあお母さんたち、立って下さい。今こそこの子供たちに、愛をほどこす時です。あの援助物資の中にある食糧を煮炊きして下さい。そしてお湯を沸かして下さい、ミルクを作る為にね。さあ急いで！」

それから彼は、若者たちに向かって続けました。

「みなさん、あの援助物資の中に、この建物を囲えるものがあるはずです。それでこの建物を囲って下さい、寒さを防ぐ為にね」

母たちはなおも動かず、それは村の若者たちも、ほとんど同じでした。

のぞみはてきぱき働き始め、敷布団を敷き、子供たちを抱き上げると、寝かして布団をかけていきました。

光は母たちが動きそうにないのを見てとると、ジュウタンまで行き援助物資を調べ始めました。まずは料理しないで食べられるものを、探そうと思ったのです。

ほほえみ村の若者たちは、よほどに気を遣って、これらの援助物資を積み込んだに違いありません。なぜなら、どれもこれも、きちんと整理され、分かりやすいように積まれていたからです。それで求める品物を探すのに、そう手間はかかりませんでした。

他人の痛みを思う時、些細な部分にまで、心配りをするものです。心に明かりを灯す慈愛は、相手が見えなくとも、真心を尽くすものなのです。

ほほえみ村から、悲しみ村に出発する時、はなが父親に、何かを訴えようとした叫び声が、光には解ったような気がしました。

彼はのぞみに言いました。

「これをみんなに配るんだ」

それはほほえみ村の人々が作った、いろいろな食べものでした。冷めていましたし、ごちそうとはいえなかったかもしれませんが、それらは、ほほえみ村の人々が、真心を込めて作ったものでした。

のぞみが一人で配った食べものが、一同に行き渡ろうとしていました。悲しみ村の人々は、もう動けない程に疲れており、若者たちは、口をきく気力もないようでした。子供たちも同じような表情をしていました。

その頃合いを見計らって、光は励ますように、力強く一同に言いました。

「みなさん、食べながら聞いて下さい。僕たちは今、最も重要で、最もすばらしい、そして最も辛く悲しい、分れ道に遭遇したのです。生命の危機に関わる重大な場面でみなさんを見捨ててこのまま地球に帰り、愛と心の導きに背を向けたという事実を、ずっと引き摺って生きていくのは、僕は嫌です。僕たちみんなの心をね。神様が僕たちみんなを見つめています。こんな時、どうするのか、それを見ているのです。僕たちみんなの心をね。苦しい時こそ、辛い時こそ、勇気を出そう。生きることは、みんなのものなのです。苦しみは謂《いわ》れのないものかもしれません。でもみんな生きているんです。苦しみが避けて通れないなら、それを乗り越えてでも、生きなければなりません。なぜって、生きることが、すばらしいからです。美しいものだからです。みなさんだって夢があるなら、お解りでしょう？　生きることとは何なのか、どんなものでなければならないのか、お解りなはずです。さあみなさん、勇気を出して下さい。今こそ、生きる美しさを表すのです。心を遣って」

誰も食べものを口にせず、光の言葉を聞いていました。

のぞみは胸の痛みに耐えながらも、光の言葉が一同の胸に届くことを祈るような思いでした。

彼女は言いました。

「さあみなさん、食べましょう。みなさん、食べましょう」

彼女は慈愛に満ちた表情で、一同を見回しながら続けました。

「生きることは美しいものだと、私も思います。そう信じています。生きることが辛く悲しいのは、私たちの生命がお粗末なものだからではないのです。生きようとしないからです。さあみなさん、食べて」

それから彼女は、木を担いで疲れ切った子供たちに、優しく声をかけました。

「大変だったでしょう？　疲れたでしょう？　さあ、食べよう」

子供たちはのぞみを見つめました。その目には、不幸に負けず、人を信じようとする何かがありました。子供たちの何人かが、母たちに向かって歩み寄り、手にした食べものを差し出すと言いました。

「お母さん、一緒に食べよう」

母たちは、自分の子供を見つめました。その目に涙が滲み、わが子を引き寄せ、抱きしめました。しばらくの間、われを忘れたかのように。

どんな環境の中でも、魂が輝いて見えるように思える、そんな瞬間がままあるものです。

愛の美しさ、輝きに匹敵する心の崇高さは、苦難を喜びと感動に変えてくれます。

苦難から転じた喜び、感動は、運命や宿命とは関係なしに、善に、光明に向かって延びていきます。しかし、人の心と心が繋がらない限り、そのような光景を見ることは、ないでしょう。

生命の美しさは、心の美しさから始まります。

親子の愛には、救う人間が救われている瞬間がままあるものです。救いの手を差し伸べた親が、わが子を抱きしめることによって、味わう喜びとも言えましょう。それは何と望ましい光景なのでしょう。まるで春の陽射しにほほえむ、花々を見ているようです！

魂の輝きへの感動は、見ている人々に、自らの存在を、忘却のかなたに押しやるほどです。そして瞬間の中に永遠を映し、永遠の中に真理を見た時程、まばゆさを感じることはないでしょう。

悲しみ村の若者たちは、ただ一つの夢を切実に抱いていました。それは、ささやかでも幸せになることでした。

貧困は夢を磨きます。その時、実際磨かれるその夢は、質素で、ますます擦り減ったように思えるものですが、実は擦り減ったのではないのです。なぜならその夢が、何ものにも代えられないものになった時、その夢は小さくなっても光り輝くからです。

貧困から生まれた欠乏は、ほとんどが夢とは繋がっていません。けれども、その欠乏が愛と繋がったなら、そこに貧困を越えた美しいもの、すばらしいものが生まれるでしょう。貧困の中でも、生命は輝くのです。愛さえあれば。

のぞみは抱き合う母子たちを見つめながら、胸がほのぼのと暖かくなるのを感じていました。

生命の尊さを知る者は、貧困の中でも、心と心を繋ぐ絆の美しさを見るでしょう。それは光も同じでした。

貧困は一見、不幸です。しかし心の目で見るなら、生命と生命が繋がる絆の美しさがそこにあるのです。

生きることが、理想や夢と繋がっている限り、心とも繋がっています。生きる全ては、心がテーマなのです。

のぞみは自分の側にいる子供たちにも声をかけました。

「さあ、食べよう」

子供たちは何の反応も示さなかったので、のぞみは子供たちの頭に触れて、

「さあ、子供たち」と言いました。

「食べるのよ、食べなきゃいけないわ。あなたたちはね、未来の宝ものなの、未来の全てなの。未来はね、あなたたちに代われるものを、何も持っていないの。だから、ね、生きて。生きるのよ、どんなことがあっても」

彼女は、一人ひとりに勇気を与えるように続けました。

「あなたたちが生きていてくれないとね、私たちみんなの夢がなくなってしまうの。つまり私たちの心がなくなってしまうの。解る？　解るよね、あなたたちは私たちの心なの。あなたたちが生きることは、私たちの心が美しくなることなの、解るわよね？　さあ、食べよう」

その思いが通じたのか、子供たちはやっと食べ始めました。

母親と向い合って食べている子供たちのその表情は、雑草の中に咲いたユリみたいに、運命への憎しみや怒りといった汚れのない、質素ながらも明るく輝き出したようでした。

光はのぞみが話しかけていた子供たちの一人を、優しい笑みを浮かべながら、抱き上げました。子供は素直に、光に抱かれました。

村の若者たちは、男も女も、まだ食べものを口にしていませんでした。彼らは食べる気力もない程、運命の重みにあえいだ為、絶望に身を任せてしまっていたのです。彼らにはお互いを励まし合うような仕草は見られませんでした。生きることが、どうでもいい程に疲れていたのです。夢？　夢などは、もうどうでもよかったのです。

けれどそれでも彼らは、生きるというただ一つの夢だけは、捨てたくありませんでした。

苦難は人を磨きます。生きる勇気と希望を抱いている限り、人は苦難を試練として乗り越えられます。しかし極度の疲労、疲弊は人を変えるものです。それは粉雪とどか雪、さざ波と嵐のようなものです。粉雪やさざ波には、まだほほえみや安らぎがありますが、どか雪や嵐では生命の存亡に関わります。

二日前のこの村の嵐は、貧困や苦難の呼び水ではなく、最後の一撃、止めの一撃のようなものでした。

しばらくの重苦しい沈黙が続きました。それを、若者の中で一番年長の男が破り、

「善意に満ちたお二人さん」と言いました。

「この村からは早く出て行った方がいい。君たちの善意には感謝するよ、この村はご覧の通りだ。われわれは二日前の嵐に、止めの一撃を受けた。もうわれわれは、手足を動かす気力もなくなっ

た。心の手足を動かすなど、とてもその気になれない。われわれは疲れたよ、とにかく疲れた！痛さを感じない程疲れ果て、悲しみ過ぎた。だから善意に満ちたお方たち、われわれはそなたらに降り懸かる災いの事まで、悲しむことはできない。だから悪いことは言わん、この村から早く出て行くんだ。この村は呪われているんだ、この村はわれわれが知っている限り、ずっとこんな風だった。そしてこれからも、ずっとこんなんだ。今では誰もこの村を訪ねてくれん、そして誰もこの村からは、出て行けん。これが運命なんだ、これが宿命なんだ。とにかくこの村は、呪われたままなんだ。だから善意のお方たち、早くこの村から出て行った方がいい」

彼の言葉には、光やのぞみに対して、妬みや僻みが、混じっていました。

貧しいから、苦しいから、幸せな人々を妬むのは間違いでしょう。それは極度の貧困や苦難の中では、仕方ないかもしれません。しかし実際は、心という花の開花までの成長が、人生の目的とは違う方向に、伸びようとしているのです。貧困や苦難がもたらそうとする、最も悲しいことの一つなのです。

光は子供を抱いて、胸を痛めながら聞いていましたが、悲しそうな表情で言いました。

「僕は思うのですがね、これ程の状況の中で精一杯、一生懸命頑張るのは、並大抵のことではぁりません。もし立場が逆なら、僕はみなさん程頑張れなかったでしょう。みなさんが精一杯頑張ったのは、生きる尊さを知っているからでしょう。心が美しいからできたのです。その上、、このような状況になってなお、僕たちに災いが降り懸かるかと心配して下さる。それはみなさんの心が、美しいからです。それなのに、みなさんは悲しみ、苦しんでいらっしゃる。間違っていると思いませんか？　心の美しい人々は幸せになるべきなのに……」

しばしの沈黙がまた生まれました。

のぞみは胸を痛めつつ、光の言葉を聞いていました。二人の子供を、両手を回して抱き、子供たちの頭と頭の間に、自分の顔を押し付け、胸の痛みが慈愛へと溶け込んでいくにまかせて、われを忘れていました。

ふと彼女は、自分の内部で声がしているのに気づきました。その声は、こう言っていました。

「のぞみ、私だ、神だ。私はそなたに言う。のぞみ、そなたの周りをよく見るんだ、何があって何がないのか、よく見るんだ。本来あるべきものとは何か、なくてはならないものは何か、よく見るんだ。何があるのか、なくてはならないものとは何か、それが解ったなら、心に写ったままにそれを示せ」

その声に従うように、彼女は顔を上げると、辺りを見回しました。

見るものの全てに、あり余る程の悲惨を認め、希望や夢などは、全くといっていい程無く、幸せに至っては、欠片も見えないと思いました。

そして彼女は思いました。人間にとって、希望や夢、幸せが、どれ程大切なものかを。そして自分は、何をすべきかを。彼女はまず最初に、その思いを言葉にするべきだと思い、そして誰も動かないなら、自分が進んで動くべきだと感じました。そして、悲しみに沈んでいる村人たちを、無理に動かすべきではないとも思っていました。

しばしの沈黙を、のぞみが穏やかに破りました。

「私もそう思います」と彼女は言いました。

「心の美しい人々は、幸せになるべきです。私は今まで、自分に関わること以外でこんなに胸を痛めたことは、一度もありません。子供たちの辛さを思うと、胸が潰れそうです。こんな私がみなさんに、どんなことを申せばいいのか解りません。私には、みなさまへの言葉がありません。だけど私は、心なら捧げられるかもしれない、そう思っています。私たちの生命や心は、悲しみや不幸を味わう為に、あるのではありません。幸せや喜び、生きる尊さ、生きている充実感を味わう為にあるはずです。少なくとも私は、そう信じています。私たちに、夢と希望を与えようとする心が、悲しみしか知らない、こんな悲しいことがあるでしょうか？　悲しみを悲しみのままにして置くことこそが、最も悲しいことです。美しい心は、希望の花、夢や幸せの花を、咲かせているべきです。ねえ、みなさん、今こそ希望の花、夢や幸せの花を咲かそう。喜びや心の花を咲かそうよ。みんながその気になって、心を合わせたなら、この村は喜びの村になりましょう。ねえ、子供たち、あなたたちは生きたいよね？　生きていたいよね？　幸せになりたいよね？　幸せになりたいでしょう？　みんなに言ってあげて、このままだとみんな死んじゃうよって、生きたいよって、幸せになりたいよって、私たち幸せになりたいって、もっと生きていたいって」

こう言うと彼女はまた、子供たちの頭に、顔を押し付けました。目から、涙が流れていました。

子供たちは黙っていました。

光は彼女の言葉に、切なる慈愛を感じながら聞いていました。

「のぞみ、君はいいことを言うよ。本当だよ、人間は悲しみや不幸になる為に、生きているんじゃない、幸せになる為に生きているんだ。生命に関わることの全ては、生きる条件を満たして初めて、理想と繋がるんだ。それは全てにおいて、生命が一番大切だっていう意味なんだ。生きることは尊い。生命の尊厳を守る為に、希望の明かりを灯さなければならない。さあみんな、、もう一頑張りしよう」

若者たちは、誰も動こうとしませんでした。苛酷な運命は、一度味わったからといって、もう来ないとは限りません。いつまた襲って来るのか、解らないのです。若者たちの失望は、そうしたことにも起因していました。

光は抱いていた子供を下に降ろすと、のぞみに向かって言いました。

「さぁのぞみ、立って。生命の危機は待ってはくれない。貧困や苦難がどんなに人間を変えても、生命が美しいものなら、また美しいものでなければならないものなら、それに見合うものがあるはずだ。悲しみの上に悲しみが降りかかるのは、運命として仕方ないとしても、これは人災だ。それだけはどんなことがあっても、阻止しなければならない。結果的に、責任がとれないような成り行きであったとしても、人の道において、できるだけのことはしなければならない」

こう言うと彼はしゃがんで、下に降ろした子供にまた優しく言いました。

「いいかね、これから僕の言うことをよく聞いて、言われた通りにするんだ、いいね？」

子供は頷きました。この女の子と、のぞみが抱いている二人の女の子は、親がいません。しかし、みんなに大事にされていたので、大抵言われた通りにしていました。

のぞみは子供たちを立たせると、自分も立ち上がりました。光は彼女に言いました。

「のぞみ、僕はこの冷たい風を何とかする、このままだと、寝ている子供たちが危ない。君は火を起こすんだ、そしてお湯を沸かしてから料理を作るんだ」

「あのう……私、料理はできないんだけど」のぞみは申し訳なさそうに言いました。

「仕方ないなぁ」と光は言いました。

「準備だけでもするんだ。とにかく火を起こして湯を沸かしてくれ。一刻も早くだぞ。それからあそこの瓦礫の山から、燃えるものを集めてくれ」

そしてのぞみの側にいる二人の女の子に言いました。

「君たちも手伝うんだよ、いいね？　このお姉ちゃんの手伝いをするんだ、解ったかな？」

女の子達も頷きました。

光とのぞみは、援助物資に向かい、三人の子供が、後に従いました。

光はその中から、建物を囲めるようなものを探しましたが、使えるようなものは見当たりませんでした。彼は建物の中を見回し、援助物資を眺めてあるものを手にすると、何か目算を始めました。

一方のぞみは、とりあえず火を起こすために、火種になるようなものを探しました。それから光に尋ねました。

「とりあえず、火を起こせばいいのね？」

「火を起こせばいいかって？　何を言っているんだ、君は？」と光は、少々声を荒らげて答えました。

「いいか、よく聞くんだ。火を起こせばいいんじゃない、お湯を沸かさなきゃ駄目なんだ。だからその為に、まずかまどを作るんだ。それからお湯を沸かすんだ」

「かまどって？」とのぞみは尋ねました。

「知らないのか？」

「知らない」

光は辺りを見回して言いました。

「いいかい、のぞみ。あそこにある手頃な石をいくつか、持って来て」

のぞみは言われた通りに動きました。光は子供たちに言いました。

「いいかい、君はあそこから、水を汲んで来て。それから君たちは、ここら辺の土を集めて。できるだけたくさん集めるんだよ」

子供たちも言われた通りに動きました。

光はまた、自分の仕事にもどり、必要とするものを探し始めました。そのうちに、正体不明なものを見つけ、手に取りました。それは大き目の箱に、いくつも入っている陶器でした。実はそれはお酒で、ほほえみ村の人たちが急遽追加したものでしたが、なんの説明も書かれていなかったので、何だか分からなかった光は、元の位置に戻しました。

実際、正体不明の援助品は困りものです。確かに必要だと思えばこそでしょうが、手にした者には、どうすることもできないのです。彼はてきぱきと、別のものに手を伸ばしたりして、物資を調べています。

のぞみが何個目かの石を運んだところでした。

「のぞみ、もういいよ」と彼は言いました。

丁度そこに、子供が、水汲みから帰って来ました。

「どうやってかまどを作るの？」とのぞみが尋ねました。

「まだできないよ」と光は答えました。

そして子供たちに言いました。

「君たち、この水でその土をこねるんだ。いいかね、水をかけ過ぎて、べちゃべちゃにしてはいけないよ、かまどを作るんだからね。いい、急ぐんだよ、解ったね？」

子供たちは頷きました。

「のぞみ、子供たちが土をこねている間、あそこから、燃えるものをもっと持って来てくれ」

のぞみも子供たちも、言われた通りにしました。光は援助物資に一通り目を通すと、子供たちに視線を向けて言いました。

「あ、君たち、もういいよ」

そして彼は、かまど作りを始めました。

「君たちも手伝ってね」

そこにのぞみが、板切れを持って帰って来ました。

「のぞみ、これからかまどを作るから、手伝って」

のぞみは持っていた板切れを置くと、てきぱきと手を動かす光を見ていました。子供たちは、こねた泥を運んで、やがて一つのかまどができました。

「もう一つ欲しいな、のぞみ、作って」と光が言いました。

のぞみはさっそく見よう見まねで作り始めました。子供たちも手伝いました。光はのぞみが持って来た板切れを、細かく折り始めました。やがてのぞみが作っているかまどが、型通りできかけると、光は言いました。

「のぞみ、上の方は、平べったくしなきゃ駄目だ。石はかまどを強くする為に、泥は熱を逃がさない為に、これがかまど作りの基本だ」

二つ目のかまどもできました。光はそのかまどの上に鍋を置くと、また言いました。

「のぞみ、君は火を起こして。それから子供たち、君たちは水を運んで、この鍋に入れて」

「あのう」とのぞみが小声で言いました。

「何だね？」

「水汲みは重いから、私がやりましょうか？」

「水汲みより、火を起こす方が先だ」

のぞみも子供たちも、言われた通りにしました。

光は建物の中に入って、何かを目算している様子で、それが終ると母たちに言いました。

「お母さんたち、寝ている子供たちを一ヶ所に集めて下さい。この建物を囲う程のものはありません。ですから、この子供たちだけでも、この冷たい風から、守らなければなりません。この風は、子供たちにとても悪い。ですから、子供たちだけでも、風から護らなければならないのです。

さあお母さんたち、立って下さい」

それから彼は、のぞみを見ました。

のぞみは板切れに火を付けようとしていましたが、うまくいってないみたいでした。彼女は板切れを目一杯、かまどにくべていました。

「のぞみ、そんなんじゃ駄目だ」とのぞみに歩み寄りながら彼は言いました。

彼はかまどに火を付けました。

「慌てなくていい、だけど火は消すな」

彼は子供たちに言いました。

「水はもういい。君たちは暖まりながら、この火を見ていなさい。いいね、火だけは消すな」

火に当たった子供たちは、実感のこもった声で、

「暖かい」と言いました。

のぞみは自分が役に立たないことに、少し寂しさを感じていました。心が自己を目覚めさせる、その対象はいろいろあります。役に立たない自分に、寂しさを感じるのもその一つです。しかしそれは、いい兆候ではないでしょう。なぜならその寂しさは、無理な背伸びをさせるから。役に立たないことに、寂しさを感じるのは悪いことではありません。その寂しさは、心の成長に関しての価値観を変えるのですから。しかし時には低下させるものにもなります。

「あのう……」とのぞみは光に、寂しそうに言いました。

「何？」

「私にできること、何かありません？」

「君はこの子供たちの側にいてあげなさい」

「いいの？」

「ああ、それも大切なことなのだよ」

それから彼は、また建物に向かって歩き出しました。

のぞみはちょっぴり寂しさを感じながらも、言われた通りにしました。黙って、火に当たっている子供たちの背後に回り、その背中を見つめていました。

「暖かいね」と彼女は言いました。

子供たちは黙っていました。

「ねえ、あなたたち、寒くない？」

子供たちはやはり黙ったままでした。

「あなたたちは火の燃やし方がうまいね、いつもやっているの？」

「うん、いつもやっていたよ」と、やっと一人の子供が口を開きました。

「そう、それでうまいんだ。あなたたちのお父さんやお母さん、褒めてくれるでしょう？」

「私たちには、お父さんもお母さんもいないの」と別の女の子が言いました。

「えっ、本当？　いないの？　寂しいね？」

こう言うとのぞみは、子供たちの両肩に、そっと手を乗せていき、三人目の子供に手を乗せたまま尋ねました。

「お父さん、お母さん、どこか行ったの？」

「死んじゃったの」と女の子は言いました。

「本当？　死んじゃったの？」

のぞみの胸が、また痛み出しました。同時に慈愛が輝き、子供たちに、さらなる愛しさを感じました。子供たちの表情は、寂しそうでした。

「そうなの、私たちのお父さん、お母さん、死んじゃったの」

「どうして死んだの？」

「去年の嵐の時にね、家が壊れてその下で死んじゃったの」

のぞみはその子供を、強く自分の胸に抱き寄せました。それから他の二人の子供も、同じように抱き寄せました。

「あなたたちは強いね」と彼女は言いました。

「仕方がないの、いないんだもの」

のぞみは何も言えず、胸は痛んだまま、慈愛がますます輝いたようでした。

彼女と三人の女の子は、黙って火を燃やしながら暖まっていました。

悲しみの中で、運命を受け入れながらも、ささやかな善意や愛情にほほえもうとする心の思いが、子供たちの顔に表れているみたいでした。

のぞみはそんな子供たちに同情を覚え、愛しく思いました。

清らかな心は、運命より、むしろ、愛情から大きな影響を受けています。

魂を写す光、清らかな心を写す光は、運命からは生まれてきません。愛情から生まれているのです。貧困や苦難が心をくもらせても、愛情はそのくもりを透明にします。愛情のこもった手が心に触れると、心は透明になるのです。

子供たちの清らかな心は、運命からではなく、愛情から生まれます。

子供たちの顔に、のぞみへの友情の芽生えのようなものが、感じられました。

心という、神秘な、生命を飾るものは、誰かの愛情を感じる時、生命の貧しさ、運命の貧しさ、環境の貧しさなどは感じません。貧しさを感じるのは、愛情がない時です。あるいは、自分のことしか考えていない時です。

愛は運命、環境、生命を飾るものなのです。心の思いが愛によって伝わる時、その飾りは輝きます。

のぞみは子供たちに友愛を覚え、心が暖かくなったように感じました。何もできない自分でも、真心を込めれば、役に立つと思え、それを喜びました。

心という生命の飾りは清らかな限り、生命、運命、環境などの貧しさを、愛に結びます。

生きることの美しさを知る心こそ、愛を必要とします。そして愛をもって、心は清らかさを感じるのです。

運命は肉体を鍛え、心を磨きます。けれども、一人では無理です。それはまた、豊かな愛情を必要とするのです。愛を必要とする心は、愛を美しいもの、暖かいもの、光輝くものにする為に、時には傷付くこともあります。また、肉体が傷付いている時もあるでしょう。生きることの美しさは、肉体や心が傷付いていても、愛を輝かせることにあるのです。

子供たちの清き心は、環境よりも美しい愛によって、多く育まれているものです。運命の分れ道には、愛情の有無が、大きく影響しているのです。

三人の女の子は、両親はいなくても、村人たちから多くの愛情を受けていました。何より、両親の生存中、貧しさの中でも豊かな愛情を受けていました。子供たちの心は、歪んでおらず、のぞみに対して、友情を越えた思いを芽生えさせていました。

誰かに好意を抱くことは、心の扉を開くことです。それは自分だけの世界から、未知の世界への旅立ちでもあります。それはまた、一人の世界から、心と心の触れ合いという、より大きな可能性への旅立ちでもあります。そして、心という花の開花への大いなる成長の可能性も秘めています。

悲しみ村には、学校はありません。青空の下はどこでも教室であり、村人の誰もが教師であり、時には生徒なのです。

運命は心のあり方次第で変わっていきます。

愛を感じる運命、感じない運命、それは心がある、ないに匹敵します。辛くても愛を感じる日々と、何の障害がなくても愛のない日々は、生きがいの有無に関わるのです。そして心の花の開花にも関わるような、悲しくも尊い問題なのです。

のぞみは多くは語りませんでした。彼女は子供たちを後ろから、優しく抱きしめていました。子供たちはそれを受け入れ、彼女を心のオアシスみたいに感じていました。心のオアシスとは、愛情なのです。

彼女は子供たちに、優しく声をかけました。

「ねえあなたたち、あなたたちは今ここで、何が一番大切だと思う?」

「解らない」と一人が言いました。そして続けました。

「解らないけど生きていたいの。みんなが喜んでいる顔が見たいの。お母さんが言ってたわ、お父さんもね。一番悲しいのは生きてないことだって。だから生きていたいの、お姉さんは？」

「そうよね」とのぞみは優しく答えました。

「生きるってことが、一番大切なのよね、みんなが心を合わせて生きることが、一番大切なのよ」

美しい心がある限り、悲しい運命は善い方向へ向かいます。悲しみとは、運命を写した姿ではありません。悲しい運命、それは愛が存在しない生き方なのです。

やがて湯が沸き始めました。

光は建物の中に入ると、慈愛をもって、母たちにまた語りかけました。

「お母さんたち、悲しみは美しい心から生まれることがあるものです。僕は信じています、わが子を思う母の心は美しいってね。心の美しい母にとって、目の前で、わが子が病気で苦しんでいるのに何もしてやれないことは、耐え難い程悲しいことでしょう。しかし、何もしてやらないことは、もっと悲しいことです。生きている上で、愛するわが子が目の前で苦しんでいるのに、何もしてやらないことが、最も悲しいことなのです。さあお母さんたち、愛する子供に愛の手を」

母たちはお互いを見つめ合い、抱いているわが子を離し、立ち上がりました。光は言いました。

「さあお母さんたち、子供たちを一ヶ所に集めて下さい」

それからのぞみに言いました。

「のぞみ、お湯はまだ？」

「沸いたよ」と子供が言いました。

光は援助物資まで歩いて、粉のミルクを取り出しました。

「のぞみ、これでミルクを作るんだ。容器にお湯を分けて」

それから母たちに言いました。

「お母さんたち、子供たちにミルクを飲ませて下さい」

母たちは光に言われた通りに動きました。のぞみも光の言葉に従いました。

光とのぞみは、自分たちが今、どんな立場にいるのか、忘れていました。一刻も早く地球に帰らなければならないのに、それを忘れてやるべきことに、没頭していました。

何かの為に、あるいは誰かの為に、我を忘れて没頭することは、生きがいに熱中することと同じく、自身が充実することです。それはまた、心の無限さに繋がり、理想、夢、目標、知性、慈愛などといったことへの成長の表れです。

光はミルク作りをのぞみたちにまかせると、若者たちに歩み寄りました。

彼らは動く気配を見せず、のぞみが配った食べものも、口にはしていませんでした。

光は彼らに歩み寄ると言いました。

「みなさんはよほど疲れているんですね」

彼は少し間を置いて続けました。

「そこまで疲れているなら、仕方ありません。でも食べて、それはほほえみ村の人々の心です。みなさんがとことんまで頑張ったなら、それはみなさんの心が美しいからです。でも残念に思いませんか？　みなさんの美しい心が、通じなかったなんて。僕は残念に思います、美しい心が花開かないなんてね。でも僕は、みなさんの美しい心を祝福します」

それから彼は、のぞみに向かって言いました。

「のぞみ、そこの花束持って来て」

「全部？」

「全部だ」

花束はそれ程大きくはありませんでしたが、三束ありました。光はのぞみからそれを受け取ると、独り言のように言いました。

「きれいな花だ。それにしても、ほほえみ村の人々は余程、心が美しいんでしょうね、こんな時にも花束だなんて。普通、援助品に花束なんて、めったにあるものじゃない」

彼はここまで言うと、言葉に力を込めて念を押すように続けました。

「みなさん、心ってね、美しいだけじゃ駄目なんですよ、解ります？　心ってね、誰かと触れ合わなきゃ、本当に美しいかどうかは解らない。花が美しいのは、そう思う人がいるから美しいのです。心もそう思ってくれる誰かがいなきゃぁ」

彼は、花を数本取ると、のぞみの頭に飾りました。

「美しいよ、のぞみ」こう言うと彼は、のぞみに軽く口づけをしました。

「ありがとう」

のぞみはにこやかにほほえみました。

彼女の笑みを、若者たちは見つめていました。彼らはどんな思いで、二人を見ていたのでしょう。光は若者たちに、また静かに言いました。

「みなさん、人生に対する本当の答えはね、運命にあるのではなく、心にあるのです。心が美しいのに幸せになれないのは、誰の責任でもありません。幸せになれる舞台の幕が、まだ開かないだけなんです。真実はみなさんの美しい心を、見捨てるはずがありません。みなさん、聞いて下さい。僕が言えることは、辛い思いをしているみなさんこそ、幸せになるべきだということです。せめて心の美しい分だけでも。心という花は、辛い時こそ、光へ向くものなのです。あなた方は辛い思いをした、でも嘆かないで下さい。みなさんが神に祝福される日が、もうすぐ来るはずです。本当です。みなさんは幸せになれるのです」

若者たちは二人を、あこがれの熱い思いで見つめていました。その思いこそ、彼らの唯一の夢でした。彼らにとって、幸せになれる条件はすでに整っていました。しかしあの掟、言い伝えなるものが、重石になっていました。そして運命的な状況が、二重にも、三重にも、かれらを厚く阻んでいたのです。

「俺らが食べないのはなぁ」と年長の若い男が言いました。

「食べたくないから食べないんじゃない、食べたって同じだから食べないんだ。食べてもまた苦しむだけなんだ。この村はこんななんだ。何をしても、何もしないのと同じなんだ。われわれが神に祝福される？　へん、馬鹿言ってるんじゃない！　幸か不幸か、人間はそう簡単には死なない。神はわれわれに、苦しんで死ね、そう言っているんだ。われわれはそれを忠実に実行している、実に孝行な息子じゃないか、ええっ？　村のみんなが、まるでイエス・キリストのように思えるよ。この村は呪われているんだ！」

のぞみの胸はまた、痛み出し、慈愛も輝き始めました。彼女はその男の側に歩み寄りました。

「この村からは、早く出て行くんだ」と男は、呟くように、歩み寄ってくるのぞみに言いました。のぞみは男に、優しく言いました。

「あなたは心の中で思っていることを、ありのままに、正直に言っているのね、私はあなたの思いが、天に届くことを祈ります。神様が聞いたら、何ておっしゃるでしょう！　生きていることを嘆いちゃいけないわ、生きていることを嘆くとね、美しい心が消えちゃうことがあるから。心の栄光って、祝福を受けるより、最後まで希望を持つことだと思うの。どうしても嘆きたいなら、生きていることを嘆くより、生きていないってことを嘆くのね、その方が心を明るくすると思うの。それに、美しい心への、慰めにもなると思うから。あなたは私たちのことを、心から心配して下さる、お礼を言いますわ、ありがとう。でもね、私たちは心が望むことをしているだけなの、心ってそうあるべきだと思っています。もし私たちが、何もせずにここを去ったなら、その方がよっぽどの災いでしょう」

それから彼女は、若者たちに目をやって続けました。

「さあみなさん、希望を持ちましょう。美しい心が幸せになれないとしたら、美しい心とは何でしょう、幸せとは何でしょう。心の栄光は、美しく生きることです。みなさんの苦しみは生きることでしょう？　でも私たちの悲しみは、みなさんが生きることをあきらめていることです。お願い！　希望を持って、勇気を持って、あきらめちゃ駄目！」

光はのぞみの真剣さに、心を打たれ、続けて言いました。

「僕からもお願いします。希望を持って下さい。生きる苦しさより、生きてない苦しさの方が大きいのです。もうすぐ、その苦しさがやって来ますよ。心の美しい人たち、その苦しみは心の美しい人たちだけが味わうのです。さあ勇気を持って、希望を持って、生きることは誰の為でもない、自分の為なのです。どんなに辛くても、心という花の開花に向かって生きることは、最も美しいことなのです」

彼は、花を一つずつ千切り取ると、へたり込んでいる若い女たちの髪に飾りました。

「とても素敵ですよ」と語りかけながら。

女たちは何の抵抗もせず、それを受け入れました。彼女たちの顔は、痩せてやつれ、失望と落胆に苛まれ、埃と垢にまみれ、髪はぼさぼさ、服はほとんどぼろぼろで体のあちこちが露になっていました。

しかしその表情には、光の花を受けた、「とても素敵ですよ」という言葉に、一条の光を胸に受けたように明るさが浮かんでいました。

運命には二つの顔があります。それは光明と闇と呼ばれているものです。

希望と絶望、努力と堕落、目標と放棄、悲しみと憎しみ、忍耐と憂さ晴らし、奉仕と怠惰、積極性と憂うつ、喜びと傲慢、成就と腐敗、理性と虚飾、善人と悪人の矛盾した顔、責任とわがまま、知性と貪欲、ほほえみと妬み、優しさと憎悪、慈愛と無情、天使と悪魔、天国と地獄などです。そしてそれらの顔は、自分ではどうにもならない、自分の思い通りにならない、などという思い込みによって、また好き嫌いや、気分次第で変わってしまいます。そして、努力や忍耐によっても変わるのです。

運命には、変えていい顔、変えてはいけない顔、変えなければならない顔があります。

もう少し頑張っていれば、理想的に変わっていたであろう顔、すぐ様あきらめた為に、変色して染みが付いた顔、知性が豊かになったにこやかな顔、貪欲に耽った為に、血の気のない哀れな顔、それらの顔は、心を写しています。だから愛に触れるとほほえむ顔と、拒絶反応を示す顔があるのです。

きれいな顔が醜く見え、哀れむ程可哀そうな顔が、美しく見えることがあります。もう少し頑張っていれば、最後まで頑張っていれば、理想的な顔になっていたのに、何もしない為に、途中で投げ出した為に、顔が変わってしまいます。

なぜ顔はこうも変わるのでしょう。それは心の美しさと繋がっているからです。そして、誰かの心と繋がっている為に、また繋がっていなければならない為に、変化するのです。ですから顔の変化は人が一人では生きられない為に起きるのです。一人の時と、愛する人と心が繋がっている時では、同じものを見つめていても違うのです。

喜び、幸せ、理想、悲しみ、苦しみ、悩みは、光明の顔に同じ表情を生みます。しかし心の美しさの上に、心を寄せ合える人、心を一つにできる人がいるか、いないかによって、それらは変わってきます。しかし闇の顔は違うのです。心がないからでしょう。それは、消滅の恐怖を抱いた、ただ一つの顔なのです。それはまた、心が美しくあるべきものということの表れでもあります。

心の美しさというイメージは、愛すること、愛されることです。人生のテーマが心なら、そのイメージとなる要素は、愛と感謝といえましょう。

愛と感謝には、運命の善し悪しより、心の清らかさ、美しさ、触れ合いこそが、大切なのです。恵まれていたとしても、心からの触れ合いがないところには、悲しみしか生まれないでしょう。

悲しみ村の悲しみは、運命や環境の悪さにも関係があったでしょう。しかし本当の問題は、心の触れ合い、とりわけ、この村を誰も訪れず、よそ者は誰をも受け入れなかったことでしょう。唯一彼らが、他の人々と触れ合えたのは、あの教会だけでした。

光は自分が花を飾った女たちの顔に浮かんだわずかな明るさに、一縷の望みを感じました。のぞみは男たちを励ます方法を思案していました。

若者たちはいぜん動く気配を見せませんでした。彼らに希望の光がない訳ではないのです。ただ、生きることの最も大切な尊厳が守られず、ぼろぼろに傷付いていたのです。

貧困の真の問題は、全てが理想と切実に繋がろうとしているのに、現実は何一つ繋がっていないことです。そして何一つとして保障がないことです。そこには人間の尊厳、生きることの尊厳、生命の尊厳などないのです。それが貧困の最も悲しい部分であり、また重大問題でもあります。この悲しみ村も例外ではありませんでした。

母たちは沸かしたお湯でミルクを作り、寝ているわが子に飲ませていました。

光は若者たちをどう励まし、勇気付ければいいのか、考えあぐねていました。彼は自分が花を飾った女たちを見つめ、疲れきったその表情に、胸の痛みを感じていました。

貧困の中にも光は存在します。それは人々に、慈愛を芽生えさせ、助け合いや幸せの尊さを教えてくれます。しかし貧困の度合いが極端な時、その光は消え、誰の責任でもない重大な問題が生まれます。

この悲しみ村にも、そうした問題がありました。その一つは、この村の年頃の娘たちが味わっている屈辱でした。彼女たちは肌を露にするだけでも嫌なのに、見られたくない姿を見られるのは、もっと嫌なことでした。尊厳に関わるようなことなのに、否応なく従わねばならないのが、とても悲しかったのです。それは貧困の中では、仕方のないことなのです。

この村は十日前にも、同じような嵐に見舞われました。その時も怪我人は出ませんでしたが、壊滅状態でした。何とか立ち直りかけた時、また嵐に見舞われました。彼女たちは失望と落胆で、心は崩壊寸前でした。

光は若者たちをどう励ましていいのか、思案していました。のぞみは若者たちに、こんなことを言いました。

「みなさん、あなた方は心の底から望むものはありませんか？　あるでしょう？　一つや二つ。せめて一つぐらいはあるはずです。たとえば誰かを好きになり、その人を愛し、その人から愛され、いっしょに幸せになりたい。その人に尽くしたい。たとえどんなにささやかな幸せでも、その幸せが夢のように思えるなら、それもまた、すばらしい生き方だと思います。自分のささやかな夢が誇りに思えるなら、心の底から誇れるなら、これ程美しい生き方は、そうはないはずです。心の底から誇りに思える、ささやかでもそんな夢はありませんか？　あるでしょう？」

彼女の言った言葉に、年長の若い男が応えました。

「あるよ、みんな持っているさ」と彼は、少々声を荒らげて言いました。

「みんな持っているんだ。ささやかな夢、自分の誇りにかけて、心の底から誇りに思える、そんなささやかな夢をみんな持っているんだ。切に求め、切に愛し、心から愛してくれる、そんな人がみんないるんだ。たとえどんなに小さな幸せでもいい、みんななりたいんだ。その夢さえ適えばどんなに幸せか。でも駄目なんだ、あの呪わしい言い伝えが、全てを駄目にしているんだ！

この村がどうだって？　われわれの夢の崩壊と残骸に比べれば、大したことはない。この村は不幸の源なんだ。お前さんたちは聞いただろう、教会の牧師さんがこの村を尋ねた最後の人だ。可哀そうに、今じゃ何ヶ月か寝込んでいるよ。お前さんたちもああなる。われわれはささやかな夢さえ適えば、地べたに寝たって構わない。この村も楽園さ。でも駄目なんだ！」

光はだんだん悲しくなったいき、のぞみにめぐり会えたことを、心から感謝する思いでした。

それはのぞみも同じでした。

「のぞみ」と光は言いました。

「僕は君にめぐり会えたことを、心から感謝する、ありがとう。幸せっていいね」

こう言った彼の表情は、あまり幸せそうではありませんでした。

「ありがとう」とのぞみは優しい笑みを浮かべて言いました。

「幸せって本当にいいものね、できることならみなさんに分けてあげたい。でも駄目ね、生きていることを嘆いているんですもの。分けてあげても、みなさんの心には届かないでしょうね、きっと」

その顔は、慈愛と幸せの二つの思いで満たされているように、光には思えました。二人は見つめ合いました。

その時、教会の鐘が六回鳴りました。二人とも胸が詰まるような思いで、鐘の音を聞いていました。光にとってその音は、一刻の猶予もならない、運命の幕開けを告げているようなものでした。のぞみは光を見つめたままでした。

光にはのぞみの表情が、急がなくていいの？　と真剣に尋ねているように思えました。彼は曖昧な表情で、のぞみを見つめていましたが、若者たちに視線を移すと言いました。

「みなさん、聞いて下さい。こんなことを言うと怒られるかもしれません。でも聞いて下さい。幸せはいいものです。どんなにささやかでも、心の底から感じられる幸せは、本当にいいものです。幸せになれる、なれないは別にしても、そこに近づく努力は、一歩でも続けるべきです。心から愛する人がいるなら、なおさらです。幸せは生命の泉です、枯さないで下さい。みなさんはもう解っているはずです。生命にとって、何が一番大切なのかを。生きること、それは誰の為でもない、自分の為なのです。これからの一歩が、全ての願いに繋がるなら、今こそ立つべきです。みなさんは祝福されるべき存在なのです。いいですか、よく聞いて下さい。幸せや愛というものは、何ものにも替え難い程に、大切なものなのです。心を繋ぎあえば、不運という無情な暴力からも、幸せや愛は護れます。心を絶望に渡さないで下さい、希望と愛を心に宿して下さい。心にとって、希望と愛が一番の友なのですから。全ての悲しみの基となる悲しみ、それは愛する心、愛する人を失うことです」

のぞみは光の真剣さに、心を打たれ、続けて言いました。

「私からもお願いします。絶望に心を渡さないで下さい。絶対に渡さないで下さい。愛する人に渡して下さい。心にとって、希望と愛は掛け替えのないものなのです。何よりもありがたいプレゼントなのです。みなさんには愛する人がいます。愛する人にとって、そして愛される人にとって、希望と愛は何ものにも代えられない程のプレゼントなのです。美しい心に、悲しみは相応しくありません。幸せこそ、相応しいのです。全てを捧げても惜しくはない生き方があるとすれば、それは愛に生きることです」

二、光　明

生きることへの努力が、実を結ぶ証をもたらしてくれるなら、人は人生に前向きになるでしょう。しかしその努力に虚しさを感じるなら、生きることは大きな負担でしょう。生きることへの努力を負担に感じる人は、可能性を一つずつ、失っていくでしょう。このような人は、人生の最も尊い可能性も失い、そして心と心の繋がりも失っていきます。心と心の繋がりは光明と同じです。辛い運命の悲しみの中では、心と心の繋がりがもたらす光明ほど、心に暖かさを感じさせるものはないのです。心と心の繋がりが愛を芽生えさせる時、辛い運命に光明が射します。辛い運命の中では、愛がもたらす光明ほど、ありがたいものはないでしょう。愛は光明の源泉なのです。

悲しい運命が、心と心の結び付きに壁を作る、そう思うのは悲しいことです。

辛い運命の打開策は、いろいろあるでしょうが、もしかしたら運命は、その打開策だけを問うてはないのかもしれません。お互いが励まし合い、協力し合い、心の触れ合い、心が一つになることを願っているのかもしれません。運命はいつまでも、同じであろうはずがないのです。心の成長によって、違ってくるのです。

心にとって、励まし合い、助け合い、協力し合うことが、やがて愛を芽生えさせるなら、その元になる何かが必要なのでしょう。人の生涯に心の成長が伴う限り、運命は変化します。運命が変化する限り、個人のあり方、社会のあり方が問われるでしょう。

心の成長、それは心という花の開花への成長です。運命が変化する限り、また心という花の開花が、全ての人間の一致した理想であるなら、辛い運命の打開策を究めることは大切でしょう。しかし同時に、その運命は何なのか、何を意味しているのか、何の為に存在しているのか究めることも、重要でしょう。運命は同じように見えても、一人一人違うのです。心のあり方を見つめる、その思いは一人一人違うのですから。

だから、励まし合い、理解し合い、助け合うことが必要なのです。心の触れ合いによって愛が芽生え、心が一つになるならば、そして愛が心という花の開花へと導くなら、それは運命の打開策よりも重要でしょう。

光ものぞみも、どうしたら希望を与えられるのか、その術を見い出せず、胸を痛めていました。人間に優しい人は、運命の美しい部分を見すえています。運命の美しい部分とは？　心と心の繋がりの美しさです。最後までできるだけのことをすること、わずかなものを分け与えること、辛抱強いこと、他人や自分の成長を素直に喜ぶことなどです。

苛酷な運命にあえぐ人々への慈愛は、清らかな心から生まれます。しかし運命の苛酷さの中からは生まれないということはないのです。真の慈愛は、どんな運命からも生まれます。心は運命を超えた存在なのです。

最後まで頑張る人、できるだけのことをする人、運命を美しく見ようとする人、他人や自分の成長を心から喜ぶ人は、心に太陽を持っています。しかし太陽は曇る日もあるのです。心に太陽を持っているからといって、いつもいつもほほえんではいられません。照る時もあれば曇る時もあるのです。

ああ！　運命の重みに苛まれ、あえぐ不幸な人たち。清らかな心を持ちながら、幸せに見捨てられ、悲しんでいる人たち。心から愛する人がいるのに、絶望して苦しんでいる人たち。めぐり来る未来が何であるのか、解らないで悩んでいる失望者たち。それは同時に、心からの希望、安らぎ、幸せ、愛を必要とする人たちです。言い換えれば、希望、安らぎ、幸せ、愛、これらの真の尊さを知る人たちです。

動く気配を見せない若者たちに、光とのぞみは為す術もなく痛む心をそのままに、彼らの側に立っていました。ふと、二人は見つめ合いました。その表情には、慈愛の温もりと、失望の悲しみが、浮かんでいるようでした。

「いいの？」と彼女は小さな声で尋ねました。

「地球に急がなくてもいいの？」

光は何も答えませんでしたが、しばらくして、表情を変えることなく呟くように言いました。

「のぞみ、僕の夢はね、生命を救うことなんだ、病気や怪我で苦しむ生命をね。それから心の病にかかった人々の生命もね、特に子供たちの生命をね。子供は大人や地域社会と、密接に繋がっている。だから大人たちに生きる希望と勇気を与え、地域社会を良くしない限り、悲惨な子供たちは消えない。子供たちの体の病は治せても、心の病は治せない。環境は改善できなくても、大人たちには希望と勇気を与えてやりたい。それが子供たちの未来の理想に繋がるからね。もし今、このままここを去ったなら、地球での僕の夢が全て成功したとしても、やがては失敗になるだろう。彼らに何もしてやれない僕は、もしかしたら地球に帰る資格はないのかもしれないなぁ」

のぞみの胸は痛み、同時に光への愛しさも込み上げてきました。何も言わず、しばらく見つめているうちに、光への愛しさがあふれるのを感じました。そして光の肩に、顔を埋めました。

光はのぞみの背に、優しく両手を回しました。

その時、若者たちの一人の女性が立つと、いきなり声を荒らげて言いました。

「みんな、生きるの！　この人たちが言うように、生きるの！　もうこんな生き方、私は嫌、絶対嫌！　みんな、忘れた？　あの悲劇忘れた？　あの時、みんなで誓い合ったじゃない、こんな悲劇は絶対に繰り返さないって誓い合ったじゃない！　あの呪わしい言い伝えなんか、絶対に打ち壊すってみんなで誓い合ったじゃない、忘れたの？　私は嫌よ、こんな生き方絶対嫌！」

あの悲劇とは、光とのぞみがほほえみ村を去ろうとした時、長老の娘、はなが父に向かって叫んだ、悲劇と同じです。

それはこんなお話です。

昨年のクリスマス祝いの後のことです。舞台となった教会は、集会や説教の為の大きめの部屋と、祈祷部屋、牧師部屋の、三つに分かれていました。牧師の部屋は、一部を仕切られており、多くの本が、保管されていました。本を求める人たちには、それに応じて貸し出されていて、ほほえみ村や悲しみ村の人々に、利用されていました。

祈祷部屋で起こったその事件は、ほほえみ村と悲しみ村の若者たちに大きな衝撃を与えました。それは、愛し合う若い男女の、心中事件でした。祈祷部屋には、十字架に磔にされたイエス・キリスト像が彫られた大きな木が、入口の正面の壁に、飾りのように掛けられていました。イエス・キリスト像の両手両足には、釘が打ち込まれていました。その表情は和やかで、見る人を見守っているみたいでした。

みんなが発見した時、二人は、互いの片方の手を重ね合わせて、その大きな木に釘で打ち付けて、もう片方の手で抱き合って、立ったまま死んでいました。そして打ち付けた手の側に、血で書かれた文字を見ました。その文字は、こんなふうに書かれていました。

僕たちは幸せです
私たちはとわに幸せです

二人はキリスト像に打ち込まれた釘を引き抜き、それを自分たちの手に、石で打ち付け、そして毒をあおって死んだのです。死ぬ直前に、流れる血で文字を書きました。その文字は痛さの為か、かなり乱れていました。彼らの足元には、釘を打ち付けた石と、毒が入っていたと思われる小さな容器が二つ、転がっていました。それらにも、血がべったりと付いていていました。

　この二人の一人がほほえみ村の者で、もう一人は悲しみ村の者でした。

　この心中事件は、双方の村人たちに、大きな衝撃を与えました。特に悲しみ村の人々にとって、最後の一撃に値するほどの事件でした。悲しみ村の若者たちは、絶対的に最後の決断を強いられたのです。

　若者たちは誓い合いました。

　あの呪わしい言い伝えを打ち壊すこと、そして自分たちが幸せになることを。

　しかし老婆は違っていました。あの言い伝えを守らないと、もっと大きな災いが起ると、制していました。

　むろん、光とのぞみは、その悲劇を知りません。しかし二人は、若い女性の言葉から、小さな希望らしきものを、感じていました。

　彼女は、なおも続けました。

「ねえ忘れたの？　あの時誓い合ったこと、忘れた？　思い出して！　思い出すのよ！　みんな！　私たちは幸せになるべきなのよ、ならなければいけないの！　今こそ立ち上がるのよ、立ち上がらなくちゃ！」

　彼女の言葉に、確かな意志と希望を感じた光は、穏やかに言いました。

「みなさん、みなさんは心身へとへとになるまで頑張ってきたのに、幸せになれなかったその代償を運命を恨むことで、涙をこらえながら生きてこられたのでしょう。運命はみなさんの努力を、ことごとく泡と灰にしてしまった。その度ごとに、みなさんは運命を恨んだことでしょう。努力は豊かなくらしをもたらすはずなのに、水の泡になってしまうのは、誰でも辛いことなのです。精一杯努力したのに、恨みや憎しみを抱いていることは、悲しいことです。幸せが人間を値踏みしているみたいで、心の美しさをもてあそんでいるみたいで、悲しいことです。運命的な出来事には結果が悪いからといって、誰のせいでもないことが、多くあるのです。みなさんが幸せになれなかったのも、誰のせいでもありません。辛い思いをしても、心の美しさを失わなかったなら、それはすばらしいことです。みなさんが流した涙が、心や愛を美しくしたなら、それは心という花の開花への、大きな成長なのです。現実の辛さが不幸に見えても、それが心という花の開花への成長をもたらせるなら、苦難は学問です。生命の尊さや人生の尊さ、幸せの尊さ、そして心と心の触れ合いや愛の尊さを教えてくれる学問です。自らが持っている尊いものを、犠牲として捧げた学問こそ、尊い学問なのです。そんな学問こそが、美しい心という花を咲かせてくれるでしょう。生きる勇気と希望、そして喜びを教えてくれるのは、貧困や苦難なのです。さあみなさん、今こそ希望と勇気を持って、立ち上がってください。愛する人の為に！」

のぞみも光を助けるように、励ましの言葉を贈りました。

「みなさん、希望をもつことは、心に明かりを灯すことと同じなのです。明かりの灯った、暖かい心こそが、生命の花を咲かせる光明なのです。みんなで心を一つにして頑張ることは、すばらしいことです。心を一つにして頑張っているのに、いい結果にならず幸せになれないのは、まだ学ぶべき何かがあるからでしょう。幸せになるにはあるがままの今をどうするべきか、何が必要なのか、真実とは何なのか、学ぶ必要があるのです。それは私たちの生命が、無限の可能性を秘めつつも弱く、そして生きる時間に制限がありながらも、何ものとも代えられない、たった一つの存在だからです。苦難の中でも人間はなぜ生きるのか、知る必要があるのです。私たちの生命が、たった一つの大切なものだからです。苦難が幸せに変わった時こそ、みんなが幸せになれる、明かりが灯る時なのです。私たちにとって大切なことは、真心を込めて、努力すること、愛に仕えること、そして心の触れ合いを大切にすることだと思うのです。生きることの美しさは、努力した美しさ、愛した美しさだと私は思っています」

光とのぞみの励ましの言葉に、若者たちの表情に変化が表れました。そこには、わずかな光明が射したようでした。とりわけ男たちより、女たちの表情に、はっきりと表れ、へたり込んだままの男たちをよそに、女たちは立ち上がりました。

女たちは、始めは一人一人を見つめ合っていましたが、そのうちに、お互いの肩に、顔を埋めると泣き出しました。よほどの悲しみに耐えていたのでしょう、涙が、意志とは関係なく、あふれているようでした。しばらくして嗚咽が止まると、彼女たちは口々に言いました。

「生きよう、幸せに向かって、明るく生きよう。もうこんな生き方、嫌！　みんなで頑張ろう」

のぞみは黙って、彼女たちの輪の中に入っていきました。彼女は地球に急がなければならない、自分たちの立場を忘れていました。

光もまた、忘れかけていました。彼は希望への確かな手応えを、彼女たちに感じていました。彼が励ましの言葉を贈ろうとしたその時、一人の来訪者の声が聞こえました。

それはほほえみ村の長老の娘、はなでした。彼女の来訪を最初に見たのは、あの三人の女の子で、はなを見ると、子供特有の人なつっこい表情で近付いていきました。

光やのぞみがはなの存在に気付いた時、彼女の側には三人の女の子がくっついて、何やら話していました。

はなは光やのぞみを見るなり、慌てふためくような、確かめるような表情で言いました。

「あら、光さん、のぞみさん」

二人が目を向けると、はなは続けて言いました。

「あなたたち、まだここにいるの？　地球に行くんじゃありませんの？　それも一刻も早く。急ぐのは嘘でした？」

光は寂しそうに答えました。

「いいえ、嘘じゃありません。一刻も早く帰りたいんです。でも今ここを出て行けますか、こんな状態で？」

「どういうことなの？」とはなが尋ねました。

「この村の若者たちは、よほどに疲れていたのでしょう、動こうともしてくれません。僕たちは……」

光の言葉をはなは遮りました。

「何ですって！」と彼女は、驚きと怒りをもって言いました。

「僕たちがもし、何もせずにここを去っていたなら、病気のあの子供たちはどうなっていたでしょう？　手遅れになってからでは遅いのです。僕たちは、心が望むままのことをしているだけです。僕たちのことを、心配して下さってありがとう」

はなは寝ている子供たちを見つめていましたが、光に歩み寄ると、心配そうに尋ねました。

「病気って、そんなに悪いの？」

「まだ油断はできないけど、たぶん大丈夫です。ただ……」

「ただ何なの？」

「この冷たい風が、子供たちにとても悪い。だけど、この風をなかなか遮ることができない」

「解りました。私が何とかします」

こう言うと彼女は、にこっと笑みを浮かべました。そして小さな声で続けました。

「光さん、優しいのね、あなたは。あなたのパートナーが羨ましい、そしてあなたも。あなたの側にいるとね、心が暖かくなって、胸が熱くなるの。私も地球に行きたい」とはなは、愛を感じさせるような表情で言いました。

そして彼女は女たちに歩み寄ると、勇気付ける言葉を贈りました。

「あなたたちは長いこと、辛かったでしょう、悲しかったでしょう、苦しかったでしょう。でももう、それも終り。もうすぐ、夜明けよ。みんながもうすぐ来るはずだからね」

彼女の言葉に、女たちは明かりを見たような表情をしました。彼女たちの目には、まだ涙が滲んでいましたが、はなの言葉がもたらした光明に、自分たちの一縷の望み、ただ一つで全てという夢を、託そうとしていました。

彼女たちを立ち上がらせた幸せへの思い、一途な思いを遂げようとする意志は、あこがれよりはむしろ、屈辱から生まれたものでした。確かに彼女たちは、光やのぞみにあこがれの念を持っていましたが、それまでに味わった屈辱の方が、はるかに大きかったのです。それは同時に、彼女たちに最後の手段、ささやかでも一途な夢、全てに繋がるように思える幸せへの光明の兆しに、全てを託そうと決意していました。

幸せに繋がる全てのことは、理想的な外的条件から生まれてくるわけではありません。生命を美しくする源泉は、心にあるからです。心の美に関わる全てのことは、一人で持っている訳ではありません。心と心の触れ合いによって、励まし合うことによって、助け合いによって、協力し合うことによって、個人にはなかったものが、内部に生まれます。心とは、そうしたものです。自分にはなかった美が、誰かにめぐり会うことによって生まれるのです。

心の美は自己と関わり、全てに関わります。自分の幸せは、心が美しくても訪れない時もあります。それは他との関わりに、問題があるのでしょう。

心が美しくても幸せになれないのは、欠陥があるからではありません。学ぶべきものが、まだあるからです。幸せになれないからといって、自己否定はいけません。自己否定こそ、自己の存在と、全てとの関わりの絆を蝕んでいきます。

心の美しさが、自己と、他の全てとの絆も美しくさせ、やがては幸せに繫がるでしょう。悲しみはとかく、心の美しさと繫がっているものです。心の美しさは時に、悲しみをもたらすことがありますが、悲しみより幸せの方を、全ての人々が望むのなら、いつまでも悲しみに留まってはいません。

はなは、光とのぞみの幸せそうな表情に、居ても立ってもいられず、自分の幸せを求めて、悲しみ村を目指したのでした。

彼女は悲しみ村の女たちに、励ましの言葉を贈ると、三人の子たちの肩や頭を優しく撫で、若者たちに続けて言いました。

「みんな、よく聞いて。この方たちはね、一刻も早く地球に帰らなければならないの。特に彼は、一刻を争う重大な時なの。地球の彼は今、不治の病と言われている、白血病の手術中なの。今は訳あってここにいるけど、とにかく彼は、一刻も早く地球に帰らなければならない人なの。そんな人たちに、あなた方は何てことをさせるの！　どういうつもり？」

彼女はだんだん悲しくなってきて、言い終わる頃には悲しみのあまり言葉が詰まりかけ、途切れそうな程でしたが、彼女の切なる思い、真剣な思いは、若者たち一同に伝わったようでした。

彼らは、何かに心を打たれたような、まるで生命の蘇生を間近に見たような表情で、光を見つめていました。

母たちも老婆も、同じ表情で光を見つめていました。男たちも無意識に立ち上がりました。

崇高な光景に共通することは、周りにいる人々の心を瞬時に捉え、それまで持っていた全ての感情を、意識のかなたに追い遣ることです。

若者たちからもそれまでの全ての感情が瞬時に消えました。母たちや老婆からも、それまでの全ての感情が瞬時にかなたに消えました。そして彼ら一同は、心の目蓋に、光やのぞみがやったこと、言ったこと、そして二人がこれからやろうとしたことなどが、走馬燈のように脳裏に浮かんだように、二人を見つめていました。

「何だって！」と若者たちの年長の男が、呟きました。

「ただのお節介やきじゃなかったのか？」

この男は、はなの婚約者の思春《ししゅん》でした。

彼は呆然とした中、無意識にこう言ったのですが、他の言葉は、見つけられませんでした。彼は光という存在の鮮やかな輝きに大きな衝撃を受けました。彼は、光と自分を比較していたのです。彼はこの村の、若者たちのリーダー的な責任を、いつも意識していました。

責任という重みは、時には劣等感や無力感を感じさせるが、衝撃を受けたりすると、眠っている自己を目覚めさせることもあります。

彼の意識は、劣等感や無力感、そして衝撃によって目覚めた自己が現れ、混乱していました。

「何ですって！　ただのお節介やきですって？」とはなが、叫ぶように言いました。

「馬鹿言ってんじゃないよ！　見て解らない？　解らないの？　この方たちが、どれほど心を砕いてくれているのかが」

「知らなかった。親切だとは思ったが、通りすがりのお節介やきだと思ってた。知らなかったんだ、一刻を争う程、重大な危機を背負っていたなんて」と思春は、小さな声で弁解しました。

「知らなかったじゃすまないわよ、思春。通りすがりのお節介やきが、こんなに心まで砕いて下さるものですか。思春、あなた知っているわよね、私がどれだけ幸せになりたいか、どれ程真剣に考えているのかを。動こうともしないなんて、どういうつもり？」

「はな、僕は疲れたよ、生きることに疲れた。もしかしたら、僕たちは結ばれないのかもしれない。ここは呪われた村なんだ、そうとしか思えない。相次ぐ天災、いつまでも続く貧困と失望との戦い、それらが物語っているんだ。この村で生きている人間は、みんなそう思っているよ！」

言葉の最後は、投げやりで、怒りに満ちているようでした。

はなは、反発するように言いました。

「思春、馬鹿言わないで、今頃何言っているの？　忘れた？　忘れたの？　私が私たちの未来を、どれ程真剣に考えているのか、あなたは知っているでしょう？　苦しいのはあなただけじゃない、みんな苦しいのよ。辛いのはみんな同じよ、私たちだって辛い思いをしているわ。駄目だなんて言わないで！　私、幸せになりたいの。どんなにささやかでもいい、幸せになりたい！　誓い合ったじゃない？　あなたと幸せになりたいの！　お願い、今こそ希望と勇気を持って、みんなで心を合わせて頑張るのよ！」

彼女は思春の胸に抱き付きました。彼女の言葉は、次第に哀願に変わり、終り頃には泣き声に近くなりました。

光ははなの思いに、自分たちがこの悲しみ村に来て最初に見た岩に刻まれた、「この村は神に愛されし村である」という言葉を思い出しました。そして岩に刻まれたその言葉の意味が、理解できたように思いました。しかし現実の世界は、その言葉とは正反対になっています。それでも彼は、岩に刻まれたその言葉が、間違っていないことも感じていました。

彼は無言のまま、のぞみに歩み寄り、何やら小声でささやきました。

のぞみは無力感に捉われていました。大して役に立てなかったことに、胸を痛め、三人の女の子と寄り添うようにして、光のささやきを聞いていました。

この女の子たちは、はなが大好きでした。この子供たちに、はなはいつもにこやかで優しく、教会内だけのことではありましたが、いろんなことを教えてやりました。

光がささやき終えるとのぞみは、笑みを浮かべて曖昧に返事をしました。

「だといいんだけど」

「きっとそうなるさ」と光がやはり笑顔で、小声で言いました。

「そうなるといいわね、私も祈っているわ」とのぞみが小声で応えました。

若者たちは、何やらざわめいていました。

彼らは光やのぞみに対する申し訳なさと、自分たちのこれからの幸せへの胸を焦がすような熱い思いに対して為す術のないことに、地団駄を踏む思いでした。光やのぞみの幸せそうな表情、ほほえみに、熱いあこがれを感じていました。

彼らは自らが求めなければならないものごとに対し、そのあり方を求める戦いの幕が自分の内で開こうとしているように感じていました。

思春の胸に抱き付いたはなは、自分がすべきことを思い出したかのように、そこから離れました。

幾人かの若者たちが現れました。彼らはほほえみ村の若者たちでした。

彼らを見た瞬間、悲しみ村の若者たちは、長年待ち侘びた時が来たような、陽の当たる人生の幕開けを見たような、満面に希望に満ちあふれる表情になりました。

そして双方の若者たちは、無意識のようにお互いに引き寄せられました。

引き付けられた若者たちは、それぞれが婚約者同士でした。彼らは強く抱き合いながら、一途になただ一つの夢が、開花していくのを感じていました。

人はパンのみにて、生きてはいません。

心が満たされない限り、人は彷徨い、失望と苦難の中で呻吟します。

言い換えれば、心という花の開花への成長がない限り、また心の触れ合いがない限り、それらに伴う喜びがない限り、心は満たされず、彷徨い続けるでしょう。

人は心のあり方、心という花の開花への成長と成就の喜びを求めて、生きる存在なのです。

光とのぞみは、祝福する思いで、ほほえんで若者たちを見つめていました。二人は、抱き合う若者たちに、彼らの未来、この村の未来が、必ずや明るいものになる、幸せへの一途な夢が、開花していくということを確信していました。

しばらくして、光は老婆に歩み寄り、のぞみも三人の女の子を引き連れるようにして、光の後を追いました。

母たちもミルクを飲ませた後、寝かし付けたわが子の側で、正座して若者たちを見つめていました。老婆も無言のまま、若者たちを見つめていました。

はなと思春も、のぞみ達の後から、老婆の側に歩み寄りました。

光は老婆の側で、静かに尋ねました。

「お婆ちゃん、お加減はいかがです？　どこか、痛みます？」

老婆は黙ったままでした。その表情は、良心の呵責と後悔に、苛まれているようでした。

光はまた、穏やかに言いました。

「お婆ちゃん、時が来ましたよ、ご存じですね？」

老婆の顔色が変わり始めました。

「お婆ちゃん、今この時がどんな時か、ご存じですよね？」と光はさらに、念を押すように尋ねました。

老婆が寝たまま頷きました。

「お婆ちゃん、今この時を、祝福できますね？　みんなが心から待ち望んだ、この時を祝福できますね、お婆ちゃん？」

老婆がまた頷き、目から涙がこぼれました。老婆は若者たちをずっと見ていて、彼らの言うことを黙って聞きながら、胸を痛めていました。その心には、これまで自分がやってきたことへの後悔と、呵責の念が湧いていました。そして良心を痛めていました。

老婆が流しているその涙は、長年続いたあの言い伝えの敗北を表し、幸せを告げる、新しい時代の幕開けを意味していました。

老婆にとってその涙は、自分たちの時代が終わるという通告でもあれば、未来を夢見る若者たちの勝利への祝福でもありました。

のぞみは老婆の涙を拭こうと、ハンカチを持って、優しく手を差し伸べました。拭き終わらないうちに、老婆はのぞみの手を取り、のぞみは老婆の手を優しく包み込みました。

老婆は、彼女を見つめて言いました。

「ねえあなた、幸せってどんな？」

のぞみは老婆への慈愛のこもった笑みを投げかけました。

「幸せってね、お婆ちゃん。全てを美しく輝かせてくれるものなの。それがあると、自分を美しく成長させてくれるの。心の花で、太陽みたいなもの。それがないと、全てがないみたいで、それがあると、全てがあるみたいな、生命と心の支えなの。愛する喜び、愛される喜び、生きる喜び、この三つの喜びが一つとなって、心に咲いた花、それが幸せだと思っています。幸せを心から喜べた時、幸せって何なのか解るのでしょうね。幸せって生命を支え合う心の触れ合いだと思います」

老婆はのぞみの手を放し、独り言のように呟きました。

「幸せになれないのは、心がないからなのね」

「そんなことありませんよ、お婆ちゃん」とのぞみは優しく言いました。

「幸せになれないのは、心がないからじゃありません。誰にでも、心があるんです。苦難や不幸が長く続くのは、それだけ重要な学ぶべきものがあるからでしょう。この村には、その重要な何かが感じられます」

そののぞみ自身、自分が大きく成長したことを感じていました。彼女の心は、悲しみ村の人々の姿に痛み、その痛みは慈愛の念を芽生えさせました。そして彼女の慈愛と、胸を痛めた優しさは、彼女に必要な知識を与えてくれました。心の美しさへの成長ももたらして。彼女はそれを、喜ぶ思いでした。

見えない地下に豊かな資源を貯えているのと同様、心の中に、心を美しくする為の知性、情熱が、あふれているのです。

老婆を見つめていた光は、のぞみに相槌を打つように言いました。

「お婆ちゃん、心がないから幸せになれないのではありません。心のない人間は一人もいないのです。幸せになれないのは、幸せになれる資格がないからではありません。心の美しい人々には、より大きな幸せを味わってもらいたいものです。本当に尊いものは、それなりの犠牲を払わなければ得られないものです。みなさんは犠牲を払い、それは美しく尊いものでした。理想や夢と美しい心が一つになるには、それなりの時が必要だったのです。でも祝福の時が今、訪れたのです。お婆ちゃん、彼らを祝福できますね？」

老婆の目に、また涙がこぼれました。老婆はそれを拭おうともせず、頷きました。

のぞみはまた、老婆の涙を拭きました。老婆はされるがままになっていました。光は穏やかに続けました。

「お婆ちゃん、お婆ちゃんが本当に心から、みんなを祝福できるなら、それはお婆ちゃんの心が美しいからです。僕はお婆ちゃんの美しい心を祝福しますよ」

老婆は二度、首を横に振り、ぽつりと言いました。

「あたしゃね、あの子たちを心から祝福するよ。でもね、あたしの心は美しくなんかない、汚れているんだ、あたしゃみんなの悲しみを、ずっと黙って見てきた。みんなの悲しみは、あたしが元なの、心のないあたしがね」

老婆の目に、また涙がこぼれました。

「お婆ちゃん、そんなことはありません。お婆ちゃんのせいではありません。お婆ちゃんはみんなと一緒に、辛い思いをしてきたのでしょう？　だったら、お婆ちゃんの心は美しいのです。お婆ちゃん、地球ではこんな例え話があります。『時が来た、さあ心を開け！』でもお婆ちゃん、やって来たのは人間だけです。この意味解りますね？」

老婆は光を見つめて頷きました。光は優しく、いたわるように続けました。

「お婆ちゃん、地球でも同じだったのです。待っていた人たちはみんな、辛い思いをしていたのです。でもそれは、誰のせいでもないのです。お解りですね？　誰のせいでもないのです。求めたものと、その報酬の違いで、人間の価値や自分たちの存在の優劣を決め付けてはいけません。理想と心の美しさの関係には、計り知れないものがあるからです。ただ僕たち、私たちが心がけるべき大切なことは、どんな時であれ、自分にできることは、真心を込めて一生懸命生きることです。これ以上に美しいことは、ほとんどありません。お婆ちゃんはみんなと一緒に辛い思いをしながらも、一生懸命生きてこられたのでしょう？　それで十分なのですよ、お婆ちゃん」

のぞみは優しく老婆の涙を拭きました。彼女は光の言葉に、安らぎを感じていました。彼女は光が、以前よりもずっと成長して理想的な姿であるように感じました。環境的にはこの悲しみ村より、ほほえみ村の方が理想的に思えたのに、光の存在においては、この悲しみ村にいる時の方がずっと、安心できたのです。

それによってのぞみは、光の成長を感じましたが、自分の成長も感じました。

事実、光はほほえみ村にいた時より、成長しているにちがいありません。

体験は成長です。良い体験は良い成長に繋がります。慈愛を抱くこと、他人の痛みを自分のことのように感じること、このような人は、良い思想を持っているのです。良い思想を心に抱いてやったことは、良い体験になるのです。良い体験は良い成長をうながします。それは同時に、周りの人たちに感銘をもたらします。そしてまた、安心感をもたらすのです。

愛する人の成長は、その人を愛している人の成長をも、もたらします。

もっとも光自身、それには気付いてはいません。無意識な成長は、心という花の開花への成長も兼ねた、無限で新たな可能性に満ちた人生への旅立ちなのです。

のぞみに涙を拭いてもらった老婆は、上体を起こしました。のぞみは優しく支えました。

「のぞみ」と光は言いました。

「お婆ちゃんの背中に掛けるものを、何か持って来て」

のぞみは援助物資に向かいました。老婆は感慨に耽っているようでした。

生きる希望と喜びを確かめ合った後、若者たちは食べものを手にしました。

どんな味がしたことでしょう？

三、理想

幸せという一途な夢は、人を美しくします。それは他人にはどんなにささやかに見えても、当人たちには全てなのです。何もなくてもそれさえあれば、全てが満たされているように思えるような、心の世界には、ただ一つが、全てを超えた存在があるのです。

このような一途な夢は、やがて大きな花を咲かせるでしょう。その夢は、理想と同じように思えますが、理想を超えたものなのです。

心は決して、理想だけでは満たされません。それは心が、理想でできてはいないからです。とはいえ、心と理想は離れ離れになってはいません。心にとって、理想は明かりなのです。そしてその理想を超えた存在もあるのです。

悲しみ村とほほえみ村の若者たちは、婚約者と抱き合いながら、喜びを分かち合っていました。彼らは幸せへの一歩の、確認をし合っていました。そしてこれからすべきことを求めて、光やのぞみ、そして老婆の周りに集まりました。彼らの表情は、先程とはがらりと変わっていました。

心と心が触れ合う時、それは光明の訪れなのです。心と心の触れ合いが愛を芽生えさせる時、愛を確かめ合う時、心の純化が始まります。愛が一途な夢の全てである時、心の純化は無限に深まるでしょう。愛は心の光明なのです。この光明なくして、人生の辛い闇路の中には、心の花は咲きません。心という花の開花にとって、愛は太陽なのです。光は若者たちの表情に、心が触れ合い、一途な夢や愛を確かめる時のような、煌めく輝きを見ました。

のぞみは援助物資の中から、少し厚めの服を持って来て、老婆に掛けてやりました。

「ありがとう」と老婆は言ってから少し間をおいて、若者たちに向かって続けました。

「みんな、よくお聞き。みんなが辛い思いをしたのは、あたしのせいです。許しておくれ、どんなに責められても仕方ありません」

こう言うと老婆はまた黙って、感慨に耽っているような様子でした。

「お婆ちゃん」と光は穏やかに声を掛けました。

老婆は、われに返ったようでした。

「お婆ちゃんはもう御存じだと思いますが、幸せの尊さは、苦難の道を歩んだ方が、より輝く時もあるのです。味わった苦難を責め合うより、心の触れ合いやみんなの心が一つになったことを、祝福しようではありませんか？　その方が、幸せへ確かに通じるのです」

老婆はその言葉を聞きながら、大切な人を思い遣るような表情で、のぞみを、というよりも、のぞみの胸のペンダントを見つめていました。

「ねえ、あなた」と老婆は言いました。

「私ですか？　私、のぞみって言います。何でしょう、お婆ちゃん？」

「のぞみさん、あなたの胸に掛けられたそのペンダント、とても素敵ね、それはあなたの？」

「これですか？」とのぞみは笑顔で、ペンダントを手の平に乗せて続けました。

「ありがとう、お婆ちゃん。これはほほえみ村の長老さんからいただきました。私には身に余るほどの宝ものです」

「実はね、私にもこんなものがあるの」と老婆は言いました。そして老婆は、着ている服のポケットから、何やら取り出しました。

それはやはりペンダントで、のぞみのものと、形や大きさがよく似ていました。ただ色が違っており、片面が黄色で、もう片面は赤色でした。

「もしかしたら、あなたが持っているそれと合うかもしれない、試してごらんなさい」

老婆はこう言うと、のぞみにペンダントを渡しました。

のぞみはそれを受け取ると、「どうか、合いますように！」と祈りの言葉を口にして、胸の前でペンダントを合わせました。

二つはぴたりと合わさりました。

のぞみは思わず、「やった！」と喜びの声をあげました。そして彼女は、ペンダントを両手で包むように合わせ、また祈ってから開きました。

するとそのペンダントは、今度は別々に開いていました。

「あれ、どうして？　壊れちゃったの？　どうしよう！」

彼女はそれを見るなり、悲しそうな表情で言いました。

「のぞみ」と光は言いました。

「それはね、壊れたんじゃない、最初からそうなるようにできていたのかもしれないよ」

「本当に？」とのぞみは光を見つめ、心配そうに尋ねました。

「本当に壊れたんじゃないのね？」

「たぶん、壊れたんじゃない」

光の言葉に、のぞみは安心したような表情で、ペンダントを乗せた両手を閉じました。そしてまた開くと、ペンダントはまた合わさっていました。

「良かった！」とのぞみは胸を撫で下ろすように呟きました。

すると、どうでしょう！　合わさったそのペンダントは、のぞみの胸で、鮮やかな赤い光を発して輝き始めました。それは徐々に、徐々に、輝きを増していきました。そしてさまざまな、色鮮やかな光で輝き始めました。そして心に染みいるような小さな歌声が流れました。

その声は、天使がささやくような声でした。

幸せにあこがれし者、幸いなるかな、
そは汝の胸にありて、自らを生かすもの。
汝の胸に希望の光あらば、そは幸せの種、自らの胸に種を蒔く者、幸せなるかな、そはやがて、心という花となって開花するでしょう。
運命の善し悪しは、ものごとの価値観を歪めます。
大切なものごとは、心の目で見つめましょう。
ものごとが自分の思い通りにならないのは、知ることへの出発点なのです。
全てが思い通りにならない訳はありません、
知ることの大切さは、生命の大切さ、心という花の開花の大切さと同じなのです。
幸せの種、希望の光は、
自分自身の意志で、心掛け次第で、見つかるのです。
運命は自分自身の友です、
心という花は友の愛によって、美しさの極みまで成長するでしょう、
汝、迷わされるなかれ、
幸せという花は、汝の心で咲くのです。
幸せという花は、高嶺の花ではありません、
理想という花も、高嶺の花ではありません、
自らの胸で慈しんでこそ、幸せの花は開花への成長をうながすのです。
運命の苛酷さにあえぎながらも、
現実の辛さを、生きる希望に変えることができる心は、

心という花の開花への
美しき成長の証なのです。
幸せという花は、心に明かりを灯すでしょう、
心という神秘な存在は、運命に明かりを灯すでしょう、
その明かりこそ、幸せの種を開花へと導く明かりなのです。
自身の心を見つめてごらんなさい、
自らの心のあり方を見つめて安らぐことは、開花への成長の証なのです。
心の美しきことは幸せなのです、
心と心の触れ合いに喜びを感じることも、幸せなことなのです。
神秘に満ちた美しさは、一人では見られないでしょう、
自分自身にとっての最も大切な花は、
愛によって咲くからです。
愛する人の愛によって咲く心の花は、
運命の風に関係なく、あなたの意志で開くのです。
生命の美しさ、尊さ、それは心という花が開花した時、知るでしょう。
その花の美しさに違いはないのです。
運命の美しさに違いはあっても、

意志の美しさによって、心という花は美しく咲くのです。
さあ、心を開け！　人生はあなたのものです、
たった一度しかないのです。
心という花にとって、幸せを犠牲にして辛い思いをしてまで、
言い伝えや風習に価値がありましょうや？
あなたが、あなた自身の意志で咲かせた心の花、
それこそがあなた自身にとって、掛け替えのない花なのです。
あなたが愛する心は、あなた自身の花なのです。
あなたが愛されていることは、あなた自身が花なのです。
愛された時、心を飾る全ての花が美しく咲くでしょう。

ペンダントから流れた今の言葉が、一同を明るい表情にさせました。

「素敵な言葉ね」とのぞみが言いました。

「心を合わせること、心が一つになることは、素敵なことなのよね」

こう言うと彼女はいまだ光を発しているペンダントを両手で包みました。

「のぞみ」と光が言いました。

「心を合わせるとね、生きる希望が自然に輝くんだ。これから幸せになっていく彼らを、祝福で

きるよね?」

「できるわよ」と彼女はほほえんで答えました。

「幸せになることって、すばらしいことだと思うの。何より自分が生きていることを喜べるって、素敵なことだと思う。それに心が美しくなっていく、こんなすばらしいことってあるかしら?私思うの、幸せが心の一番の友だって」

こう言うと彼女は、合わせていた両手をまた開きました。

するとペンダントはまた分かれていましたが、老婆のペンダントは、二枚貝のように開いていました。そして彼女の両手の上で、まばゆい程の、さまざまな色の鮮やかな光で輝いていました。

彼女が得も言えぬような幸せそうな表情で、それを見つめていると、そのうちに光は消え、その代わりに、開いたペンダントの内側の両方に、宝石のように煌めく、文字が表れました。その文字の輝きは、徐々に増していきます。

のぞみはそれを見ると、笑顔をそのままに、小さく叫ぶように言いました。

「わぁー、何て素敵なんでしょう! 文字が輝いているわ。いい? 読むから、みなさん聞いて。『愛を見つめてほほえむ心は幸いなり』それからもう片方にはね、『愛の道を歩む者幸せなり』ね、素敵な言葉でしょう? これはみんなを祝福しているのよ」

それから光に目をやって、「そうは思いません、あなた?」と語りかけました。

「本当だ」と光は言いました。

「何と素敵な言葉だろう。それができる人は、さぞ幸せだろう」

彼は、若者たちに向かって続けました。

「みなさん、みなさんはもうお解りでしょう。心という花の開花にとって、運命より自分自身の意志の方が、大切だってことを。きれいごとばかり言っていられないことも解ります。運命が苛酷なら、なおさらのことです。しかし、心が愛する人と繋がっている限り、運命は闇ではありません。必ず夜明けが来るのです。信じることとです。心という花は、幸せ色に咲くのです。それは心が愛でできているからなのです。生きることを大切にする意志があれば、心の扉を開く勇気と、心の触れ合いを大切にする意志があれば、幸せの花、心という花は、必ず咲きます」

のぞみは光の言葉を聞いてから、また二つのペンダントを合わせました。

ペンダントは合わさると同時に、更なる光を発して輝きました。

「心って一つに合わせると、素敵に輝くのね」とのぞみは言いました。

「神秘ね！　あなた、私たちの心も一つに合わせると、こんなに素敵に輝くかしら？」

光は幸せに染まったような、笑みを浮かべました。

「きっと輝くと思う」と光は答えました。

「のぞみ、心はね、一つに合わせると幸せ色に輝くのだ。大切なことは、幸せへの努力だ。その為には運命を憎まないこと、そして自分の存在を喜ぶことだ。本当の幸せはね、本人たちを幸せにするだけじゃない、周りの人たちにも暖かさと希望を与えるものなんだ。だから幸せに遠慮はいらない。のぞみ、僕は君を幸せにできるか、解らない。でも努力はする。できることなら、君を幸せにしたい。君の幸せは、僕の幸せだから」

「ありがとう」とのぞみはうっとりするような笑顔を投げかけて言いました。

「そう言ってもらうだけで嬉しいわ、私はあなたがいるだけで幸せなの。心が一つになるって素敵なことね、愛される喜び、愛することの幸せは、味わなければ解らないのね。心が輝く時って、生きていることの喜びで満たされた時なのね。ねえ、私たちが地球で幸せになって、心が一つになって輝くとしたら、どんな色なのでしょうね、あなた？」

「心がどんな色で輝くかって？　幸せの色や喜びの色だよ、それから虹色やバラ色だ。でも僕は思うがね、心が輝いた時の一番美しい色はね、感動という涙の色だよ。のぞみ、君はどんな色を、お望みかね？」

「あなたが好きな色、あなたが望む色のほうがいいな、あなたと一つでありたいから」

「苦労するよ、いいかい？」

「いいわよ、その代わりいつまでも、あなたの側で夢を見させて。あなたと同じ夢をね。幸せが心の輝きと同じなら、あなたと同じ夢がいい。いつまでもあなたといたいから」

二人は周りに遠慮することなく、笑みを溢れさせて、幸せを味わっていました。

若者たちは、幸せへのあこがれの念を抱いて、二人を見つめていました。

老婆は生涯を通しての自分のあり方を見つめながらも、後悔に似たような寂しさを感じていました。人生にはいろんなことがあるでしょうが、光やのぞみの姿から、なければならないものを持たない寂しさを味わっていたのです。

「のぞみさん、あなたたちは幸せね」と老婆が言いました。

「ありがとう、お婆ちゃん。私たち幸せよ、心からそう思います。ねえ、あなた？」

光は笑顔を浮かべただけで何も答えませんでしたが、その表情から誰もが答えを理解しました。

「私は間違っていた」と老婆はぽつりと言い、若者たちに向かって続けました。

「みんな、聞いて、私は間違っていました。私は悪い人間だった、悪い指導者でした。あなたたちが今日まで味わってきた不幸、苦しみは、みんな私のせいです。許しておくれ」

そう言うと老婆は、頭を垂れて言葉を詰まらせました。

「そんなことはありませんよ、お婆ちゃん。お婆ちゃんは心の美しい人間です」と光は、老婆の思いを察して優しく言いました。

「いいえ、私の心は酷く醜い。私はそんな人間なんです。そういう女なんです」

「そんなことはありません、お婆ちゃんは心の美しい人間なのです」と光はいたわるように言いました。ペンダントの輝きがだんだん消えていきました。

悲しみに打ち拉がれたような表情で老婆が言いました。

「いいえ、私の心は醜いのです」

「そんなことはありません。お婆ちゃんの心は美しいのです。ありのままの自分を、正しく知ることは大切です。また自分に厳しいことは、いいことです。しかし破滅に繋がる荷の負い過ぎや、孤立に繋がる自己否定はいけません。それは周りの人々の友愛や存在そのものを拒絶する場合もあるからです。お婆ちゃんは今日まで、辛い思いに耐えながら頑張ってこられたのでしょう？それは心が美しくなければ、とてもできません。それに、自分のあやまちを素直に認められることは、心が美しいからできるのです。お婆ちゃん、苦労は悪い行いと同じではありません。苦労することは、悪いことをしたからじゃない、心が悪いからでもありません。誰が悪いのでもないのです。避けられない運命だったのです。生命や心にとって、何が最も大切なのかを知る為の、厳しい学問だったのです。心の美しい人々には、時にそうした運命が訪れるようです。苦労することは、悪い行いではなく、それが真の不幸でもありません。この村が不幸だったのは、運命の苛酷さより、誰も寄せ付けず、誰も訪れなかったことです。つまり、心と心の触れ合いがなかったことでしょう」

老婆は黙って俯いていました。光はきれいごとばかり言っているような胸の痛みに、慈愛を込めて続けました。

「お婆ちゃん、運命には、避けられないことが沢山あります。それはどうしようもないのです。都合のいい運命ばかり選んでいると、上べばかり飾ろうとする人間になりかねません。辛いからといって運命を恨むより、人間性を磨くことこそ、大切なのでしょう。人間には学ぶべきものごとが、沢山あるのです。そういう意味でお婆ちゃん、この村の若者たちは、幸せがどんなものか、どれほど尊いものか、辛い運命から学んだはずです。それこそは、大きな勝利です。運命の辛さは肉体にとって大きな負担でも、精神にとって、栄光への光明だったのです」

光は若者たちに向かって続けました。

「みなさん、みなさんはこれまでの辛い体験は、無駄だったと思いますか？」

こう問い掛けた彼自身、心に負担を感じていました。胸の痛さが、心の負担に変わったのです。彼の胸の痛みは、この村の悲しみを知った時に慈愛を芽生えさせましたが、今は彼らを励ますことに、心に負担を感じていました。慈愛は、自分ができることをしようとする意識から芽生え、心の負担は、できないことをしようとする意識から、生まれています。

光はもうこれ以上、彼らを励ますことはできないと感じました。彼らを励ますことができる人は、同じように辛い思いをした人たちや、苦しんでいる人たちであって、自分のように幸せな人間が励ますことに限界を感じていました。彼は花束を、援助物資の上に戻した。

この考えは、悲しい思想です。心と心が繋がるからこそ、負担や理想があるのです。心と心の繋がりに垣根を作って、無理な背伸びをしてまで、必要以上の犠牲を払い負担に耐えてまで、理想化する必要はないかもしれません。しかし、友愛はその負担を喜びに変えます。

心と心の繋がりには、負担や理想化を超えた、神秘に満ちた何かがあるのです。

人は確かに、できないものごとに負担を感じるものですが、できないことを克服することによって、成長しています。そしてその成長によって、喜びを得ているのです。その成長は、心と心に、美と安らぎ、大切な絆をもたらし、友愛を芽生えさせます。ここに、心のあり方を見つめる意味と、大切さがあります。

人はできないことがあるからこそ、希望や目標を持てるのです。そしてできないことを克服するための努力をして成長し、喜びを得ています。

確かに簡単にできることからも喜びを得ることもあるでしょうが、できないことの克服からの方が、より多くの喜びを得ていることでしょう。また、努力する姿に、多くの人は引き付けられ、その成長した姿に、安らぎや美しさを見いだすものです。

確かに、できないことへの努力は、一見不条理でしょう。けれども結果的にできなかったからといって、必ずしも喜びがないとは限らないのです。そこに励まし合いや、心の触れ合いがあったなら、そして友情や友愛を芽生えさせたなら、喜びはあるものです。

努力をすることも、光明の源泉になっているのです。

できないことは、さぞ悲しいことでしょう。しかしできないことから去ってしまうのは、もっと悲しいことなのです。それは、人との和や絆を断ち切ってしまうことでもあるのですから。

励ますことは、きれいごとばかりを言うというわけではありません。心の触れ合いの尊さから、生まれているのです。

他人への思い遣りは、時に自分自身に明かりを灯し、新たな自己を目覚めさせてくれます。それは心のあり方を見つめることと、同じなのです。心の目は、自分だけを見つめていず、周りの人たちを見つめながら、自分の在り方を、見つめているのです。

光の問いに若者たちは即座に反応して、お互いを見つめ合い、愛する人を見つめました。誰も不服そうな顔をしている人はいませんでした。彼らの瞳には、希望の光が宿っているようでした。

黙って俯いていた老婆は顔を上げましたが、その表情には、過去に対する悔恨と、自分の責任に対しての謝罪の気持ちなどが、表れているようでした。

心が触れ合う厳かな場面には、需要と供給の関係を越えた神秘なものがあります。必要とする者が与え、与えようとする者が受ける、それは寄せては返す、波のようなものです。どちらも余っていず、どちらも不足ではないのです。どちらにとってもそれは、喜びであり、友愛の意志の表れです。心の世界では、必要なものが満たされた時、美を秘めた、神秘な変化が始まります。喜びが光になり、光が感謝になり、感謝が言葉となって表れるのです。

善意がそれを必要とする人々の需要を満たした時、厳かな光景が見られることがあります。それは感動と呼ばれています。

老婆の内部では、そうした変化が始まっていました。老婆自身の過去に対する、悔恨、責任、謝罪などの気持ちが、光やのぞみの善意への、感謝に変わり始めていました。光を見つめていた老婆は、のぞみに視線を移した。

「優しいのね、あなたたちは」と老婆が言いました。

「この村に訪れた者には災いが振り懸かると言われても、嫌な顔一つせず、笑顔と真心をもって接してくれる、それに急いでいるのでしょう？　それなのに、こんな私たちの為に、尽くしてくれた。本当にありがとう」

老婆の言葉に、光はほっと、胸を撫で下ろす思いでした。老婆は若者たちに向かって続けました。

「私は間違っていました。本当にごめんね、許して。私は先祖の言い伝えを守ってきました。その為に、みんなを苦しめた。どうお詫びをしたらいいのでしょう？　でもみんな、聞いて。先祖を恨んじゃ駄目よ、あなた方の先祖だって、みんな苦しんだんだからね」

こう言うと、涙をこらえるように老婆は俯きました。

自らが犯したあやまちを、より辛く感じるのは、身内や周りの人々の幸せを台無しにした時です。

涙でどんな償いができましょう？

やってみてできなかったことなら仕方もないでしょうが、何もせずにすませてしまったことには、言いようのない悔いが残る。

老婆の後悔は、光やのぞみの善意や、若者たちが生きる希望を持つことによって救われました。

「お婆ちゃん」とほほえみ村の長老の娘はながが、いたわるように言いました。

「誰も先祖を恨んじゃいないわよ。お婆ちゃんはみんなが苦しんだのは、自分のせいだと仰るけど、みんなが苦しんだのは、お婆ちゃんのせいじゃないの。私たちが苦しんだのは、心を一つにできなかったから苦しんだのであって、お婆ちゃんのせいではありません。確かに私たちは、大きな犠牲を払いました。でもそれも、私たちの幸せの一部なのです。今までの犠牲は、私たちの心の中に、いつまでも生きることでしょう。お婆ちゃん、今私たちは、心を一つにできたのです。それがどんなに大切なことか、どんなにすばらしいことか、解りました。私たちみんなが苦しんだのは、幸せがどんなにすばらしいものか、それを味わう為だったのです」

彼女はここまで言うと、若者たち一同に視線を移しながら、笑みを浮かべて続けました。

「ねえみんな、そうじゃない？　私たちは幸せになりたくて苦労したのよ、そうでしょう？」

人類の喜びとは、幸福、自由、成長、進歩、そして救い、愛の開花などです。

それらは向こうから、やって来るものもあるでしょうが、自分たちの意志と努力、忍耐、そして愛することによって、掴み取らなければ得られないものでもあります。

若者たちははなの呼び掛けに、そうだ、そうだ、と言葉を発しました。そしてそれぞれの人生のパートナーと見つめ合い、それから老婆の周りに正座しました。

光とのぞみも正座しました。のぞみは両脇に、三人の女の子を坐らせて、母たちは寝ている子供たちの側で、一同を見つめていました。

「お婆ちゃん」とはなが言いました。

「私たちはこれから、みんなで心を一つにして幸せになるの。今までみんなが辛い思いをしたのは、光さんやのぞみさんが言ったように、学ぶべきものがあったからです。そしてみんなは、学んだの、幸せや生きる尊さをね。私たちは辛い思いをして来たけど、失ったものは何もありません、私たちは得たのです、すばらしい幸せと生きる希望をね。だからお婆ちゃん、お婆ちゃんは何も悪くはありません。本当よ。ねえお婆ちゃん、私たちを祝福して下さる?」

老婆は頷きました。老婆の表情には、許されたことへの安堵感や、救われた時の喜びのようなものが見られました。老婆の目は感動で、うっすらと涙が滲んでいました。

後悔に沈んでいた心に光明が射したのです。

老婆の生涯は、辛さに耐える日々がほとんどでした。彼女の人生には、夢は皆無に等しいほどありませんでした。老婆の生涯から離れることなく、生きる支え、生きがいを感じさせるもの、それは子孫に託した夢だけでした。その夢のための努力や忍耐も、結果は良くでませんでした。貧困は容赦なく襲い掛かり、老婆は自分の子供を二人、飢えと病で失っていました。老婆にはもう、貧困が与える悲しみを、見て見ぬ振りをするしかなく、心を悲しみに包まれたまま、なす術を見つけられなかったのです。それでも老婆は、最後まで戦うことを辞めようとはしませんでした。生きることが老婆にとって、最後の戦いだったのです。

悲しみ村の人々には、辛さに耐えることも、できる限り精一杯頑張ったことと同じでしょう。

心を触れ合わせてできる限りのことをしたなら、たとえ結果が悪くても、克服できるのです。

努力や忍耐は心の美しさの表れであり、悪い結果であっても、心の美しささえあれば未来に繋げていくことができます。

また、生きがいが生きる支えとなり、生きる尊さ、究極の美を秘めた心という花の開花への、成長をもたらします。そして、結果を越えた人生の花を咲かせるのです。

生きがいは結果より、その成長を尊びます。結果より成長の方が、より身近にあり、大切なものだからです。生きがいは辛さに耐える、心の花です。

結果を尊ぶことより、成長を喜ぶ心の触れ合いの方が、人間の本質により大切なものです。

老婆ははなの優しく労るような言葉に、滲む涙をハンカチで拭くと、

「ありがとう、はなさん。あなたはいつも優しいのね」と言いました。

「お婆ちゃん、ありがとう。私たち幸せになります」

「お礼を言うのは私よ、ありがとう、はなさん」

それから老婆は若者たちに向かって続けました。

「みんな、ごめんね、許して。私はあなたたちを苦しめた。あなたたちが苦しんでいるのに、私は見て見ぬ振りをした、本当にごめんなさい。でもね、あなたたちを見捨てた訳じゃないのよ、それが一番いいことだと思ったの。けれど、それは間違っていた、本当はみんなが幸せになれることを、考えるべきでした。本当にごめんなさいね」

こう言うと老婆は、頭を下げました。それから少し間を置いて続けました。

「でもあなたたち、あなたたちは幸せになれる、幸せになりなさい。遠慮せず、思いっ切り幸せ

になりなさい。だけど、一つだけ約束して。どんなことになっても、決して運命を嘆いたり、恨んだりしないってこと。これだけは約束して。みんなで幸せを求めたのに、結果的に運命を恨むとすれば、先祖の苦しみが全て、無駄になってしまうから」

老婆は一息つくように間を入れると、生き生きとした笑顔になって言いました。

「あなたたち、おめでとう。みんな幸せになるのよ」

「ありがとう、お婆ちゃん」とはなが同じようにほほえんで言いました。

「お婆ちゃん、私たちはね、今のままで十分なの。だからどんな運命も恐れない。私たちみんなで心を合わせて、幸せになります。お婆ちゃん、ありがとう」

「ありがとう、お婆ちゃん」と一人の女が言いました。

彼女は去年心中した男の妹でした。彼女は続けました。

「私たちみんな、幸せになります、死んだ兄の分までね。兄は本当に幸せだったのでしょうか？馬鹿よ、兄は。もうちょっと待てば、幸せになれたのに」

彼女はここまで言うと、涙ぐんで言葉を詰まらせてしまいました。

「あなた」と老婆が言いました。

「嘆いちゃいけない、言ったでしょう、どんなことがあっても、運命を嘆いたり恨んだりしちゃいけないって。あなたたちはね、これから幸せになれるんだから、ね」

そして老婆はのぞみに視線を移して続けました。

「のぞみさんって言いましたね、そのペンダントは、あなたにあげます。あなたたちは、この村を救ってくれました、本当にありがとう。もしよろしければ、もらってください」

「いいんですか？　大切なものでしょうに？」とのぞみは、息を飲む思いで尋ねました。

「どうぞもらって下さい。そのペンダントは、母が今際の時、どんな時でも、このペンダントを見つめて生き方を問いなさいと言って、授けてくれたのです。正直に言ってそのペンダントは、私には重荷でした。呪われた村という以上に、幸せになれない運命に、疲れ果てました。だからそれを、人前に出したことはほとんどありません。母は死ぬ前に、こうも言いました。そのペンダントのもう片方がどこかにあるから、探しなさい。そして生き方を見つめなおすのよ、こう言ったのです。でも不思議、片方が隣の村にあったなんて」

「お婆ちゃん」と光が言いました。

「そのペンダントは、こう言っているような気がします。人間の心は合わせると輝く、そして心を合わせる人は、ごく身近にいるよってね。どうすることもできない運命の、無情な暴力から身を護るには、心を合わせることです。お婆ちゃん、人間は心だと僕は思います。心さえあれば、いつか理想の花は咲きます。心さえあれば、辛い運命の中でも、幸せの花は咲きます。心を寄せ合えるという、喜びの花がね。心を寄せ合える愛する人がいれば、辛い運命も喜びに変わっていきます。恵まれた運命を望むより、愛する心を失わないことを、大切にするべきでしょう。辛い運命は、愛する心、美しい心を、より強く、より大きく、より深く地道に育む試練です。幸せは味わった辛さを、洗い流してくれます。ですから、運命より、心が大切なのです」

光の言葉に、老婆の顔に明るい笑みが灯りました。その笑みは、光の心に、人間性の美しさから生まれた輝きのように美しい印象として写りました。同時に彼は、自分の行為が、無駄ではなかったことに、新たな喜びを感じました。

「光さん」とはなが言いました。

「暖かい言葉をありがとう。あなた方の慈しみ深い心が、この村を見捨てさせなかったのね、そして私たちに、生きる希望と、喜びを与えて下さいました。本当にありがとう。私たちに生きる勇気を与えて下さったあなた方は、私たちの天使です。私たちは、あなた方の慈しみ深い心を、幸せのシンボルにします。運命に負けない生き方は、心のあり方を求める生き方と同じだってことを、教わりました。勇気が、生き方を変えることを、教わりました。心のあり方を求めることが、幸せへの道だということ、そして勇気が、心に明かりを灯してくれることを、教えてもらいました。光さん、のぞみさん、私たちの村を訪ねて下さったこと、心から感謝します。本当にありがとう！」

「光さん、のぞみさん」と老婆も続けました。

「この村を訪ねてくれてありがとう。あなたたちの美しい心が、暖かな心が、この村を救ってくれました。私は自分の辛かった人生を通して、幸せが人間をどう変えるかを教わりました。人間の使命は、特に女の使命は、幸せという土壌造りと、収穫の喜びを味わい、それを教えることです。土壌造りの苦労だけ味わせて、収穫の喜びを教えないのは、搾取と同じです。幸せを知らない私には、教えることはできないかもしれません。だけど、自分の生き方の間違いに気付くことによって、そして幸せになろうとしているこの子たちを、祝福することによって、それができると思っています。それを教えてくれたのは、光さん、のぞみさん、あなたたちです。本当にありがとう。母は私に、生き方を見つめることを教えました。私はこの子たちに、幸せを見つめることを教えたい。どちらも大切なことでしょうけど、でも私には、生き方より、幸せを見つめることの方が、大切なように思います。なぜなら、生き方を見つめることは、一人でもできましょう、しかし幸せは、一人ではできないからです。一人でできることより、一人ではできないことをするのが、私には大切なように思えます。人間の使命、それは心を合わせ、心という花を美しく、大きく、咲かせることです」

光は老婆の言葉に、辛い運命でも人間に尊いことを教えてくれることを、改めて教えられる思いでした。

与えられた運命を甘受して人の心と心が結び付いた時、そこに美しさ、清らかさが生まれることを感じました。生の喜びが、運命と掛け離れたところにはないこと、愛という花が、辛い運命の中で咲いたとて、その美しさに何ら陰りのないこと、むしろ辛い運命の中で咲いた時こそ、その美しさは、輝くことを感じました。

それはのぞみも同じ思いでした。彼女は、運命の辛さと心の輝きには、密接な関係があるように思いました。そして老婆が言ったように、一人ではできなくとも、心を合わせて努力をするという和の美しさ、輝きが、幸せになるには最も大切なものであるように、改めて感じました。

その中心で、愛が輝くのです。

光はこの村に着いた時、最初に見た、岩に刻まれた言葉の中の初めの部分、「この村は神に愛されし村である」という言葉をまた思い出しました。

「お婆ちゃん、聞きたいことがあるのですが」

「何でしょう？」

「僕たちがこの村に着いて最初に見たのが、あそこの岩に刻まれた、この村は神に愛されし村である、という言葉です。あの文字は、以前からあったのですか？」

彼は、その岩のある方向を向いて訊きました。

「何のことかしら？」と老婆は、不思議そうな表情で聞き返しました。

「何のことって、あの岩に刻まれた文字のことです」

「いいえ、あの岩には、何の文字も刻まれてはいませんでしたが……」と老婆は、記憶を辿るような表情で言いました。

「僕たちが見た時には、文字が刻まれていました」

「どんなことが刻まれていました？」

「全部は忘れましたが、初めは、この村は神に愛されし村である、という言葉です」

「いいえ。知りません」

「不思議ですね、僕たちが見た時には、刻まれていました」

光の言葉を聞くと、思春が岩に向かいました。

老婆は光を見つめて言いました。

「そうですか、あなたたちに見えたのは、心が美しかったからでしょう。私たちに見えなかったのは、運命を嘆いたり、恨んだりしていたからでしょうね。私たちは、自分のことしか、見ていなかったのかもしれません。運命を嘆いたり、恨んだりすると、本当の真実は見えないのですね。辛い運命の中にも、幸せの花は咲くってこともね。運命を嘆いたり、恨んだりしている間は見えなくても、心を合わせると見えるものがあるのですね、それがもしかしたら、最も大切なものだったのかもしれません」

悲しみ村の若者たちは、光が言ったような文字が、本当に岩に刻まれているのか、それに気を取られていました。彼らはかつて、その岩に文字らしいものを、一度も見たことがなかったからです。

はなは、この村は神に愛されし村である、という意味を考えていました。

老婆を見つめていたのぞみが尋ねました。

「お婆ちゃん、お婆ちゃんは今、幸せですか？」

「そうだね」と老婆は答えました。

「少なくとも今は、前より安らいだ気持ちよ。自分が味わった、あの辛い日々のわだかまりが和らいだみたい。運命に対する恨みも消えたわ、恨みがあるということは、生き方にも問題があるのよね。少なくとも、自分のことしか考えていないのね。でもね、幸せ人たち、幸せになろうとする人たちを見ていると、心が安らぐものね。人生という宝ものは、幸せにならなければ解らないのね、運命を恨んでいる間に時はどんどん過ぎていく、残ったものは何もない、これじゃ人生とは言えない。だから運命を恨むより、心の花を咲かせること、今の私には、幸せになろうとする人たちを、祝福することだけです。遠慮なく幸せになりなさい、それが心の花を咲かせると思うならね。光さん、のぞみさん、この村に生きる希望を与えてくれて、本当にありがとう。地球に行ったら、幸せになるのよ」

こう言った老婆の顔に、また笑みが灯っていました。

心の触れ合いにとって、笑顔ほどありがたいものはないでしょう。笑顔は友愛のシンボルと言えるのですから。

励ましや祝福の笑顔は、心の触れ合いに、友愛という花を咲かせます。

老婆の言葉に、のぞみも笑みを返しました。

「ありがとうお婆ちゃん、私たち幸せになります。みなさんも心を合わせて、幸せになって下さい。私たち、ここに来て良かった。迷惑そうに相手にされなかった時は悲しかったけど、みんなに喜んでもらえて嬉しいです。みなさんの心に触れられたことに、感謝しています。忘れません、本当にありがとう。辛い運命の中でも幸せになれるってことを、みなさんに教えてもらいました。辛い運命の中でも幸せになれるなら、人生は尊いものになる。味わった苦労は、決して無駄にならないことも、教えてもらいました。本当にありがとう」

心が美しければ、人はどこでも学べる。環境のいいところでしか学べない、などということはありえないのです。人は未来を見つめる、それは心の為です。学ぶことは人生にとって、幸せの明かりを見つけることです。

人生が幸せになるためにあると思えば、幸せの元を求め、学ばなければなりません。求めるものが正当なものであっても、それが得られるとは限りません。けれどもそれは運命が、阻止している訳ではなく、求めるものに相応しい何かが不足しているのでしょう。幸せになるために尽くす思いが美しいものでなければ、その幸せが花咲くことはないでしょう。

幸せへの美しき代償、それは辛い努力や忍耐に伴う、心の成長への時間です。心の成長をうながす努力こそが、幸せへの美しき代償なのです。

「お婆ちゃん、ありがとう」と光が言いました。

「ねえお婆ちゃん、もう一つ聞きたいことがあるんですけど？」

「何かしら？」

「この村に伝わるあの言い伝え、何人もこの村に寄せ付けてはいけぬ、という悲しい言い伝えの語源は、何なのです？」

「実はね」と老婆が寂しそうに言いました。

「母から聞いた話なのですけど、その昔、この村で、悪い病気が流行したそうです。それで助けに来た人たちが、みんな死んでしまい、それからあの言い伝えが生まれたとのことです。私が聞いたのは、それだけです」

「そうですか」と光は言いました。

「たぶん悪性の伝染病だったのでしょうね。衛生上、そして環境的に、まれにそうした病気が発生するものです。それは呪われているから、発生するのではありません。ある意味では、病気は人災かもしれません。しかしどんなに気配りしても、病気にならないという保証はありません。大切なことは、助け合うことです。間違った解釈は、不幸の元です。間違った解釈をそのままにしていると、不幸になるだけです。みんなが幸せになること、それが一番大切なのです」

彼がここまで言った時、一段と冷たい風が、吹き込んで来ました。この風は彼に、地球に急がなければならないということを思い起こさせました。

「みなさん」と彼は、若者たち一同を見つめながら続けました。

「僕たちは地球に、急がなければなりません。みなさんにやってもらいたいことがあるんですが」

一同ははっと息を飲むように、光を見つめました。

「何でしょう？」とはなが尋ねました。

「よく聞いて下さい。ほほえみ村からの援助物資には、みなさんの身体をこの寒さから護るだけのものはありません。取りあえず、病気の子供たちを護ってあげて下さい。それから食べるものを、作って下さい」

ここまで言うと彼は、はなに向かって続けました。

「はなさん、これから何をすべきか、解りますよね？」

「はい」とはなは、光を見つめて答えました。

「それも僕やのぞみがすることですか？」

「いいえ」とはなは答えました。

「それは私たちのすることです。私たちみんなで、心を合わせてやっていきます。光さん、のぞみさん、私たちの村を訪ねて下さって本当にありがとう、心からお礼を言います。あなた方のご好意は、私たちの村でいつまでも語り継がれるでしょう。あなた方が私たちの村にいたのは、ひとときだったかもしれません、でも私たちには永遠です。あなた方は一時を永遠に変える真心の美しさと、勇気の大切さを、教えて下さいました。心と心を合わせることが、一時を永遠に変える、そしてそれが、心を喜び一色に染めることも、教えてもらいました。本当にありがとう」

こう言うと彼女は、頭を下げました。

そこに、文字が刻まれているという岩まで行った、思春が戻って来ました。彼は一同の輪の中に入るなり、何かに憑かれたような真剣な表情で言いました。

「あの岩に今まで一度も見たことがなかった文字が、こう刻まれていました。『この村は神に愛されし村である。その啓示は、一人一人の心の中にある。苦難は欠陥ではない、心を合わせないことが欠陥である。運命に付いて語るより、自分に付いて語れ！　生命ある限り、心という花の開花への成長を思え！　人生という花は、心と共に生きた証である。ものごとの全ては愛に繋がる、ならば心を合わせて愛を見つめよ、心にとって愛は、成就の全きなり！　愛に生きる者はそれを見ん。さあ友よ、全ての友を激励し祝福せよ。そは生命の花の開花なり！』ってね。僕はその文字を読み終えた時、あの岩が一瞬、光輝いたように見えました。そして心の中で思ったのです、これが神の啓示だと。そしてその啓示は僕に、こう叫んでいるように思いました。『さあ、汝の思うことを成せ！』とね。僕はその啓示が、僕の全て、僕の生命だと思いました。僕はその啓示に生きます。なあみんな、心を合わせて頑張ろう！　僕たちは呪われた村に生きているんじゃない、神に祝福された村に生きているんだ、頑張ろう！」

思春は、最初、半信半疑であの岩に向かったのです。彼の内部では、これから幸せになろうという意識と、限りないほど悲惨な目に遭ったという二つの意識が、互いに対峙していました。前者は、神の存在を擁護しようとし、後者は神の存在を否定しようとしていました。希望と拒絶が、彼の内部で戦っていました。そして希望の方が、だんだんと優勢になっているように感じていました。これから幸せになりたいという気持ちが、大きな情熱となって、希望に味方していました。これ以上、悲惨は味わいたくないという気持ちも、希望に味方していました。

しかし、限りないほど苦しんだ、痛めつけられたという意識が、それを黙って見過ごしてはいませんでした。あれ程苦しみ、痛めつけられ、それに耐えていた時、神は何をした？　何もしなかったではないか！　何の手助けもしなかったではないか！　そういう意識が、神の存在を否定しようとしていました。

彼はその文字を読み終えた時、岩が発した神秘な輝きに呆然となって、しばらく動けませんでした。それからしばらくして、我に返った時、彼は、神秘的なものを受け取って明るい顔になっていました。

言葉が人を変えることは、確かです。

それはある人にとっては、些細なことかもしれません。しかしある人にとっては、大きなできごとになることもあるのです。言葉が心に影響を与えるのは、そこに、自己への愛という情熱を秘めた意識が、潜んでいるからです。

ある人が言ったのと同じ言葉を、別の誰かに言われると傷付いたり、喜んだりする。それは愛という情熱を秘めた意識が、傷付けられたり、祝福されたりするからです。つまり愛という情熱を秘めた意識の容認、別の言い方をすれば、愛された時、ありのままの自分の存在を素直に喜べた時、人は言葉から、大きな恵みを受けるのです。

心が言葉に影響を受ける時、その変化は、神秘的でもあれば、時には奇跡的でもあります。

思春は、その文字を読むまで、どうせ大したことはない、そう思っていました。しかし文字を読み終ると、気持ちは一変しました。その言葉は、神の啓示のように思え、同時に岩が発した光が、文字の真意を問うているように感じました。彼はその真意が、それまで切に求めていたもので、またこれからも求めていくものであることを、はっきり感じました。その光は自分に、「さあ、汝の思うことを成せ！」と訴えているように思えました。そして彼は、文字の真意は自分の全てだ！　自分の生命だ！　と感じ、同時に心は、彼自身に、こう叫んでいました。

「さあ、汝の思うことを成せ！」

その叫びを聞いた時、彼は我に返ったのです。

あれ程に運命を恨み、心の触れ合いの善意をことごとく拒絶し、否定していたのに、今は神の啓示を、自分の全て、自分の生命とまでに、変化していました。

彼の体は、それまでに味わった痛さが、骨の髄まで、心の髄まで、染み込んでいました。彼はこの悲しみ村のリーダー格で、責任も人一倍感じていました。天災という苛酷な運命は、彼の努力をことごとく水の泡にし、失望に変えました。耐え忍ぶことで、痛みは彼の心の髄まで、徐々に染み込んでいき、彼はこう思い始めていました。

こんなにも努力して、こんなにも苦しんで、こんなにも痛めつけられ、こんなにも耐えているのに、何で神は救いの手を差し伸べない？

彼の意識は次第に、運命を恨み、恨みは呪いに変わり、そして頑なな神の存在否定へと、向かっていきました。そして二日前の嵐に、体を動かす気力さえも、残ってない程でした。

そんな彼が、岩に刻まれた文字によって、そして岩が発した神秘な輝きによって、一変させられたのです！

心が最も神秘を感じるのは、あらゆるものの中から、一番美しいものを見つけ出した時です。そしてそれが、汚れたものや、最も辛いことの中から、信じられないようなことの中から見つけ出した時ほど、その神秘さを感じることはないでしょう。

運命に秘められた神意は、外面的な姿からは、まず見られません。それはその姿や変化が、極めて見え難いからかもしれません。けれども、心という花の開花への成長があれば、運命に美しい神意を、見い出すことになるでしょう。

思春の言葉に、若者たち一同の表情は、明るく輝きました。

光は彼が言ったことが、自分たちが見た内容と違っていることに気付きましたが、何も言いませんでした。のぞみも気付いていましたが、あえて何も言いませんでした。

言葉が意味を持つ時、それは、生きていると言っていいでしょう。なぜなら、それは意志を伝え、心のあり方を追求するからです。そして言葉は、聞く者の心に、明かりを灯します。言葉、あるいは文字が、心に明かりを灯してくれる時、人は相手の心を感じます。言葉は心の中で、生きているのです。

光とのぞみ、そしてはなと三人の女の子たちが、老婆の側に正座していました。

「お婆ちゃん、寒くない？」とはなが尋ねました。

「寒いよ」と老婆が答えました。

「寒いけど、心が暖かいから大丈夫。それよりはな、これからどうするつもり？」

「どうするって？」

「幸せになるのはいいけど、この村との繋がりを両親に反対されない？」と老婆が心配そうに尋ねました。

「大丈夫です」とはなは答えました。

「父や母は、私の幸せを望んでくれていますもの。ただ父には、考えなしに動かないように言われました。お婆ちゃん、私、この方たちの幸せそうな笑顔を見た時、心が焦がれるほど、いいなあと思ったの。私も、幸せを味わいたいの」

はなの表情には、煌めくような笑みが漂っていました。

「はなさん、僕たちの幸せがあなたに、希望の灯《ひ》を灯したと言うのですか？　光栄です」と光が言いました。

「そうよ、あなた方はみんなに、希望の灯を灯したの。みんなを代表してお礼を言います、ありがとう。私達は、必ず幸せになることを誓います。そして生きることのテーマを見つけます」

「はなさん、嬉しいこと言ってくれますね」とのぞみが言い、笑顔で続けました。

「幸せっていいものだと思います。幸せは心と心を繋ぎ、一つにしてくれるものです。そしてその和を拡げていくものです。私は思うの、幸せが心と心を繋ぎ、一つにしてくれるなら、これほど素敵なものは、他にはないんじゃないかってね」

のぞみの話を聞いていた老婆は、しみじみとした思いで、静かに言いました。

「幸せが生きることを美しくしてくれるのなら、これほど素敵なものはないでしょうね。生きているることを心から喜べるなら、これほど幸せなことはないでしょう。生きることの辛さは、一人で耐えるものじゃない、誰かと共有するものです。愛する人と共有できるなら、それもまた、幸せなことでしょう。はな、あなたは心の美しい女性です。だからきっと、幸せになれるでしょう、みんなのこともお願いね。私の心残りはね、みんながどう生きるか、最後まで見届けられるかどうかということなの。でも確信はできる。みんなはきっと、幸せになってくれるでしょう。そして生きていることのすばらしさを味わえるなら、これほど望ましいことはないでしょう。はな、あなたにお願いがあるの」

「何、お婆ちゃん、お願いって？」

「みんなが幸せになった時、この村の名前を変えてくれないかしら？」

「いいわよ、どんな名前がいいのかしら、そうね、愛を確かめ合えた村、心に花を咲かせた村、なんてどうかしら？」

こう言うと彼女は、夢見る乙女のような笑みを浮かべました。

「それはあなたやみんなに任せます」と老婆は静かに言いました。それから光やのぞみを見つめて続けました。

「光さん、のぞみさん、あなた方がこの村を訪ねたこと、心から感謝します。あなた方の美しい心が、あの子たちに希望の明かりを灯してくれました。本当にありがとう。私たちには、あなた方に差し上げるものは何もありません、それだけが心残りです。どうか、地球でも幸せになって下さい」

「ありがとう、お婆ちゃん」と光は答えました。

「僕たちは何もいりません、みんなの笑顔を見ることができただけで、十分です。お婆ちゃん、僕たちも勉強になりました。辛い運命の中で生きている人たち、幸せになりたいと願っている人たちを、励ますこと、そして心を触れ合わすことが、どれ程大切ですばらしいものかを、教わったのです。お礼を言うべきなのは、僕たちの方です。ありがとう」

「そうよ、お婆ちゃん」とのぞみが言いました。

「私も教えてもらいました、辛い運命の中でも幸せになれるってことをね。それから私たちの思いが通じたこと、とても嬉しいです。みなさんが幸せになれることを、心から祈っています。私は皆さんに会えたことを、感謝します、ありがとう」

「のぞみさん、光さん、お礼を言うのは、私たちの方です。私たちは生きる方向に自信がなかったのです。その方向を、あなた方は示して下さいました。あなた方は、幸せという、生きていることを喜べる方向を、示して下さいました。私たち自身が見つけ出せなかったことを、あなた方は見せてくれました。人間て、すばらしいですね、心を寄せ合えば。人間の尊厳に触れたような気がします。一人の人間の存在は小さくても、心を合わせたら、人間はすばらしい。のぞみさん、光さん、あなた方はそれを教えてくれました。私たちにとって、今日この日は、永遠の日です。はなな、みんなが幸せになった時、この日を思い出して祝ってね。永遠のできごとがあったこの日を」

こう言った老婆の表情には、生涯の最後にやるべきことを成し得たといった、安堵感が漂っているようでした。

祝福のための記念日、それは心の触れ合いへの祝福です。貧しかろうが、裕福だろうが、心に残る記念日は、祝福される日でしょう。心の触れ合いや繋がりは、いろんな形に姿を変えます。生きた証を示すのは、栄光をかみしめるのは、心に残る永遠の日、人生に大きな意味を残した出発の日です。また、愛が生命に輝きを灯す充実と成就、喜びの瞬間、幸せの花が咲く瞬間、などです。

それらは一人では迎えられません。そして、心を閉ざしていては、ありえないのです。人は心と共に生きている。しかし心を閉ざしていては、心の触れ合いや繋がりは生まれません。言葉に秘められた思想が心の美しさを表している時、それは他の人々の心にも幸せを芽吹かせます。

はなは一途な思いに希望を託し、迷いのない表情で光やのぞみを見つめていました。

「光さん、のぞみさん、あなた方は私たちに、夢と希望を与えて下さいました、ありがとう。私たちはみんなが辛い思いをした日々を教訓に、理想の世界を造っていきます。みんなが幸せになれるように努力します。辛いことを不幸として片付けるのではなく、学べる機会として、みんなで力を合わせて頑張ります。幸せという夢を育てられる美しい心を、のぞみさん、光さん、あなた方から学んだような気がします、ありがとう。私たちは今日この日を、いつまでも忘れません。のぞみさん、光さん、地球に帰っても、夢を育てる美しい心と、心の触れ合いを大切にする暖かい心を大切にして、幸せになって下さい。心から祈っています。本当にありがとう」

はなの心は、感謝と夢見る思いが一杯で溢れるようでした。

「はなさん、素敵よ。私たちは幸せになります。幸せは自らが求めるべき、素敵な宝ものだからね。私は思うの、心が輝くって何て素敵なことでしょうって。幸せは心を輝かせてくれるわ、だから自らが求めるべきものなのよ。遠慮しちゃいけないわ、私たちの心は輝く為にあるの、私は間違っていたわ、辛い思いをしている人たちは、可哀そうな人たちだと思っていたの、でも違っていました。可哀そうな人たちとは、幸せになろうとしない人たち、幸せを望まない人たちのことなのよ。心の輝きの美しさを、知ろうとしないのね。そのことを、みんなに教えてもらいました。幸せは辛い体験に花を添え、生きる喜びを与えてくれるのです。幸せはみんなが求める、心の花なのです。はなさん、お幸せに。あなたたちが幸せになれることを、心から祈っています」

彼女の顔は、幸せに輝き、誇りに満ちた笑みを漂わせていました。

老婆はのぞみの言葉に、感動していましたが、その中には、悔恨の念が混ざっていました。

心とは、そうしたものなのかもしれません。

自らが犯したあやまちに対する責任感からの悔恨は、心の美しさの表れです。それは心に付いた染みではなく、心のあり方を求めた、思想の変化なのです。

それは心の充実と見ていいでしょう。少なくとも、その可能性を秘めています。

心の充実には、いろいろあります。

誰かの幸せを祈るのも心の充実なら、心からの祝福や感謝、励ましも、心の充実です。また慈愛や感動も、心の充実です。

一途な夢、掛け替えのない生きがい、心の触れ合いの喜び、生涯を通してなすべきことの成就、何かに一心に打ち込んだ体験、悔恨ゆえの心の純化、愛に自らを染めていく幸せなど、心という花が開花した時、そこにはこうした、心の充実を表す何かがあるのです。

辛い運命を乗り越えた幸せがあります。長く凍てつく冬を越えた後の、春の暖かな陽射しのような幸せがあります。

はなが味わっていたのは、そのような幸せでした。彼女は、悲しみ村の人たちと同じほどは、苦しみや悲しみを味わってはいません。けれども、愛する人の苦しみや悲しみを、自分の苦しみ、悲しみとして受け入れる時、そこには時や環境を越えた何かが生まれ、心が一つになろうとする時、心の純化が始まります。愛が心の純化をうながす時、心は時を永遠へと変えるのです。愛し合う心と心が一つとなって。

幸せという心の充実は、その輝きと同様、心の触れ合いがなければ、感じ取ることはまずできません。愛や友情がなければ、心の触れ合いに、美しさはまず見られません。愛は心の充実に、常に繋がるものなのです。

辛い運命の重みが愛によって軽くなった時、人はどれほどありがたさを感じるでしょうか。

はなやのぞみの話を聞いていた光は、真剣な表情で言いました。

「はなさん、あなた方の幸せに水をさすようで言い難いのですが、聞いて下さい。自分に都合のいい運命だけを、望んではいけません。それをすると、上べだけを飾ることに意識が傾いていくからです。そして自分の都合のいい時だけ、都合のいいように、自分だけの世界を作り、心の触れ合いから遠ざかって、生きることへの目的や意義を求めない人間になっていくでしょう。運命は変化していきます、ですから、自分に都合のいいことばかりがある訳ではありません。運命は人間性を見つめています。どんな姿をしているのかは、ほとんど見ていません。真心をもって努力すること、ありのままの自分を美しくすることが、大切なのです。人間性が美しくなれば、運命の重みは心の輝きに見えるのです。理想があるから人間は美しいというより、心の成長があるから、人間は美しいのです。心は、生きることのすばらしさ、尊さ、そうした体験を味わいながら、成長するものです。幸せは束の間の花ではいけません、いつまでも咲いている花でなくてはいけません。最初から全てを望むのは、理想や夢の実現を遠ざける原因になります。心が負担を感じるからです。自分の望むものは、自分に相応しい分だけにした方が、負担を軽くして人間性を育んでいきます。自分に相応しい分で満足できると、また次の喜びがあります。最初から全てのです。理想や夢が虚しく思えるのは、満足できないからではなく、惰性という習慣に溺れて、望むことを忘れてしまうからです。進歩の休憩はいい、しかし進歩の放棄はいけません。望むことを忘れないで下さい。心は満たされないように、できているみたいです。でも、満たされることを望んでいます。ですから、望むことを忘れないで下さい。貪欲はいけません。でも切なる思いは捨ててはなりません。生命が輝く時、心という花の開花を自分自身が喜ばなければ、幸せになることはまずないでしょう。生きていることを心から喜べるなら、これ程の理想は他に、まずないでしょう。生きていることを素直に喜ぶこと、これが一番の理想だと、僕は信じています。みんなはなさん、幸せになって下さい。みんなで力を合わせ、心を合わせて頑張って下さい。みんなが幸せになれることを、僕は心から望んでいます。みんなの幸せ、心から祈っています。僕たちを迎え入れてくれたことを、心から感謝します。ありがとう」

三人の話を聞いていた老婆は、心に明かりが灯ったように感じていました。思想の純化が、心に明かりを灯したのです。その明かりは、自身に向けられたのではなく、若者たちに向けられていました。

悔恨がもたらす心の純化は、自分のことより、周りの人々、愛する人々に、明かりを向けます。心の純化は、独りの世界から、心の触れ合いの世界へと導きます。心の純化は、心の触れ合いの一種なのです。

「光さん」とはながにこやかに言いました。

「お礼を言わなければならないのは、私たちの方です。私たちの幸せを祈り、祝福して下さってありがとう。私たちは幸せです。だって生きている今を、心から喜べますもの。幸せになれるって、心に花が咲いたみたい」

ここまで言うと彼女は、幾分寂し気な表情で続けました。

「でも今が一番理想なら、もう私たちには望むものは、何もないのかしら？　もしそうなら、ちょっぴり寂しいな」

「そんなことはありません」と光が言いました。

「はなさん、何かを望むことを忘れないで下さい。望むことを忘れると、心の泉から、生きる情熱が涸れて、やがて生きる目的や、意義を求めなくなります。そして妥協という悪い習慣に、振り回されるでしょう。幸せだからといって、望むことは何もないということはありません。幸せであっても、何かを望んで下さい。人間は何の為に生きているのか、何を求めて人間は生きていくべきか、それが解るまで、たとえ幸せであっても何かを望んで下さい」

「それが解った時、人間にはもう、望むべきものはなくなってしまうのでしょうか？」

「そんなことはありません」と光がまた言いました。

「それが解った時、人間が本当に望むべきもの、求めるべきものが解るでしょう。その時がまた、新たなスタートです」

「じゃあ、人間は生きている限り、何かを望むことができるのね？　希望を持つことができるのですね？」

「はい、できます」と光はきっぱり言いました。

「人間には、それだけのすばらしいものがあります。僕たちの生命は、それに見合うだけのすばらしいものなのです。生きていることの意味や意義は、容易には解らないでしょう。でも生きている限り、いつか解るはずです。その時がまた、新たなスタートなのです。人間は無限の可能性を秘めています。そしてそれに相応しい、すばらしいものを持っています。何かを望むことが、理想を求めることが、それを教えてくれるでしょう」

「良かった」とはなが笑顔を取り戻して言いました。

「人間で良かった。私は生きている限り、何かを望み、求めます。生きることの意義の尊さを求めることを、これからの人生のテーマにします。どこまでできるかは解りません、でも一生懸命努力します。生きていることが、本当にすばらしいと思えるなら、これ程の理想はないと思います。辛くても自分のやったことを、心から喜べるような、そんなすばらしい体験を求めて、頑張ります。そして光さん、のぞみさん、私もあなた方のように、人に尽くす人間になりたい、心から尽くせる、そんな人間になりたいのです」

「はなさん」とのぞみが言いました。

「誓い合いましょう。約束、幸せになるって約束しましょう。そして、生きるすばらしさを味わうまで、いつまでも頑張るって約束しましょう」

彼女はこう言うと、子供たちの手を離して、はなに手を差し伸べました。

「ありがとう」とはなも手を差し伸べました。

「約束します、私頑張ります。のぞみさん、あなたも頑張って下さい。幸せを比較するのは愚かでも、女にとって幸せは、生命です。人生に花を咲かせることができるのは、女にとって一番の誇りだと、私は信じています。大切な生命に相応しい幸せの花を咲かせることを、私は誓います。のぞみさん、ありがとう」

手を握り合って見つめ合っている二人の表情は、希望と誇りで輝いていました。

人生に希望や目的を抱いたり、一途に夢見た幸せに満たされた時、人は輝いているように見えます。それは心の輝きが、表情に表れているからでしょう。心には、それだけの何かがあり、希望や目的、幸せの成就は、それが何であるかを教えてくれます。

ありがたきかな、心の存在！

人は生きることの目的や意義を、心の存在を通して知ります。希望という明かりは、心と心の触れ合いを通して、運命の辛さを、美しく、輝かせてくれます。心はありがたい存在なのです。

光はしばし、二人を見つめていましたが、やがて穏やかな表情で言いました。

「のぞみ、僕たちの思いは成就した。僕たちは地球に急がなければいけない、そろそろお暇しよう」

そして老婆に視線を移して続けました。

「お婆ちゃん、僕たちは地球に行かなければなりません。お婆ちゃんに頼みたいことがあるのですが」

「何でしょう？」

光は老婆を見つめたまま、念を押すように言いました。

「お婆ちゃん、みんなの幸せを見守ってやって下さい。幸せは時に、独り歩きをします。欲という先導者に振り回されて、馬鹿げた無理な冒険をすることがあります。そんな時、取り返しのつかないあやまちを、よく犯しがちです。みんなが望む理想の方が、個人が主張する理想より大切です。人間は平等です。一つの理想でみんなの理想を作ると、必ずや問題が生まれます。個人個人の能力は違うのですから。人は誰でも幸せになりたいのです。生まれ付きの能力に個人差はあるでしょう、個人の幸せの度合いによって、人間の本質が差別されてはなりません。生命が大切なものであれば、個人の存在が掛け替えのないものであれば、取り返しのつかないあやまちだけは、絶対避けるべきです、生命の代わりはありませんからね。幸せが人生を狂わすことはありません。しかし結果的にそうなることが、たまにあるのです。みんなの心が、離ればなれにならないように見守って下さいね、お婆ちゃん」

「私にできるかしら、そんな重大なことが？」と老婆が尋ねました。

「できますよ、お婆ちゃん。お婆ちゃんの心は美しいから」と光は優しく言いました。

「そんなことはありません、あなたは思い違いをしているのでしょう」
「お婆ちゃん」と光はまた言いました。
「御自身のありのままを正しく知ることは、人生の意義を求めることと同様に、大切なことなのです。人は一人で生きているのではありません。自分は何もしていないと思っても、しているこ
とがあります。他人に影響を与えている場合です。悪い影響を与えるのはいけません。でもお婆
ちゃんが自分を正しく知ることは、みんなにいい影響を与えるはずです。人間はいい影響を与え
合って、一歩一歩理想に近付くのです。お婆ちゃんのありのままの自己受容は、みんなに安らぎ
を与えるでしょう。お婆ちゃん、お婆ちゃんの心は、美しいのです」
「ありがとう」と笑顔をたたえて老婆は言いました。
自分のありのままの姿を正しく知ることは、自己受容と同様、大切なことです。ありのままの
姿を知ることが、苦悩を生むことがあるかもしれません。しかしその苦悩もまた、幸せに繋がる
のです。苦労している人が、していない人より、幸せに思える時があります。それは、苦労が心
という花の開花への、成長をもたらせたからです。心という花は、苦労を喜びに、幸せに変えま
す。
「お婆ちゃん、その笑顔ですよ」と光もにこやかに言いました。
「お婆ちゃんの笑顔は暖かいです。その笑顔はみんなを安らがせるでしょう。お婆ちゃん、みん
なを見守ってくれますね？」

「私でいいのね？　できる限りのことはしますが、どこまでできるか、解りませんよ」

「できるだけのことでいいのですよ、お婆ちゃん」と光は言いました。

「できるだけで十分だと、僕は思っています。僕自身、できるだけのことしかできません。ただ僕は、できるだけのことに、真心を込めようと努めているだけです。それがやがて、心の繋がりに和をもたらすなら、それが僕の幸せです。お婆ちゃん、やってくれますね？」

老婆は頷きました。

手を握り合っていたのぞみとはなは、老婆を見つめていました。

「お婆ちゃん、お婆ちゃんの笑顔は素敵です。それはお婆ちゃんの心が、美しいからでしょう」

とのぞみが言いました。

「そうよ、お婆ちゃん」とはなも笑顔で言いました。

「お婆ちゃんの笑顔はきれい。お婆ちゃん、みんなで幸せになろうね」

老婆の目から涙がこぼれました。老婆にとって、はなの言葉はそれ程嬉しかったのです。

涙をこぼした人の人生より、こぼさなかった人の人生の方が、哀れに思える時があります。涙をこぼさなかった人の人生の方が、大きな恵みを受けたように見えるのに。しかし第三者が見る時、涙をこぼした人の人生の方が、豊かに見えることもあるのです。周りの人々に、どれ程いい影響を与えたか、ということにおいて。

老婆は涙を拭くと言いました。その声は、震えているみたいでした。

「私、幸せよ、本当に幸せ。心からそう思えるの。あれ程の運命の辛さを味わったのに、あの子たちの心は歪んでない、それを見ただけで、私は幸せよ。今のあの子たちの、希望に満ちた明るい表情を見ていると、苦労が報われたような気がするの。あの子たちの生きる希望が、私の心の重荷を救ってくれた。安らぎって、何てありがたいものだろう！　私の人生には苦労が一杯あった。でも今は、心から安らげる、生きていて良かった、そう思えるの。生きることに希望を持つことって、大切なのね、味わった苦労を、安らぎや生きがいに変えてくれるもの。人生に一番必要なのは、幸せだったのね？　知らなかった」

運命は確かに、悲惨なこともあります。でも人はその中でも、生きていかなければなりません。人生の花が幸せであるなら、悲惨にあえぐ心は、嵐にあえぐ花のようなものです。運命には不可解な断崖があって、努力の積み重ねを打ち砕きます。花の美しさが、目から心に反映されるのと同様、運命の辛さは、幸せの価値観を心で見るものへと、変えようとしているのかもしれません。

努力の積み重ねが、無駄だなどと言ってはいけません。悲惨や苦悩は、人間の本質の究明の困難さと、真理の無限で複雑なもつれ合いなのです。それに耐えている人がいる限り、そしてその中で心のあり方を求める限り、いつかそのもつれ合いは解けるでしょう。そしてそこに、答えを見るでしょう。

人間はありのままでいいのです。そこには全てがあるから。そしてありのままは、全てに繋がります。ありのままを愛すること、愛されることは、全てを愛すること、愛されることです。
この悲しみ村の若者たちにとっての救いは、ありのままを愛されたことであり、ありのままで愛したことです。

貧しい中でも愛されることは、ありのままを愛されることであり、全てを愛されることです。その中で芽生える愛は、無限な心の美しさを見せてくれるでしょう。運命の辛さには、自分に責任があるものもあるが、ないものもあります。それらが意志に関係なく、自分に関わっています。それらは不幸の種にもなり、幸せの種にもなるのです。

人生には思うようにならないことがままあり、人はその原因を運命のせいにしたり、誰かのせいにしたりします。しかし心がけのいい人は、その機会に、人間性の成長への道を辿るのです。不運で片付けるのは、思想の貧しさゆえです。心の美しい人にはそんなことも、心という花の開花への糧になるのです。

心がけの良し悪しには、思想の良し悪しもありますが、ものごとが成就するまでに必要な、時間を待つ忍耐力にもよります。誰にも辛い時はありますが、それは人生にとって、幸せにとって、心のあり方にとって、まだ学ばなければならない何かがある、と考えるべきでしょう。学んだもの、それは人間の本質に花を添える、喜びでしょう。

老婆の涙は、しばらく続きました。
はなやのぞみ、光、女の子たちが、黙って見守っていました。

劇や映画のフィナーレを飾るに相応しい光景があります。観客の目に、鮮やかで壮観な、雄大で豪華な印象を焼き付けてくれます。人生のフィナーレを飾るに相応しい光景があります。それは、目に写るというより、心に写るものです。

涙ほど、感動や喜びの涙ほど、人生のフィナーレを飾るに相応しいものはないでしょう。その光景は華々しいものでなくても、心には美しく写るのです。

老婆は涙を拭くと、にこやかな表情で言いました。

「涙は私の人生の辛い部分に、花を添えてくれました。今は自分の人生が、美しく見えます。そしてそのことに、感謝できるのです。あの子たちの表情を見ただけで十分です。もう思い残すことはありません。それもこれもみんな、あなた方のお蔭よ、ありがとう。光さん、のぞみさん、あなた方は急がなければならないのでしょう？　気を付けてね」

老婆は、はなに視線を向けて続けました。

「はな、みんなを呼んできなさい」

それから光とのぞみに向かって言いました。

「ところであなた方は、どうやって行くつもり？」

「僕たちは理想を適えるジュウタンに乗って、ここに来たのです。そしてそれに乗って行きます」

老婆は笑顔で言いました。

「まるでお伽話の世界ね、夢みたい。私たちみんなの幸せは、夢ではなく、現実になると信じています。あなた方の幸せも、夢に終わらないでしょうね？」

背後ではなの声がしました。

「みんな、光さんとのぞみさんが行くって、お見送りして」

若者たちはそれぞれに働いていましたが、はなの声で光やのぞみに歩み寄りました。

光は老婆の問いに答え、みんなを見渡すようにして言いました。

「いいえお婆ちゃん、僕たちの幸せは、夢に終ることはありません。たとえお伽話や夢でも、誰かに希望や安らぎ、勇気を与えるなら、終りはありません。僕たちの理想は、努力の積み重ねによって、花咲くと思っています。僕たちの理想が誰かを励まし、希望や勇気を与えるなら、それは僕たちの幸せだと思っています。僕たちはないものねだりをして、幸せを得ようとは思っていません。できるだけのことをして、小さな幸せを大きくしていく、そんな幸せを望んでいます。とにかく、理想に一歩でも近づく、僕たちはそんな幸せを望んでいます。お婆ちゃん、幸せはいろんな形をしていると思います。自分が信じた道を歩くことも、一つの幸せです。自分が信じた道をいく幸せ、信じた世界に全てを賭けて生きる幸せ、たとえささやかでも、心を満たしてくれる幸せ、僕たちはそんな幸せを求めて、生きていきます。お婆ちゃん、僕たちが信じ合っている限り、幸せが夢に消えることはありません」

「いいわね、それ！」とはなが、にこやかに言いました。

「私もそうありたいと願っているの。小さなものでも、幸せは女の生命だと思っているから。私は幸せは愛でできているって思っているの。だって私は全ての中から、愛を選んだのですもの。生命に代わりがないなら、心にも愛にも代わりがないはずでしょう？　私は代わりのない道を選んだのです。かけがえのない人生を歩みたいの。光さん、あなたは自分たちの幸せは夢とは消えないと言いましたね、何をもって、そう言えるのです？」

光は自信に満ちた顔を、はなに向け、情熱的にこう言いました。

「はなさん、あなたはとても素敵な心と情熱を持っていますね。愛が代わりのないものと思えるのは、心の全てを満たすような生きがいを持っていなければ、まず解らないでしょう。僕たちの幸せが夢と消えないと、何を以て言えるのか、ですか？　それは信じること、信じ合うことを、心から喜べるからです。それに僕たちの理想が誰かを励まし、希望や勇気を与えるなら、それが僕たちの幸せに繋がるからです。何より僕たちは、自分が信じた道を歩みます。それもまた、どんなにささやかでも、掛け替えのない幸せなのです。僕たちの理想が、僕たちの心が、僕たちの努力が、僕たちの愛が、たとえ一人にでも、安らぎや希望、生きる勇気を与えることができたなら、それがいつか、幸せに繋がると信じています。一人でも多くの人に、生きる喜びを与えることができたなら、こんな幸せはありません。たとえ辛くとも信じ合っている限り、僕たちの道に、終りはありません。僕たちは、一人の存在が、掛け替えのない存在だという信念を以て、幸せへの道、理想への道を歩んでいくつもりです。はなさん、あなたはとても素敵な人です。後は自分の思いを成就させるだけです」

心の美しさは、心の美しい人にしか見えません。心の輝きは、心が輝いた人にしか見えません。生きることの美しさは、生きることの美しさを知っている人にしか見えません。

誰かの生き方が美しいと思える時、その人の心にも、同じ美しさがあるのです。美しい生き方は、その人だけのものではなく、周りにもいい影響を与えます。

人は美しいものに、あこがれるようにできています。それは心という花の開花への芽生えであり、健やかな成長なのです。誰かを励ますことに喜びを感じる、褒められることを、励まされることを心から喜ぶ、人は様々な体験を通して、心が成長していきます。その成長がどれほど健全なのかは、体験内容より、心に生まれた感情が大きく影響しています。その成長を喜ぶ、喜べないでは、同じ体験でも大きく違うのです。

「光さん、ありがとう」とはなは、喜びの表情で言いました。

「貴方は素敵な人ね、あなたの暖かい心が、私の心に染み入って来るみたい。あなた方の慈愛に満ちた暖かな心が、私やみんなの心に、希望の明かりを灯したのです。私もあなた方のような、心を持ちたい。そしてあなた方のようになりたいのです。人生の目的が心を美しくするなら、私はあなた方のようになれるように努力します。愛する人に愛され、信じた道を歩くことが、人生を充実させる、こんな生き方が理解されるなら、私は幸せな女です。こんな幸せは、他に見つけられないでしょう。私も生きる希望と勇気を与えられる、慈愛に満ちた暖かな心が欲しいのです。幸せを愛で飾る、そんな女になりたいの」

「とても素敵よ、はなさん」とのぞみは優しく言いました。

「あなたの暖かな心が、私に伝わって来たわ。はなさん、あなたならきっとできるわ、あなたは幸せの為に、全てを捧げようとしているもの。希望や勇気を与えることは、とてもすばらしいことよ。自分の思いが伝わらない時は辛いけど、伝わった時は嬉しいはずです。あなたは心を愛で美しくしようとしている、そんなあなただから、きっとできるはずです。掛け替えのないものは、慈しむべきものです。全てを捧げても惜しくないと思える心には、掛け替えのないものが生まれるでしょう。私は全てをささげても惜しくないと思える心こそが、一番美しいと思っています。そんな美しい心が、希望や勇気を与えられないはずがありません。はなさん、あなたにはできるはずです。勇気です。心や生命が、愛が、掛け替えのないものだと思えるなら。はなさん、私は祈っています、あなたの勇気ある行動を」

「ありがとう、のぞみさん」とはなが言いました。

「私、やってみます。愛という掛け替えのない、信じた道を歩んで生きていくのですもの、勇気がなくて、どうして歩けましょう。私は代わりのない人生を選んだのですもの、それなりの覚悟はしています。辛い時、苦しい時、思うようにならない時、そんな時はのぞみさん、光さん、あなた方の笑顔、勇気、そして暖かな心を思い出します。のぞみさん、一つだけ聞かせて、幸せの花を咲かせる時、大切なことって、何でしょう？」

のぞみはにっこりとしてから答えました。

「愛される努力を惜しまないことよ、はなさん。そして愛する喜びを大切にすることです。望むことは常に、心の成長が愛と共にあること、愛と共にあることを心から感謝すること、これで十分です。これ以上は望みません」

はなは胸が暖かくなるのを感じ、笑顔を返してから光に向かって言いました。

「ねえ光さん、あなたは何が大切だと思いまして？」

光は照れ笑いのような表情をしてからはなを見つめ、真摯な調子で答えました。

「自分が信じたこと、信じた愛に、背を向けないこと、全てを賭けても惜しくない、そんな生きがいを持つこと、男はね、雄大なロマンにあこがれるものです。僕は心を焼き焦がすような生きがいに燃える、そんな生き方をしてみたい。それから辛い時、苦しい時は、素直に甘えたいなあ、子供みたいに」

彼はこう言うと、また照れ笑いをしました。

「光さん」とのぞみは少し寂し気な表情で尋ねました。

「あなたの生きがいの中に、私は入っていないの？」

「勿論入っているさ」と光は真顔で言いました。

「のぞみ、君がいなくて僕に、どんな生きがいがあるって言うんだ？」

「ありがとう」とのぞみはまばゆい程の笑みを浮かべて言いました。

「ずっと私のそばで、生きていてね、燃えちゃ駄目よ、死んじゃうから」

はなが、老婆が、若者たちが、のぞみの言葉に微笑みました。

光は真摯な顔でのぞみを見つめて言いました。

「のぞみ、僕は死なない、僕が君の心の中で生きている限り、僕は死なない。人間の美しさはね、生きることと、死なないことなんだ。心の美しさの一つは、それを証明することなんだ。のぞみ、君は僕の心の中で生きている、だから君も死なない。死なないことは、生命と心の美しさの証明なんだ。のぞみ、君の生命と心は美しい。僕の心の中で、君が生きている限り、僕の生きがいは死なない、永遠なんだ。永遠と共に生きる僕の生きがいに、終りはない。だから僕たちの幸せに終りはない、永遠なんだ。永遠に続く美しさが、心の花なんだ。のぞみ、僕たちにはそれがある、僕たちが愛し合っている限りね」

光の言葉に、のぞみは幸せであふれるような笑みを浮かべたまま、光に見惚れているみたいでした。

「いいな、いいな」とはなが、羨むように二人を見つめて言いました。

「見せ付けられて、胸が熱くなって、焼け焦げるみたいだけど、いいな、私もそんな生き方がしたい。私、頑張るわ」

彼女はここまで言うと、若者たちに向かって叫ぶようにまた言いました。

「みんなで頑張ろう！」

若者たちの一人一人が応えました。

「頑張ろう！　頑張ろう！」

それから一同は拍手しました。

拍手の中で、のぞみはまるで意識が無いかのようにフワフワとした様子で、光に歩み寄りました。そして、光の頬に頬を擦り寄せて抱きしめ、光もそれに応えました。

一同の拍手がさらに大きくなり、しばしの拍手が止むと、二人は離れました。のぞみの目から、涙が溢れていました。光はのぞみから老婆に視線を移して言いました。

「お婆ちゃん、僕たちは行きます。僕たちの幸せに終りはありません、はなさんが僕たちの意志を、継いだからです。幸せは永遠です。幸せは永遠の心の花です。はなさんやみんなが幸せになることは、心の花の意志なのです。お婆ちゃん、どうか、みんなの幸せを見守って下さい。お婆ちゃんも体を大切にして下さい。僕たちの幸せを願ってくれてありがとう。それから僕たちの訪問を喜んで下さってありがとう」

「ありがとう、こんな村を訪ねてくれて、本当にありがとう！」と老婆は、感謝の言葉を涙声で述べました。

「私、幸せです。言葉では言えないくらい、幸せです」とのぞみは言いました。

幸せが彼女の心を、一杯に満たしているようでした。

「私もみな様の幸せを心から祈り、祝福します。幸せの花、それは愛によって咲いた、心の花です。みなさん、自分を信じる意志こそが、心の花の種です。自分を信じなければ、どんな花も咲きはしないでしょう。信じ合うこと、心を合わせ合うことこそが、心の花の開花への成長なのです。その成長を喜ぶことこそが、慈しみ深い愛を育むのです」

ここまで言うと彼女は、大きく両手を広げ、叫ぶように続けました。

「幸せよ、永遠の花なれ！　愛の喜びこそ、永遠の心の花なれ！」

彼女が言い終えると同時に、彼女の胸の二つのペンダントが、一つに合わさり、同時に、鮮やかに輝く光が、いろんな色合いで輝き始めました。その輝きは、まぶしいほどでさらに強くなっていました。その光は、言葉も伝えているようでした。

一同は天使がささやくような、こんな言葉を耳にしました。

言葉はいのち
この言葉を耳にした者、心でお聞き、
心は永遠に続く美しき花
幸せは永遠に咲く心の花
汝の思いは、生きていることを喜ぶ心の花、
幸せは心を愛で咲かせた、とわの花
いにしえからとこしえまで、咲き続ける花は愛だけ、
み心の美しき証は、友の幸せを喜ぶこと、

いつくしみ深き愛に、心を捧げること、
汝の幸せが心の成長と、慈愛にみちていること、
夢は適える為にある、ならば努力を怠りまするな
心の成長は努力の後にこそ、添えられた花、
運命には試練は付きもの
運命を嘆き、ののしるのは、心の成長に愛が伴わないから
汝の辛き証こそ、存在意義への道、
努力こそ、、人間性を茨道から光へと導く明かり
傷付いても幸せを与えうるは愛、
試練の重みを心の花に変える愛こそ、
いのちの糧なれ！
み心があなたに告げる、
そは神の啓示
幸せを求める意志、
友を祝福する意志、
愛に身を捧げる意志、
そは神の啓示

勇気ある者、神の啓示を示せ、
そは汝の為なり、
限りあるいのちに、永遠の花を添えるもの、
そは愛だけ、
心の美しさに花を添える愛こそ、
汝の道の栄光なれ！

声が終ると同時に、ペンダントの輝きも、光の度合いを弱めていき、やがて消えました。入れ代わるかのように、光を放つ何かが一同の側に、舞い落ちました。それは一枚の布で、映画のスクリーンのように面を見せており、色とりどりの光がイルミネーションのように輝いていました。それは理想を適えるジュウタンでした。それはまるで意志があるかのように、一同に見え易いように、ぴんと張って起きあがり、一同と向かい合っていました。

一同はそれに引き付けられ、見入っていました。彼らはのぞみの祝福や激励に、心が暖かく、そして熱くなっていくのを感じ、ペンダントの輝きに、自分たちの一途な思いの成就に対する祝福を確信していました。天使のような声を聞きながら、喜びに浸っていました。

そして今は、未知の神秘な運命に、心を奪われていました。

理想を適えるジュウタンの出現は、自分たちが一途に求めるものが、美しいものへ、すばらし

いものへと変化していくことを確信させました。

神秘な運命の変化に美しさを感じる時、心はそれに溶け込んだように、一つになっていきます。そして心の極みまで、無限に美しい色合いで染めていくでしょう。変化に美しさを感じるというのは、すでにそれに値するほどの美しさが、潜んでいるということです。

理想を適えるジュウタンは、いろんな色合いで輝き、次第に、次のような文字がだんだんはっきりと浮かんできました。

辛くとも運命
心に愛があれば、幸せの花は咲く
愛にはそれだけのものがある

しばらくすると、映画のシーンのような情景が映し出されました。

それは小さな集落の農村風景で、さっきまで映っていた文字は、この村の入口に飾られた看板でした。幾つかの粗末なバラック小屋があり、前庭の広場を、いろんな彩り鮮やかな花々が、咲き満ちていました。しばらくすると、一つの小屋から、一人の若い女性がゆっくり出て来ました。

彼女は花々の咲き満ちた広場に向かっていました。顔は見えませんでしたが、見たところ、幸せそうでした。古びた服装でしたが清潔そうで、後から、二、三才ぐらいの男の子が、母親の後を追いかける子供のように、走ってきました。若い女性は花を摘み始めました。男の子は、彼女の服を掴むと、そのまま顔を埋め、無邪気に甘えると、彼女は、花を摘むのを辞めて男の子を抱きしめ、頬に軽く口付けをしました。それから幸せそうに言いました。

「可愛いわね、私のぼうや。ちょっと待っていてね、すぐ済むからね」

こう言うと彼女はまた、ぼうやの頬に口付けをして立ち上がり、自分を見つめている若者たち一同に、にこやかな顔を向けました。

同時に、はなが小さな声で叫びました。

「あっ、私だ！　私があそこにいる！」

また花を摘み始めた彼女は、はなと、瓜二つでした。

小屋から、別の若い女性たちが現れ出ました。そして彼女たちの後から、何人かの子供たちが現れ、二人とまったく同じようにそれぞれが子供を抱きしめ、それから頬に口付けをしました。そして幸せそうに笑みを浮かべて言いました。

「可愛いね、母は幸せよ。すぐ終るから待っていて」

こう言うと彼女たちは、またわが子の頬に口付けをして立ち上がり、自分たちを見つめている若者たち一同に、正面から顔を向けました。

同時に、スクリーンを見ていた若い女たちが、驚きを秘めた小さな声で叫びました。

「あっ！　私だ！　私がいる！」

「私もいる！　あの女は私よ！」

「あの子供たちは？　あの子供たちは私たちの子供？」

「あの家は私たちの家？　いい！　いいなぁ！」

「あの中は、どんなだろう？」

わが子たちの頬に口付けをした若い女たちもまた、花を摘み始めました。はなにそっくりな女性は、先に花を摘み終わり、わが子に歩み寄り、頭を軽く抱きしめ、頬に口付けをして言いました。

「私のぼうや、家の中でもう少し待っていて。お母さんはちょっと用事があるから」

ぼうやは頷き、母親は立ち上がりました。その時彼女は正面にいる若者たち一同を、幸せな笑みを浮かべて見つめていました。

そして摘んだ花を抱いたまま、スクリーンから消え、理想を適えるジュウタンの前に現れ出ました。そしてはなの前に進み出たのです。彼女が摘んだ花は、いつのまにか一つの花束になっていました。

光とのぞみは、祝福と尊敬の眼差しを以て、彼女を見つめていました。

若者たち一同は、驚きの眼差しを以て、彼女を見つめていました。幸せを夢見る女たちは、理想を適えるジュウタンのスクリーンに映った光景に、われを忘れてしまうほど驚いていました。彼女たちは自分によく似た女たちを見た時は鮮烈な驚きを覚えましたが、幸せそうな光景には、心が焦がれるほど憧れを持っていました。

彼女たちはもう、自分たちの幸せを、信じないではいられませんでした。自分たちの切なる願いが祝福され、一途な夢が目の前で、成就したような熱い思いを感じていました。

はなは、自分と瓜二つの女がスクリーンから現れ出て、自分に向かって歩み寄って来るのを見た時、驚きはすぐに胸の隅々まで一杯に満たす、喜びに変わりました。

その女は、花束を差し出しながら、幸せでいっぱいな笑みを浮かべてこう言いました。

「はな、おめでとう。私はあなたの幸せを、心から祝福するわ。あなたの顔には、こんな風に書いてあるわ。私はあなたなの？　あなたは私なの？　ってね。私があなたか、それは自分で確めてみるのね。はな、幸せはね、見ているだけじゃ駄目、心で慈しみながら、育むものよ。私はあなたに、未来をプレゼントします。あなたは自分の未来より他に、どんな贈りものを望みまして？」

はなはきれいに束ねられた花束を受取りましたが、まだ信じられない、とでも言いた気な表情をしていました。

彼女は自分と瓜二つの女を見つめながら答えました。

「私は自分が望む未来で十分です。私を祝福してくれてありがとう。でもあなたは、本当に私なの？」

「あなたが望んだことや信じたことが、一途な思いであるなら、私が誰だか、お解りでしょう。

はな、私はあなたの一途な思いを、よく知っています。あなたの一途な思いが、全てを捧げてもいい程の思いなら、掛け替えのないものなら、私が誰だか、解るはずです。心の花は、全てを捧げてもいいほどの情熱によって、掛け替えのないものへの愛情によって、美しく開花するのです。私を知ることは、自分を知ることです。はな、私はあなたです。自分を信じることよ、信じたことに、背を向けないで。それから忘れないでね、私を。はな、あなたが未来を信じている限り、未来はあなたのものなの」

はなは神秘的な驚きから解かれ、溢れそうな笑みを浮かべました。

「ありがとう」と彼女は言いました。

「私を祝福してくれて本当にありがとう。みんなの祝福に応えられるように、頑張ります。私の望みは信じている限り、いつか成就する時が来ると信じています。私は幸せです。この幸せがいつまでも続くように自分を信じ、信じたことに背を向けないよう、頑張ります。ありがとう、未来の私」

こう言って、手を差し伸べました。彼女と向かい合っている女性も、手を差し伸べました。二人は幸せいっぱいの笑顔で手を握り合いました。

光とのぞみは、花束を渡す光景や、祝福の光景を、厳かな儀式と感じ、黙って見守っていました。そして二人の女が手を握り合った時、拍手しました。

われを忘れたように呆然と二人の女を見つめていた若者たち一同も、続いて惜しみない拍手を、贈りました。

この拍手に乗じたように、スクリーンに映っていた女たちが、ジュウタンの前に現れ出ました。彼女たちもそれぞれ、花束を抱いて自分に似た女に歩み寄ると、それを贈りました。女たちは、互いに抱き合い、さらなる拍手が惜しみなく贈られました。

祝福は時に、言葉を必要としません。

心の触れ合いさえあれば、言葉はなくとも思いは通じるでしょう。心の触れ合いは、心のあり方を求めることであり、言葉の存在を越える時もあるのです。

信じるものが切実で一途である時、全てを捧げても惜しくないと思う時、掛け替えのないもの、それだけで全てであると思う時、心の成長は最も美しく、それに伴う愛もまた、最も美しく煌めくでしょう。

花束を贈った女たちは、それを受け取ったそれぞれの女たちの頬に、笑みを浮かべながら、口付けをしました。それから口をそろえてこう言いました。

「おめでとう。あなたの幸せを心から祝福します。私は未来のあなたです。私の姿を忘れないでね、あなた自身の姿だから。人生は自分との戦いです。自分を信じることが、心の花の開花への、愛というパスポートなのです。自分が信じたことに、背を向けないでね、私は信じています。あなたが私を忘れないことを」

こう言うと彼女たちはまた、目の前の女たちを、軽く抱きしめ、両方の頬に口付けをしました。

口付けされた女たちは、幸せに満ちた表情で、目には薄らと涙が滲んでいました。

「ありがとう」と彼女たちは、幸せな思いを涙声で表しました。

運命は彼女たちの幸せに、喜びの涙、という花を添えました。どれ程長かったことでしょう！どんなに待ち望んだことでしょう！　どれほどの喜びでしょう！

運命の神秘な変化が、心の極みに花を添える時、そこには常に、慈愛に満ちた思いが、心の触れ合いを暖めています。

運命と関わりながらの心の成長は、心と心の触れ合いに愛が伴わなければ、喜ぶべきものとはなりません。そして自己本意で孤独な、寂しい花に変化していきます。心の成長には、愛が伴わない限り、美しい花は望めないのです。

心の成長が人生に、輝きになるか、闇になるか、それは愛が伴うか、伴わないかに関わっています。

辛い運命の中でも互いに励まし、語り、祈り、ほほえみを交し合う。そこには愛と喜びがある。心の成長に伴う愛の喜びは、広大な星々の煌めきに負けぬほどに、無限な心を満たすでしょう。

花束と祝福を贈った女たちは、それを受けた女たちの目から溢れた涙を見ると、また頬に口付けをして、にこやかに手を振りながら、理想を適えるジュウタンの中に消えました。

同時に理想を適えるジュウタンは、ゆっくりと地べたに横たわりましたが、もう映画のようなシーンは映っておらず、その代わりに、彩り鮮やかな花々が、咲いていました。

花束を抱いた女たちは、目に涙を浮かべたまま、小さな輪を作りました。

幸せに涙する乙女たち、その涙は何と美しいのでしょう！

幸せをどれほどに待ち望み、憧れ、心を焦がしたことでしょう。どれ程辛い思いをし、それに耐えたことでしょう。切に、一途に求めた幸せが適えられた時の喜びは、どんなでしょう。

愛するがゆえに苦しむ乙女たちを、辛い思いの中で幸福にあこがれる乙女たちを、幸せは何と美しくするでしょう！　そんな乙女たちの心を満たす幸せを飾るのに、涙は何と相応しいでしょう！

彼女たちの婚約者は、惜しみない拍手を贈りました。それから理想を適えるジュウタンの上に咲いている花々の中から、一輪の花を手折り、自分の婚約者の髪に、飾りました。

光とのぞみが惜しみない拍手を贈りました。他のみんなが、後に続きました。拍手が止むと、光は若者たちに言いました。

「みなさん、僕たちがみなさんに望むことは、もうありません。人生は自分で作るものです。自分を信じ、努力を積み重ねることがいつか、夢に花を咲かせるでしょう。辛い時もあるでしょう、そんな時こそ、みんなが心を合わせるのです。みなさんの幸せを祈っています」

のぞみも続きました。

「みなさん、おめでとう。私も心から、みなさんの幸せを祝福します。今日ここで、みんなで誓い合った永久の約束、いつまでも忘れないことを、私は信じています。希望と勇気、愛と生きる喜びを知る人生こそ、誇りに満ちた心の花だと、私は信じているのです。喜びは、生き方を美しくしてくれます。生命が掛け替えのないものなら、それに見合う、喜びや幸せがあるはずです。未来を信じて頑張ろう、ね、みなさん」

こう言って花束を抱いて胸いっぱいの幸せを味わっている女たちに、手を差し伸べ、一人一人の手を取って握りしめ、頬に口付けをしていきました。

理想の全てを求めるとすれば、切りがないでしょう。けれども無限な心を満たすものはあるのです。

一途な思い、全てを捧げてもいい程に掛け替えのないもの、ただ一つが全てであるように思えるもの、このようなものが無限な心を満たすのです。ただそれには心が美しくなければいけません。そして心が満たされる時は常に、愛と繋がっています。そして満たされた心が愛と繋がっている時は常に、満たしているのはただ一つのものなのです。

そのただ一つとは、自らの全てを捧げても惜しくないものであり、何ものにも代えられない、全てであるように思えるものです。

幸せを求める一途な思いは、心の充実をもたらします。無限な心に、「これで十分」と感じさせるのは、ただ一つなのです。

はなは花束を抱いたまま、のぞみに向かって言いました。

「のぞみさん、本当にありがとう。あなた方のお陰で、私たちは変わりました。私たちは幸せです。十分過ぎるくらい幸せです。私たちはいつまでも、今日この日を忘れません。そしていつまでも、夢を求めることを忘れません。夢の成就への努力も、忘れません。。夢が消えると全てが終る、という思いを以て、みんなで心を合わせて頑張ります」

光は悟すように言いました。

「はなさん、夢が消えると全てが終る、と思うのは、少々酷なように思います。人間はよく、挫折します。そんな時人はよく、挫折の衝撃の痛さゆえに、心を閉ざしたり、自分を見失ったりするものです。そして責め合ったり、仲違いになるものです。そんな時こそ、助け合うこと、理解し合うことです。大切なことは、改め直すこと、やり直すことです。人間の生命の存在性は、失敗や挫折で減るものではありません。生命に代わるものはないのです。どんな体験も、心という花の開花への成長にとって、大切な発見なのです。心の触れ合いだけは、消さないで下さい」

光の忠告の言葉に対し、はなはにこやかな表情で言いました。

「ありがとう、光さん。ありがたい忠告の言葉を、本当にありがとう。私たちに対する、あなたの暖かい心の思いが、よく解ります。私たちは希望の灯を、灯し続けることを忘れません。私たち一人一人の存在が、代わりのない程に掛け替えのないものだってことも、忘れません。運命が私たちに語ろうとした思いは、心という花の開花への成長の尊さだったのですね、私たちは心の花の開花への努力を以て、心を飾る幸せ作りとします。私たちの心に明かりを灯して下さって、本当にありがとう」

こう言うと彼女は、光を見つめ、にこやかな笑みを浮かべ、頭を下げた。

光ははなを見つめながら、彼女の言葉を聞いていました。彼は自分に向かって頭を下げたはなを見ながら、もう自分たちがやるべきことは終ったと感じました。そしてのぞみに視線を移して言いました。

「のぞみ、僕たちがやることは終った。そろそろ行こうか」

のぞみは老婆に歩み寄って言いました。

「お婆ちゃん、みんなと一緒に幸せになるのよ、それから体には気を付けてね。私たちは行きます、幸せがみなさんの心の花になっていることを、心から祈っています。私たちが来たことを、喜んでくれて本当にありがとう」

こう言って老婆の肩に両手を乗せ、頬に口付けをしました。

光も、老婆に歩み寄って言いました。

「お婆ちゃん、良かったですね、みんなの心に明かりが灯って。僕たちが望むことは、もうありません。お婆ちゃん、みんなに大切にしてもらって、みんなと一緒に幸せになってね。長く辛い思いをした心にこそ、幸せは輝きます。みなさんの幸せを心から祈っています」

老婆は目頭を押さえて頷きました。それから顔を上げ、光を見つめて言いました。

「ありがとう、本当にありがとう。いつの日か、いつの日か、ここを訪ねておくれ。きっと、きっとですよ、いつか、いつか、ここを訪ねておくれ、ね」

光は頷きました。

「ありがとう、お婆ちゃん。いつか、また会える日があることを、僕は祈っています。お婆ちゃん、その日まで体を大切にして下さい。いつの日か、また会いましょう」

のぞみも光に続きました。

「お婆ちゃん、私もその日が来ることを、心から祈っています。その時は、どんなに嬉しいでしょうね？　私は祈っています。お婆ちゃん、一緒に祈りましょう、その日が来ることを」

そして彼女は胸で手を合わせて祈りました。光も隣で同じように祈りました。

二人の祈りが終ると、老婆は言いました。

「光さん、のぞみさん、私も祈っています。みんなが心を一つにしている限り、みんなが理想を抱いている限り、いつかその日が来ることを信じています。あなた方も、気を付けて行ってらっしゃい」

光とのぞみは、心と声を一つにして言いました。

「ありがとう、お婆ちゃん」

光は女の子たちに言いました。

「ねえ君たち。あそこに花束があるだろう、あれを一束ずつ、持って来てくれないかなあ」

女の子たちはすぐに花束を取りに行って戻って来ると、光は言いました。

「ねえ君たち、その花束をお婆ちゃんにあげよう」

女の子たちは一人一人、老婆に花束を贈りました。光は、穏やかな表情で言いました。

「お婆ちゃん、それはみなさんを激励するほほえみ村からの贈りものです。みなさんを代表して受け取って下さい。お婆ちゃん、ご自身が幸せになることを、忘れないで下さい。そしてみなさんの幸せを見守って下さい。お願いします。僕たちはこれで行きます、ありがとうございました」

こう言うと彼は、のぞみに向かって言いました。

「のぞみ、行こう」

二人は立ち上がりました。

同時に思春が二人に歩み寄りました。そして彼は、師を仰ぎ見るような尊敬を込めた眼差しで、光に言いました。

「光さん、僕は思い違いをしていました。僕は僕自身を、いいえ、この村のみんなを、キリストみたいに思っていました。苦しみ、苛まれた人たち、忍耐の限界で、身も心も切り刻まれている人たちを、キリストのように思っていたのです。でもそれは、間違いだった。真のキリストとは、光さん、あなたのように暖かな心を持って、救いの手を差し伸べる人を言うのです。僕は恥ずかしい、僕は自分の弱さの為に、ただ自暴自棄になっていただけなんです」

そしてのぞみに向かって言いました。

「のぞみさん、ありがとう。僕はあなた方のお陰で目が覚めました。心から感謝します、本当にありがとう。僕はあなた方に、随分無礼を働きました。本当にすみません、許して下さい」

彼は、深々と頭を下げました。

「気にしないで下さい。私たちのことより、はなさんと、そしてみんなで幸せになって下さい」

とのぞみは明るく言いました。

光も暖かな眼差しで彼を見つめながら、静かに言いました。

「僕はあなたが思っている程の人間ではありません。僕はただ、自分の思いに忠実になって行動したに過ぎません。人間は心と生命を一つにした唯一の存在なのです。言ってみれば、助け合う存在なのです。助ける人間、助けられる人間、支える人間、支えられる人間、救う人間、救われる人間、与える人間、与えられる人間、どちらもなくてはならないのです。どちらが勝っていて、どちらが劣っている、などという問題ではないのです。そんなことよりも、どんな人間も愛情を持って、心が触れ合う時が一番美しいのです。あなたは今、自分がどんな状況にいるのか、ご存じですよね？」

「はい、僕は自分の視野の狭さや弱さを以て、自分の真実の姿を知りました。そしてこれから何をすべきか、自分がどうあるべきかに目覚めました。それもこれもみんな、あなた方のお陰です。ありがとうございました。僕は幸せです。どんなにささやかでも、希望にめぐり会えたのですから。あなた方の慈愛に満ちた暖かい心、いつまでも忘れません。ありがとうございます」

光はにこっと笑みを浮かべ、静かに言いました。

「あなたは本当に今、自分の存在意義に目覚めたのですね。それならば、幸せがどんなものか、心の触れ合いがどんなものか、人間はどうあるべきか、心とはどうあるべきか、解るはずです。あなたがそれらを本当に理解できたなら、あなたのこれまでの経験は全て必要だったのでしょう。決して無駄ではなかったはずです。僕はあなたを心から、祝福します。あなたの夢の成就、心から祈っています。頑張って下さい。心には希望を、勇気には愛を、です。解りますよね？」

「ありがとう！」

思春はこう言うと、頭を深々と下げました。彼の言葉、態度には、真心が込められていました。光がのぞみを見ると、彼女は女の子たちの頬に、口付けをしていました。そして優しく言いました。

「あなたたちも大きくなって、幸せになるのよ」

「お姉ちゃん、行っちゃ駄目！」

一人の女の子が言いました。そして三人で次々に、のぞみの腕にしがみ付きました。その表情は、どこか寂しそうでした。

「どうして？」

「だってお姉ちゃんの側にいると、嬉しいんだもん」

のぞみは思わず、その子を、そして他の二人を抱きしめて言いました。

「ありがとう、あなたたちも心の暖かい女になるのよ、いい？　心の暖かい人間になるの。今度いつか会えた時、楽しみだなぁ。その時、知らん顔しちゃ、駄目よ」

こう言うと彼女は、笑みをそのままに、また女の子たちの頬に口付けをしました。

女の子たちは子供らしい、無邪気なはしゃぎ声をあげ、のぞみの手をまた掴みました。

「いい、あなたたち、大きくなるのよ。そして夢一杯の女の子になってね。お姉さんはね、夢を一杯持っている人、大好き。本当はね、お姉ちゃん、あなたたちの側にいたいの。でも駄目なの、ごめんね」

心のあり方を思う時、人は自己の内部を見つめます。過去の体験を通して、それがどんな体験であれ、心のあり方を問うのです。

これまでしてきたことやできたこともあるでしょうが、しなかったことやできなかったことも また、心のあり方を見つめさせてくれます。それは心の奥底に、たとえどんなにささやかであれ、生命の花を咲かせたい、人生の花を咲かせたい、そうした目的を持つ、自己への愛があるからです。その愛が、潜んでいる限り、失ったこと、できなかったこと、やらなかったことからも、何かを学ぶことができるのです。

のぞみはまるで自分の子供達にするように、明るく幸せが溢れたような笑みを浮かべて、女の子たちに口付けをしていました。彼女自身が、女の子たちへの口付けを心から喜んでいました。

のぞみが女の子たちに口付けをしたその光景は、それを見ていた老婆にとって、胸が熱くなる光景でもあれば、心のあり方を見つめさせてくれる光景でもありました。

老婆の記憶は、自分がやったこと、できたことよりは、やらなかったこと、できなかったことの方が、多かったのです。中でもやるべきだったことが、ほとんどに思えました。老婆はのぞみの行為を見て自身の過去を見つめると、そこには大きな違いがあると感じました。

のぞみの行為は、老婆が過去において、ほとんどしたことのないことであり、またやるべきであったことを、はっきりと感じていました。

心のあり方を思う時、そこには全てがあっても何もないように思える時もあれば、何もなくても全てがあるように思える時もあります。

のぞみがやったことと、自分がやらなかったこと、やるべきであったそのことがらは、老婆の胸を熱くしてやがて、涙となって表れました。老婆の目から溢れた涙は、頬を伝って、老婆が抱いている花束に落ちました。するとそこから、暖かい温もりが、まるで花々が辺り一面に香りを放つように広がっていきました。それは優しい、人肌ぐらいの温もりでした。

光は老婆に言いました。

「暖かいですね。まるで心が触れ合って安らぐような、人生を共有できる幸せに満たされたような、そんな温もりを僕は感じます。これが、ずっとみんなが待っていた温もりのような気がします」

のぞみも相槌を打つように言いました。

「私も心がほのぼのとするような、暖かい温もりを感じます。心を合わせると、幸せを感じさせる花のような、温もりが生まれるのでしょう。人間の心は、そうしたものなのでしょうが、ただそれは、心を合わせないと、いつまでも冷たいままかもしれません。この温もりは、みなさんの幸せを祝福しているようです。美しくなった心には、運命もほほえむ、私はそんな気がします。ねっ、お婆ちゃん？」

こう言うと彼女は、優しくほほえみました。

光とのぞみの思いが、老婆の心に伝わったのでしょう。老婆もほほえみました。

その時、一同は頭上に、澄んだ、爽やかな、天使のささやきのような声を聞きました。

人生に花あれ！
心の花は努力の積み重ねによって成長し、
心と心の触れ合いによって花開く。
愛によって心の花が開花する時、
その花は最も美しく輝いているでしょう。

それを聞いた一同の顔には、悲しみの表情は、全くなく、寒さに震えているような表情もなく、希望と自信に満ちているようでした。そして互いに見つめ合いながら、幸せ溢れる、笑みを漂わせていました。

若い女たちが抱いている花束からも、温もりが溢れ出ているようで、暖かい温もりが一同を包みました。

心にとって幸せは、太陽のようなものでしょう。愛によって幸せの花が咲く時、その幸せは心にとって、太陽なのです。

一同はまた、姿なき声を耳にしました。その声は、父のように威厳があり、導きを感じさせる言葉でした。


幸せに導かれし者たち、私の声が聞こえるかね？

もし聞こえるなら、私を見ておくれ。


その声は、頭上から聞こえるように思え、一同は上を見上げました。けれどもそこにはただ、青空が澄渡っているだけでした。

一同は声の主の姿を探すように、頭上を見回し、怪訝《かいが》そうな表情でお互いの顔を見交わしていました。

姿なき声がまた響きました。

私はお前たちと共にいる、
私はいつも、お前たちと共にいる。

一同はまた、頭上を仰ぎ見ました。

はなが尋ねました。

「あなたは誰？　どこにいるのです？」

姿なき声が響きました。

私はお前たちの中にいる、
なのになぜ、天を仰ぎ見る？

頭上を仰ぎ見たまま、またはなが言いました。

「あなた様の声は、頭上から聞こえるのです。あなたは誰なのですか？」

姿なき声がまた響きました。

私はいつもお前たちの中にいる、
私は愛である。

はなは忘れかけていた大きな使命を、突然思い出したかのように言いました。

「えっ！　愛？　それでは、あなたは神様なのですね？　教会の牧師様は説教の時、いつも神は愛であると教えてくれます。愛であるなら、あなたは神様なのですね？」

一同は頭上の一点を見つめたままでした。

姿なき声が響きました。

私はお前たちの中にいる、

私はお前たちが味わった苦しみ、悲しみを知っている。

私はお前たちと共に、その苦しみ、悲しみを味わってきた。

私の存在を信じてくれるかね？

はながまた言いました。

「神様、私はあなたの存在を信じます。私はあなたの存在を、永遠に信じます。でも神様、どうしてあなたが、私たちと同じ苦しみ、悲しみを味わう必要があるのです？　それからあなたは、私たちの中にいるのに、どうしてあなたの声は、頭上から聞こえるのです？」

姿なき声が響きました。

ありがとう、はな、

私がお前たちと共に、お前たちの苦しみ、悲しみを味わうのは、お前たちと一つになる為だよ、祈る為にね。
私の声が頭上から聞こえるのは、私を見つめていないからだ。
目を閉じてごらん、
私が見えるはずだ。

一同は頭上を向いたまま、目を閉じました。はなも目を閉じて言いました。

「神様、あなたの声は、頭上からしか聞こえません。そしてあなたの姿も見えません。神様、あなたが私たちの苦しみ、悲しみを共に味わうのは、何の為なのです？　そして何を祈っているのです？」

姿なき声が響きました。


私がお前たちの苦しみ、悲しみを共に味わうのは、お前たちに、自分自身を知ってもらいたいからだ。

お前たちは独りぼっちではない、どんな時も独りぼっちではないってことを、知ってもらいたいのだ。

私が祈るのはね、お前たちに、愛のみ業《わざ》を見つめてもらいたいからだ。

祈ってごらん、愛の為にね。

愛は心と共にある、心の声を聞けば、私の姿が見えるだろう。


一同は目を閉じて頭上を向いたまま、両手を胸で合わせて祈りました。

姿なき声は続きました。


お前たち、私の姿が見えないからといって、嘆くことはない。たとえ今は見えずとも、いつか見える時が来るだろう。

辛い時もあろう、苦しい時も、悲しい時もあろう、辛い時、苦しい時、悲しい時、そんな時は私を踏むがいい。

お前たちが未来にはばたく為なら、いつでも私を踏むがいい。お前たちが味わうであろう耐え難い痛さを、私はいつでも、十分理解できる。

いつかお前たちに、愛のみ業という、私の祈りと思いが伝わるなら、私はいつまでも踏まれていい。

人生という道は、長い道のりであろう、迷う時も、悩む時もあるだろう、
だが忘れるな、お前たちは決して、独りぼっちではないということをね。

私はお前たちを信じている、お前たちの意志が、愛のみ業を成就させることをね。

頭上を仰ぎ、祈りながら、はなが言いました。

「神様、あなたの声が、私の内部から聞こえるような気がします。そしてあなたの姿が、見えるような気がします」

姿なき声が響きました。


私の姿を見たければ、慈愛の思いをもって、目を開けてごらん。そして愛する人を見つめてごらん。それから心と心を繋ぎ合っている人たちを見つめてごらん。私は愛である。心とはどうあるべきか、美しい慈愛を求めるにはどうすればいいのか、心と心の和を美しくするにはどうすべきか、自分自身の心に問うてごらん。

それが解ったなら、私の願いと、祈りと、意志が解るはずだ。

自分自身の心を見つめてごらん、お前たちの心にそれが映ったなら、それは私の愛の啓示だ。

私の愛が、お前たちの生命の花と、心の花の開花に、少なからぬ恵みがあることを、私は祈っている。


一同は目を開け、愛する人と、見つめ合っていました。そして心と心を繋げ合っている人たちを見つめ、心のあり方を見つめていました。誰もが希望と信頼に満ちていました。

姿なき声は続きました。

光、のぞみ、お前たちの行為は、私にしたことだ。お礼を言う、ありがとう。私の思いを、お前たちは伝えてくれた、本当にありがとう。

そなたらの心を、私は祝福する、

光、のぞみ、お前たちの慈愛と勇気が、私の愛する者たちに希望を与えてくれた、本当にありがとう。

光とのぞみは、両手を胸で合わせてまた祈りました。

はなは頭上を仰ぎ見、両手を前に差し出して言いました。

「神様、私も光さんやのぞみさんのようになりたい、私の望みを適えて下さい」

それは彼女の、切実な願いでした。

姿なき声が響きました。

はな、私はお前たちの中にいる、

なぜ天を仰ぎ見る？

「はい、神様、あなたは偉大で、永遠だからです。私の小さな胸に、あなたは余りに大き過ぎます。ですから、天を仰ぎ見るのです」
姿なき声が響きました。

はな、自分の心を見つめてごらん、
私はお前の思いを知っている。どうすればいいのか、お前の心にはそれが写っているはずだ、それが私の答えだ。
はな、私はお前の優しさをよく知っている。
心の声に導かれよ、
それが私の答えだ。

「神様、私は弱く、小さな存在です。こんな私が、自分の心の声に導かれていいものでしょうか？　自分の弱さが、切ないのです」
姿なき声が響きました。
はな、その時は大いに私を踏むがいい、
人間は弱く小さな存在であっても、何の問題もない。

人間は弱き存在であっても、より確かなもの、より美しいもの、よりすばらしいものを見つめ、求める努力をすれば、それでいいのだ。それらがお前たちに、自分の存在に必要な何かを、語ってくれるだろう。

願いや望むものが、切実であればある程、求める思いも大きいだろう。

それが掛け替えのないものなら、弱さを案じることはない、

弱さは心のあり方に、希望という明かりを灯してくれる。

心の触れ合いは弱さを克服させてくれる、

その美しさには、弱さを克服させてくれる情熱があるはずだ。

人間は弱き存在であっても、助け合いや理解し合うことによって、心と心の和を作り、愛の花を開花させるだろう。

それは心の大きなみ業なのだ、

人間はどんなに小さな存在でも、心にとっては大きな存在なのだ。

はな、お前の心には私の思いが映っているだろう、私はお前を信じているよ。

はな、お前の心の美しさに惹かれて、やがて運命の扉が開くだろう、お前の心の美しさを存分に見せるがいい。

私がお前たちの中にいるのはね、はな、

お前たちを愛しているからだ。

私は無限に小さくなってもいい程に、お前たちを愛している、私がお前たちに何を願い、何を望んでいるのか、
解るだろう？

「はい、神様、私たちは心の触れ合いの尊さ、美しさ、すばらしさを教えてもらえる運命に、めぐり会えました。私たちはここまで導かれたことを、心から感謝します。私たちは、自身の存在と、生きることの意義、美しさを求めて、みんなで心を合わせて生きていきます。辛い時もあるでしょう、苦しい時もあるでしょう、そんな時こそ、私たちは生きることの美しさ、心と心の触れ合いや和の美しさを求めて、みんなで助け合いながら生きていきます。私たちと同じ思いをしながらも、私たちを愛して下さったこと、心から感謝します。心ないような私たちの行為に、神様、あなたは愛で応えてくれました。どんな言葉でお詫びをすればいいのでしょう？　何とお礼をすればいいのでしょう？　私たちのあなたに対する、愚痴やののしり、怒り、拒絶、そして憎しみは、神様、あなたの願いと、祈りと、愛を踏み付けていたのでしょう。それなのにこんな私たちを、あなたは愛して下さいました。心からお礼を言います、ありがとう！」

はなは、頭上を仰ぎ見たまま、両手を胸で合わせ、そのまま崩れるように地べたに膝を付くと、跪き、地べたに口付けをしました。彼女の胸は痛んでいたのです。

若者たち一同は、はなの行為に胸を打たれ、その場で目を閉じ、両手を胸で合わせて祈りを捧

げました。

思春は、両手を胸で合わせて祈りを捧げると、間を置かずに言いました。

「神様、僕はあなたを恨んでいました。あなたの沈黙を恨みました。こんなにも苦しんでいるのに、なぜあなたは助けない、なぜ救いの手を差し伸べない、そう言って僕はあなたを恨みました。でもそれは間違いでした。僕はあなたの足元に、平伏さなければなりません。僕はあなたの思いの全て、あなたの愛の全てを、怒りをもって、憎しみを込めて、踏んだのです。この大地にあなたの足跡があるなら、僕はあなたの足跡に平伏します」

彼はこう言うと、そのまま地べたに膝を付いて跪き、そのまま地べたに口付けをしました。彼の胸も、はなと同じように痛んでいました。

姿なき声が響きました。


思春、私は沈黙していたのではない、祈っていたのだ。私はお前の苦しみを共に味わいながらも、見捨てようとは決して思わなかった。

思春、たとえお前たちに愛されまいと、私はお前たちを愛している。

私の沈黙は、お前たちを愛するがゆえの祈りであり、お前たちを信じるがゆえの愛なのだ。解ってくれるかな、思春?

思春、お前は友の為に、生きることの意義を求める為に苦しんだ、それで十分なのだよ。

私にとって、お前たちが強いとか、弱いとか、そんなことは問題ではない。心を痛めた、それで十分なのだ、さあ顔を上げておくれ、
二人とも顔を上げておくれ。

はなは身動き一つしませんでした。思春は顔を上げて言いました。

「神様、僕は自分の弱さの為に、あなたの思いの全て、あなたの愛の全てを踏み付けました。僕は僕自身を許せるまで、せめて胸の痛みが癒えるまで、あなたの足跡に平伏したい。そうでないと、僕は僕自身を愛せないかもしれません」

こう言うと彼は、また地べたに口付けをしました。

姿なき声が響きました。


思春、お前が苦しんだのは、お前自身が弱かったからではない、未来の運命を担ったからだ、みんなの為にね。

私がお前たちと同じ思いをしながらも祈るのは、お前たちに、未来に向かってはばたいてもらいたいからだ。そして生きることの意味を知り、生きるすばらしさを味わってもらいたいのだ。

思春、お前は私を踏んだと思って、罪悪感を抱いているのだろうが、そうではない。

お前は未来にはばたく為に、私を踏んだのだ、心を痛めてね。

私はその痛さが、生きる希望に変わることを、祈っていた。私はお前たちが未来にはばたく為なら、いつでも踏み台になる。お前たちが私を踏んだ時の心の痛さは、救いなのだ。

思春、私はお前の心の痛さを身に染みる程に、理解している。お前が私を踏んだ時の、心の痛さを私は知っている、さぞ痛かっただろう。思春、お前はあの時、私に涙を見せてくれた、そして今もお前の胸は痛んでいる、それだけで、十分なのだ。さあ、二人とも顔を上げておくれ、私はお前たちが好きだ、涙と共に心の触れ合いの尊さを見つけたお前たちがね。お前たちは、私の祈りと思いを成就させてくれた、ありがとう。はな、思春、今のお前たちは一際美しい。私はお前たちを愛したことを、誇りに思う。さあ、顔を上げておくれ、お前たち。


運命を憎んだあの時、打撃を受け、運命の苛酷さを憎んだあの時、人生に絶望を感じたあの時、自分の無力さを責め失望の涙を流したあの時、自分の思うようにならないことへ怒りを抱いたあの時、自己の存在と神の存在を拒絶したあの時、神の沈黙を憎んだあの時、思春の心は痛みました。そして彼は、心底信じたもの、人生で最も美しく、清らかで、全てを捧げてもいい程の理想や夢、そうした全てを踏んだのでした、涙を流しながら。

はなも過去において思春と同様、人生の中で最も美しく、清らかで、自らの全てを捧げてもいい程の理想や夢、そうした全てを踏んだのです。心を痛めたままに。

　はなは顔を上げて頭上を仰ぎ見て言いました。

「神様、私の胸はまだ痛みます。それはこれまで自分のことしか考えていなかったという罪の証です。私はこの胸の痛みが取れるまで、あなたの足元に平伏したいのです。私は美しい生き方を教えてくれる、希望に輝く運命にめぐり会えたのです。私はその運命に感謝したい、みんなに感謝したいのです。そして神様、私はなによりあなたに感謝したいのです。そうでなければ、私はまた自分のことしか考えない、醜い女になるでしょう」

　こう言うと彼女は、また地べたに口付けをしました。

　思春も顔を上げ、頭上を仰ぎ見て言いました。

「神様、僕の胸も痛んでいます。僕は弱い人間です。自分の思うようにならないと、火玉が破裂したように、絶望の虜になってわめく、そんな男なのです。僕はこの胸の痛さがある限り、また同じ間違いを犯すでしょう。神様、僕はもう、あなたを踏めません。もし踏んだなら、僕の胸は耐えられない程痛むでしょう。そんな痛さは沢山です。あなたを踏むくらいなら、この胸を二つに切り裂いた方がましです。僕は幸せのありがたさや、生きることの真の意義を教えてもらえるような、すばらしい運命にめぐり会えました。僕はこの運命を大切にしたい、だから僕は自分自身に、強くありたいのです」

　こう言うと彼もまた、地べたに口付けをしました。

姿なき声が響きました。

はな、思春、今のお前たちは本当に美しいよ、
お前たちは自分の胸の痛さを、自分の弱さや、私を踏んだせいだと思っているようだけれども、
それは違う。
思い違いをしてはいけない、お前たちの胸の痛みは、心の美しさから生まれているのだ。
お前たちの心は美しい、
さあ、二人とも顔を上げておくれ。

二人は同時に顔を上げ、頭上を仰ぎました。
姿なき声が続きました。

二人ともよく聞きなさい。
お前たちの心は、清らかで美しいよ、
お前たちは自分の胸の痛さを、罪の償いへの意志のように思っているが、罪悪感を抱く心から、
本当に美しい慈愛は生まれない。
真に美しい慈愛は、運命の重みと、人間の生命の重みを、純粋に美しく受容できる、清らかな心

から生まれるのだ。

はな、思春、お前たちの胸の痛みは、運命の重みと、人間の生命の重みを受容したからである。たとえ理解できずとも、未知の運命がその痛さをもって、お前たちを目覚めさせたのだ。お前たちはその痛さを受け入れた、それを復活という。

はな、思春、お前たちは復活という道を歩んで来たのだ。辛い思いをし、心を痛めながらね、それで十分なのだ。

新たなる運命が、お前たちを待っている。さあ二人とも、自分の心をよく見つめるがいい。人間の心はね、運命の重みや生命の重みを、純粋に美しく、清らかに受容すると、愛が芽生えるようにできている。

はな、思春、お前たちの胸の痛みはね、愛の情熱の出口を見つけられないからだよ、それを見つけてごらん、胸の痛みが消えるから。


はなは頭上を仰ぎ見て言いました。

「神様、本当に私の心は、美しいのですか？」

姿なき声が響きました。

ああ、美しいよ、

はな、お前の心は美しい。
心と心の繫がりを美しいと感じる心は、美しいのだよ、
心と心の触れ合いに愛を感じるなら、
その心は本当に美しい。

「神様、私は暖かな慈愛が欲しいのです。私は心と心の和は、美しいと思っています。生きる希望と勇気をもたらせてくれるからです。そして心と心の触れ合いに、愛を感じます。その愛こそ、私は最も美しく、尊いものだと思っています。愛は自分の存在に、幸せという美しい花を咲かせてくれる、私はそう信じています」

姿なき声が響きました。


はな、心と心の触れ合いによって愛が芽生えるのは、心が美しいからだ。

はな、お前の胸が痛んでいるのはね、悪いことをしたからじゃない、生命の重みや尊さ、心の触れ合いの美しさ、生きることの美しさ、すばらしさを教えようとする運命が、お前の心の扉を叩いたからだ。心の痛みはね、生きることの美しさを秘めた、生命という花の種子を包む殻が、運命によって割れたからだ。

生命の重みや美しさを知る自己への目覚めは、辛い思いや心を痛めることで、成就したのだ。

さぞ辛かっただろう、さぞ苦しかっただろう、
けれどもはな、お前は間違った道を歩んだ訳ではない、
それが生命と、愛の尊さを知る道だったのだ。
その痛みはね、はな、生命や愛の尊さを、教えてくれるだろう。
それは愛の芽生えによって、始まる。
生命という花は、痛みをもって、いろんな色に変わっていく、
自らが求めた一途な思いで彩る美しい色合いで咲かせたければ、自分が信じたものに導かれるがいい。
運命の重みや、生命の重みに対する心のあり方を求めることは、光に導かれることだ。
はな、愛の情熱の出口で、運命がお前を待っている。
そこには私が用意したものがある。安心して自分が信じた道を歩むがいい。

「ありがとう神様、胸の痛みが、少し薄れたみたい。教えて下さい、愛の情熱の出口はどこにあるのです？　どこに向かっているのです？」
姿なき声が響きました。

はな、自分の心を見つめてごらん、

愛の情熱の出口は、心の中にある。
お前が味わっている、その痛みの奥を見つめてごらん、
愛する人を思う心、心の触れ合いの美しさを見つめる心には、その出口が映っている。
お前が美しいと信じたものをよく見つめてごらん、それがどこに向かっているのか、解るはずだ。
心に安らぎが訪れたなら、自分が信じた道を歩んでいる、そう思いなさい。
愛の情熱は、自分が心から信じたもの、
自分の全てをささげてもいい程の一途な思いに、自分を捧げることによって、求めた道への可能性を成就させていくだろう。
どんなに辛くとも、その情熱の出口は塞ぐな、心を焦がす元になるからね。
心の触れ合いは美しいと信じる思いや、
愛は美しいと信じる心は、どんなに辛い障害があっても、いつか乗り越えていくだろう。
はな、自分の心に正直であれ、そしてあるがままを大切に。
あるがままには全てがある。心して歩め、自分が信じた道を歩んでいると思えるなら、安心して歩め、
人生の途上で生まれる全ての障害や問題は、心の触れ合いと成長、愛の花の開花に関わっている、
どんなものごともありのままであるなら、その中からより美しいものを見つめよ、その美しいものに愛を注げ、

その行為は自己の思いと、愛の花を開花させるだろう。

「ありがとう神様、胸の痛みが消えました。本当にありがとう。私は自分の理想と、一途な思いに生涯を捧げます。ここまで導いて下さったこと、心から感謝します。辛い時、苦しい時、悲しい時は神様、あなたの思いと祈り、そして私たちと思いを共有して愛して下さるあなたを信じて、私たちはみんなで心を合わせ合って、生きていきます。神様、ありがとう！」

姿なき声が響きました。

はな、私のお前たちへの愛は、私にあるのではなく、お前たちの心の中にある。
はな、私がお前に託した思いが何であるのか、解るよな？

「はい神様、よく存じています。私はあなたの思いや祈り、そして愛に対し、全ての愛を込め、生涯を捧げます。神様、ありがとう。私は生涯を通して、託された思いに愛を込めて、大きな花を咲かせます。本当にありがとう」

姿なき声が響きました。

はな、お前の心に映ったみ業への啓示は、

安んじて行え、急ぐ必要はない。
はな、お前ならできる、成就への道は長いのだ。迷うことはあっても、信じる心に背を向けるな、
信じた愛に、背を向けるな、
はな、笑顔は大切に、
笑顔は心の太陽だ、
笑顔は愛を護り、育む、心の港でもある。
陽は沈んでも、陽はまた昇る、
はな、心に愛を抱いて、安んじて行け。

「ありがとう、神様！　心に愛を抱き、あなたの愛に生きます」

はなの顔には、喜びと希望に満ちた明るい笑みが浮かんでいました。

彼女は言い終ると、また地べたに口付けをしました。

幸せへの熱い、焦がれるような憧れは、涙から生まれるのかもしれません。彼女の場合はそうでした。

彼女が味わってきた心の痛みは、愛する人の運命の悲惨さや多くの障害から生まれていました。

幸せへの、焦がれるような思いは、姉の子供たちの誕生という、神秘な運命を秘め持つ生命との、めぐり会いでした。彼女にとって姉の子供たちは、幸せの象徴のようなものであり、全ての

ようなものであり、またただ一つのようなものであり、天使そのもののような存在であり、人生の絶対的光明のような存在であり、掛け替えのない光の泉そのものでした。

この出会いによって、彼女の心の中の何かが目覚めました。それは、子供たちを世話している時、教会活動の中で、子供たちと共に過ごしている時、やがて優しさとなって表れました。

彼女は胸に、豊かな情熱を秘めていました。

彼女はその情熱を、ほほえみ村の子供たちの世話や、教会活動に費やしていました。しかしそれだけに費やすには、情熱はあまりに豊か過ぎたのです。

その情熱の出口がない為に、彼女はいつも寂しさやいらいら、鬱屈を胸に抱いていました。愛する人の悲惨な状況や、悲しみ村のあの言い伝えが障害となって、彼女の情熱の出口を塞いでいました。彼女はその障害の前に無力感を覚え、寂しさを募らせていました。彼女の豊かな情熱はなおも、出口を求めて心の壁を齧り、可能性を求めましたが、八方塞がりでした。

やがて彼女は、周りの人々の善意を拒絶するようになりました。幸せな人々への妬みと言ってもいいかもしれません。

彼女は自分が切に求め、信じようとしたもの、幸せと心の触れ合いの美しさや尊さを踏み、その後、いつも寂しさを感じていました。

そして彼女の情熱は出口を失い、内部で彷徨い、新たな情熱は新たな可能性を求めましたが、それも八方塞がりでした。そしていらいらと鬱屈に変わり始めたのです。

それは大きな戦いでもあれば、重要な戦いでもありました。彼女の内部では、いらいらや鬱屈と、理想や一途な思いが戦っていました。理想や一途な思いが掛け替えのないものだけに、その戦いは真剣で、また衝撃も大きいものでした。

その戦いも永遠と続き、いつまでも八方塞がりだと、せっかくあった宝ものは腐ってしまいます。それは心の痛みへと繋がります。

彼女は宝を守る為に、理想や一途な思いを頑に護りました。その宝ものは、自らの全てを捧げてもいい程に、大切なものでした。

心が清らかで美しく、純粋であればある程、理想や一途な思いが、掛け替えのないものであればある程、心の情熱は豊かさを増します。そして窮地に陥れば陥るほど、戦いは真剣さを増します。

これが清らかで美しく、純粋な心を抱く生命の特質です。

はなにとって、悲しみ村の言い伝えは、大きな障害でした。それは、理想や一途な思いを頑に護ろうとすればする程、大きくなっていくように思えました。

彼女は愛する人といっしょに理想を求めたいと思いましたが、愛する人は、現実の苛酷な運命に、無力感と失望に苛まれていました。

彼女の思いは、満たされませんでした。

一途な思いが満たされない時程、その反動は大きいものです。

彼女はことあるごとに、思いを愛する人に向け、無力感や失望を責めました。彼女の胸は、いつも痛み、それは、情熱の出口が塞がれている為に、癒えることはありませんでした。彼女にとって、子供たちの存在は救いでした。

情熱が生まれることは、掃き捨てられていくごみのように、溢れ出たことと同じではありません。自らを愛することで、情熱は出口から出られるのです。

はなは愛する人の苛酷な運命を責めることによって心の大切さ、尊さを踏んだのです。彼女は理想や一途な思いを踏み、その後、いつも悔恨の涙を流しました。

はなが言い終わるのを待っていたかのように、思春は頭上を仰いで言いました。

「神様、僕の胸の痛みも消えました。この痛みは、僕が生きることの尊さ、心の触れ合い、愛すること、幸せの尊さを知ることにおいて、必要だったのです。僕は今、自分に与えられた運命の意味が解りました。神様、僕があなたを踏んだのは、運命が厳し過ぎたのではなく、僕自身が弱かったからです。僕は生命を尊ぶ手段、どうすれば生命を尊ぶことができるのか、それを知らなかったのです。僕の弱さは、僕自身が弱かったからではない、生命を尊ぶ手段を知らなかったからです。でも僕は、それを知りました。神様、僕はこの胸の思いの全てに愛を込めて、あなたに捧げます」

姿なき声が響きました。

思春、私は今日までお前が味わってきた、心の痛みをよく知っている、
さぞ辛かっただろう、さぞ苦しかっただろう、
けれどもな思春、お前は最後まで頑張った、忍耐の限界まで頑張った、あれで十分だったんだよ。
忍耐の限界を越えようとしたあの時、
私はお前に言った、踏むがいいとね。聞こえなかったかね？
あの時私は、お前の心の痛みが少しでも和らぐなら、私を踏むがいいと言ったんだ、
でもお前は踏まなかった。

「でも神様、僕はあなたを踏みました！　それにあの時、何も聞こえなかった」
姿なき声が響きました。

ああ、確かにお前は私を踏んだ、
だけどそれは、最後の最後だ。
思春、お前は最後の最後まで頑張った。
あの時、私の声が聞こえなかったって？
無理もない。
あの時、お前は真剣に悩み、骨の髄まで、痛さが染み込んでいたからね。

思春、お前が私を踏んだあの時、お前の胸が痛んだ、それだけで十分だよ。
私はお前たちがはばたく為の、踏み台で十分だ。
私を踏もうとしたあの時ためらったのが、お前の優しさの証だ。

「だけど、僕は確かにあなたを踏んだのです」
　姿なき声が響きました。

思春、お前は正直な子だ、
お前が私を踏もうとしてためらっていたあの時、私はお前に約束した、
復活する日がもうすぐ来ることをね。

「神様、僕は何も聞いていません」と思春は言いました。
　姿なき声が響きました。

思春、聞こえなかったのも無理はない、
お前は心を痛めていたからね。
あの時、私はお前に約束した、

生きることとは何か、生命にとって何が大切なのか、生命への恵みとは何か、そうしたものを知ってもらいたいという、私の思いが成就する日がもうすぐ来ることをね。

思春、あの時私は嬉しかったよ、でも祈る思いでもあった。あの時のお前の胸の痛みは、私にとって救いでもあった、その痛さをもっていつか、お前は必ずや復活する、そう確信できたからね。

私にとって、お前たち人間の存在は全てなんだ、お前たち人間が存在しなくなると、私は存在しても意味がない。

思春、私はお前たちを愛したことを、誇りに思っている。

私はお前に、生きる意味と喜び、生命の尊さを知ってもらいたかった。

思春、お前はあの痛さを以て、何かを学んだはずだ。

それはお前にとって、大切なもの、掛け替えのないもの、自分の全てと思えるものだったと思う、お前は最後の最後まで、私を踏もうとしなかったからね。

そして私を踏んだ時、お前の心は痛んだ。それはね、自分にとって大切なものに目覚めたからだ。

違うかね、思春?

「はい神様、あなたの仰る通りです。僕は最後の最後まで、あなたを踏めませんでした。それはあなたを踏むと、僕自身が駄目になるということが、解っていたからです。でも僕はあなたを踏んだ！　神様、あなたを踏んだ時、僕は全てが終った、そう思いました。後は神様、あなたが見た通りです！」

　姿なき声が響きました。

思春、よく聞きなさい、
お前が私を踏んだあの時、全ては終ったんじゃない、始まったんだ。
思春、お前が岩の前で見たあの文字や光は、全てが始まったという約束の啓示だ。
希望へと導く、約束の啓示だったのだ。
思春、お前はその時、全てが始まったのを感じたはずだ、
あれは私の、お前への啓示だ。
思春、私がお前に何を願っているのか、解るよな？
私がお前に託した願いが、何であるのか、解るよな、思春？

　思春は顔を上げ、頭上を仰いで言いました。

「神様、ありがとう！」

　こう言うと彼は、感謝と感激で言葉を詰まらせて黙ってしまいました。

姿なき声が響きました。

思春、私の啓示を見られたのは、お前の心が清く、美しかったからだ。優しい心を持っていたから、私の願い、約束の啓示が解ったのだ。

美しい心には美しいものが映る、清き心には清きものが映る、優しい心には愛の温もりや美しさが映る、

思春、ありのままの自分を素直に、喜んで受容できるなら、お前は幸せ者だ。

「ありがとう、神様！　僕は、……僕は幸せ者です。こんな僕を、愛を以て見護り、ここまで導いて下さったことを、心から感謝します」

姿なき声が響きました。

思春、お前がさっき、あの岩の前で誓ったのは、心からの意志かね？

だとすれば、私は嬉しいよ。

「はい神様、あの誓いは、僕の心からの意志です。あの岩に刻まれた文字の意味は、僕の思いの全てです。そしてあの輝ける光は、僕に希望と勇気を与えてくれました。神様、僕はあなたの約

束の啓示に、心から感謝します。神様、僕は僕の思いの全てを、愛を込めてあなたに捧げます」
こう言うと彼は、また地べたに口付けをしました。
姿なき声が響きました。

ありがとう、思春、私は嬉しいよ、
思春、お前が私の願いを理解してくれたことが、本当に嬉しい。
私はお前に心の触れ合いの尊さ、生命の重み、生きることの美しさ、幸せの尊さを知って欲しかった。
思春、お前は私の願いを成就させた。
思春、私への優しい心遣い、本当に嬉しい。
思春、はな、顔を上げておくれ、
お前たちに言っておきたいことがある。

二人は跪いたまま頭上を仰ぎ見ました。
姿なき声が続きました。

思春、はな、よく聞きなさい、

飢える者にパンを、渇く者に潤いを、
悩める者に理解と思い遣りを、病める者に癒しの手を延べるのは、私にしていることと同じことである。
未来を担う子供らに、光と導きと愛の手を、
傷付く者に与えた、労りや思い遣り、励ましは、
私にしているのと同じだ。
闇路に迷える者に与えた慈愛、
心の触れ合いの為に与えた愛は、
私への愛だ。
絶望する者に希望を、
悲しむ者に喜びを、
救いを求める者に救いを、
癒しを求める者に癒しを、
未来を建設する為に力を、
難問や揉めごと、誤解には知恵を、
友の為に汗を、
心の触れ合いの為に愛を、

それらの為に勇気を、
私に与えて失ったものは、よみがえる。
思春、はな、これからも辛い時はあろう、
苦しい時もあろう、
そんな時は迷わず私を踏め、
踏んだお前たちの心に、私の思いが啓示されるであろう。
心のあり方さえ忘れなければ、必ず映る、安心して信じた道を歩め。
思春、はな、忘れるな、お前たちは決して独りぼっちではないってことをね。
思春、はな、見つめ合ってごらん。
（頭上を仰いでいた二人は、見つめ合いました。）
お前たちの心に、私の思いが映っているだろう、
そして愛する人の姿に、私の意志が映っているだろう。
お前たち、愛に生きよ、そうすれば私の意志が解るだろう。

思春とはなは、立ち上がって歩み寄ると、また見つめ合いました。その表情は、輝く心を映し出しているようでした。
はなは頭上を仰いで言いました。

「神様、私はこの思いを、愛する人を通して、心と心の触れ合いを通して、あなたに捧げます。神様、あなたの愛のみ業の成就の為に、私の全てをお使い下さい。私の意志が、私の行為が、私の愛が、神様、あなたの愛のみ業の成就の為に役立つよう、心を込めて祈ります。いたらぬところもありましょう、行き過ぎたところもありましょう、どうか、未熟な私を導いて下さい」

思春も頭上を仰いで言いました。

「神様、僕は希望に満ちた新たな自分にめぐり会えました。こんな僕みたいな人間を愛するのは、神様、さぞ辛かったでしょう、さぞ苦しかったでしょう、こんな僕をそんな思いをしながらも、見捨てなかったあなたの愛は、どれほど美しく尊いでしょう。その愛には、どれほどの勇気が必要だったのでしょう、僕は真の勇気を教えられた思いです。神様、僕は光さんやのぞみさんに、心のあり方や、心の触れ合いの美しさ、素晴らしさを教わりました。そして神様、あなたに、真の勇気を教わりました。僕は恩返しをしたい。どうか僕を使って下さい。あなたの思いと、願いを成就させる使者として、僕を使って下さい。辛い時、苦しい時は神様、あなたが僕を愛したことを思い出します。僕はあの岩の前での誓いに、心を捧げます」

姿なき声が響きました。

思春、お前のその心遣い、嬉しいよ、お前の暖かい思い遣り、本当に嬉しい。

思春、はな、心して聞きなさい、

辛い時は、心のあり方を見つめなさい、
苦しい時は、愛する人を見つめなさい、
運命はいつでも、辛さや苦しみに対する啓示を携えている。
お前たち、愛に生きなさい、
運命が私の啓示を、運んでくれるでしょう。
思春、はな、これから私は沈黙するが、
いいかね？

「どうぞ、神様」

はなは続けました。

「あなたの思いや願いに導かれることを、心から祈ります」

思春が言いました。

「神様、あなたの思いや願いを、心の糧にします。どうぞ、僕たちの心を見ていて下さい」

向かい合っていた二人は、自分の思いを伝える為に、一歩踏み出しました。そして両手でお互いの顔を、それから指で唇を、拭くように撫でました。

はなが言いました。

「これから私の思いを、あなたの心に移します。私の思いを、受け取ってくれるわね、思春？」

思春はにこやかな笑みを浮かべて頷きました。それから言いました。

「はな、僕の思いをお前の心に移す、受け取ってくれるね？」

はなは笑みを浮かべて頷きました。

二人は唇を合わせました。

二人を見守っていた一同は、祝福の拍手を贈り、二人は唇を離しました。

光とのぞみは、二人に歩み寄り、光が言いました。

「おめでとう！　あなた方の幸せを、心から祝福して、いつまでも続くことを、祈っています。

僕たちはこれで、地球に帰ります。みんなが幸せになれることを、心から祈っています」

「ありがとう」とはなは、爽やかな笑みを浮かべて言いました。

のぞみが言いました。

「はなさん、思春さん、おめでとう。あなた方の幸せを心から祝福します。私はみんなの幸せを、地球から祈っています。はなさん、信じた愛に心を込めて、女の一生に美しい花を添えることを、祈っています。おめでとう」

「ありがとう、のぞみさん」とはなは言いました。

「光さん、のぞみさん、私もあなた方の幸せを、心から祈っています。のぞみさん、私たち女の一生が、美しい花として咲いてくれることを祈っています、ありがとう！」

思春が言いました。

「光さん、のぞみさん、ありがとう。あなた方がここを訪ねてくれたことを、心から感謝します。あなた方は僕たちに、生きることの美しさ、尊さ、ありがたさを教えてくれました。本当にありがとう。僕たちは生命の重みを、幸せの花として、咲かせていきます。希望と勇気、心の触れ合いと理想は僕たちの心に、美しい生命の花を咲かせてくれるでしょう。光さん、のぞみさん、あなた方の幸せを、心から祈っています。いつか、必ずここを訪ねて下さい、ありがとう」

思春とはな、光とのぞみは、信頼と希望に満ちた笑みを浮かべ、祝福と激励の思いをもって、相手を見つめていました。

生命の成長は、心の成長と共にあります。

心の触れ合いは、生命の花の開花への成長、心という花の開花への成長に、なくてはならないのです。

愛、それは雲の上の理想ではなく、心に明かりを灯す、光なのです。

光とのぞみは、一同に向きを変えました。

光が言いました。

「みなさん、みなさんが僕たちの訪問を喜んでくれたことが、本当に嬉しい。心の触れ合いは、生きる希望と勇気をもたらせてくれます。心の触れ合いが未来に、明かりを灯してくれるなら、人生に美しい花を添えてくれるでしょう。人生の花は愛です。心の触れ合いは、そこに人生の花を咲かせるでしょう。みんなの心の絆が結ばれている限り、愛は人生の花です。僕たちがここを訪ねたことが、みなさんに幸せをもたらせたなら、僕たちは幸いです、ありがとう」

のぞみが言いました。

「私たちにとって心の触れ合いは、人生を導く光です。生命の重みに美しい花が咲くなら、愛は人生を導く、心の太陽です。みなさんの心と触れ合えたことを、心から感謝します。みなさんの幸せを、心から祈っています、みんなで力を合わせて頑張って下さい。ありがとうございました」

光とのぞみは、一同に深々と頭を下げました。それから二人は、理想を適えるジュウタンに向かって、歩き出しました。

一同は希望と感謝に満ちた表情で、光とのぞみを見つめていました。

二人が理想を適えるジュウタンに乗ると、はなは、抱いていた花束をのぞみに差し出しました。

「光さん、のぞみさん、ありがとう。のぞみさん、この花は、あなたにあげます」

「いいの？」とのぞみは言いました。

「もちろんよ。幸せになってね。それからいつか、私たちを訪ねてね、約束よ」

のぞみに花束を渡すと、はなは手を差し伸べ、握手を交わしました。

「ありがとう」とのぞみは言いました。

「光さん、のぞみさん、僕たちの村を訪ねてくれて本当にありがとう。僕たちはあなた方に、生きる希望と勇気を与えてもらいました。そして心の触れ合いの尊さを教えてもらいました。本当にありがとう。いつか、いつかまた、ここを訪ねて下さい。どうか、いつまでもお幸せに」

こう言うと思春も、手を差し伸べました。

「ありがとう、思春さん。いつの日かまた会えることを、心から祈っています」と光は言いました。

光と思春は、握手を交わしました。それから思春とのぞみが、光とはなが、握手を交わしました。

彼らが手を離したと同時に、理想を適えるジュウタンが宙に浮きました。

光とのぞみは、にこやかな表情で、みんなに手を振りました。一同は二人の笑みに応えているようでした。

宙に浮いたジュウタンは、そのまま天に舞い上がりました。

一同は頭上を仰ぎ見ました。

舞い上がった理想を適えるジュウタンは、不死鳥に変身しました。

それは一同の目に、だんだん大きくなっていくように見えましたが、すぐに小さくなっていき、そして彼らの視界から消えました。

彼らは不死鳥が消える前に、次のような言葉を耳にしました。その声は、天使がささやくような声で、希望と安らぎを与えるものでした。

移りゆく運命は試練の道

生命の支えは心へのめぐみと幸せ
心の糧は愛と喜び
汝の道求める者、光に導かれよ
大いなる神のこよなき愛は、清き心が寄り処
良き意志は心なり
愛に生きる者、汝の意志を示せ
心の触れ合いは愛に生きる喜び
掛け替えのないものを求める心を満たすもの
そは愛に捧げる喜び
光はどんなに小さくても闇より大きい
人生は愛と勇気と心がおりなす物語
人類が夢見る永遠の物語、それは心の物語です
幸せの泉、幸せの花は
心の触れ合いのめぐみ
心の触れ合いは生命の道
喜びも悲しみも
同じ泉から生まれているのです

学びによって、心のあり方によって
それらは変わるのです
人生、それはあなた自身の心の物語です。

完

あとがき

作者より読者へ

この物語は約一年半の歳月で完成した。本来ならもっと時間を注ぐべきであったろう。そういう意味で、この物語の幼稚さ、欠点、未熟さを批判されても反論するつもりはない。ただ私としては、この物語の幼稚さや欠点を批難するより、長所を見つめて下さればありがたいと思っている。

確かに一年半は短かろう、しかも他の仕事をしながら書いたのだから。

しかし私はこの物語に十分な情熱を注いだと思っている。物語を作る困難さは、何を書けばいいのか分からないものを作るという点である。そしてその困難な作業がいつ終るか分からないのに、黙々と文字を綴っていくという気が遠くなるような作業のその辛さは、計り難いものである。

断っておくが、私はこの物語の幼稚さの弁解をしてはいない。幼稚な部分は素直に認める、しかしいい部分は認めてほしい、そう願ってやまないだけである。

思い通りになる華やかな人生だけが
しあわせな人生ではない。
苦難の中に自らのいのちをかけて灯した、
いつまでも消えずに灯る手作りのしあわせ、
そんな人生だって美しい。

どんな人生も自らの意志で、
第一歩を踏む、
その時から自己形成が始まる。
心からほほえむことのできる人生こそ、
心から感謝できる人生こそ、
最も美しいのである。

どんな生き方にも意味がある。意味がある以上、それは生かされなければならない。人類が綴る永遠の物語、それは心の物語である。人生に意味がなければ、心の物語は存在しない。
最後にこの物語を作成するにあたって執拗にこだわり続けたことは、目標に向かって努力すること、そして諦めないことである。しあわせだけが理想ではない、苦難を乗り越えることだって理想なのだ。どんな運命にも光はある。どんな運命の中でも心の物語は綴られる。
この物語が読者の人生に、たとえわずかでも光を灯してくれたなら、私はこの物語を心から祝福したい。

この物語の制作、および出版にご協力いただいた方々に心よりお礼を申しあげます。
ありがとうございます！

作者より

著者紹介

西山良三（にしやま　よしみつ）

1956年、沖縄県国頭郡恩納村生まれ。
高校中退後、いろいろな職業を転々とするうち、
ある運命的出来事によって小説の世界に導かれる。

人間《にんげん》を好《す》きになった魔女《まじょ》

西山良三《にしやま よしみつ》

明窓出版

平成十四年十一月三日初版発行
発行者 —— 増本　利博
発行所 —— 明窓出版株式会社
〒一六四—〇〇一二
東京都中野区本町六—二七—一三
電話　（〇三）三三八〇—八三〇三
ＦＡＸ（〇三）三三八〇—六四二四
振替　〇〇一六〇—一—一九二七六六
印刷所 —— モリモト印刷株式会社

ISBN4-89634-109-0

ホームページ http://meisou.com　Eメール meisou@meisou.com

エッセイ

エッセイ——『窓』　第一部〜第十部

第一部　秋山庄太郎・三遊亭円歌・赤塚不二夫・釜本邦茂・常田富士夫・平山郁夫・観世栄夫　他三九名

第二部　秋　竜山・高木東六・上原　謙・高峰三枝子・細川隆一郎・三鬼陽之助・石ノ森章太郎・辻久子　他二四名　（在庫切）

第三部　石井好子・織田広喜・乙羽信子・鴨居羊子　他二〇名

第四部　池　真理子・池坊保子・堤　裕二・近江俊郎・冷泉貴美子・古橋広之進・並木路子　他一八名

第五部　金岡秀友・黒住宗晴・千　宗室・中西　太・柳家小さん・芦野　宏・山蔭基央　他二三名

第六部　井出孫六・巌谷大四・佐渡嶽慶兼・栗本慎一郎・宗　左近・遠山　甲・ボネック兄弟・丸山敏秋・和田寿郎　他一六名

第七部　浅香光代・五月みどり・春風亭柳昇・田端義夫・丹波哲郎・中野良子・フランソワーズ・モレシャン　他二四名

第八部　宝田　明・三島昭男・風間　健・鈴木治彦・織田広喜・坂本博士・太田博也・奥山日出男・春木秀映　他一五名

第九部　石田勝三・井上慎三・織田広喜・小野田京子・五味　武・ジャイアント馬場・中村福助・平山郁夫・門脇尚平　他八名

第十部　朝丘雪路・釜本邦茂・上野霄里・中原ひとみ・渡嘉敷勝男・浜　木綿子・前田武彦・高橋周七・長門裕之・根上　淳　他十一名

第十二部　中野良子・織田廣喜・上野霄里・ロミ・山田・浅香光代・田端義夫・並木路子　他一一名

四六判　定価　各一五〇〇円

ふりむけばエッセイ

さまざまなことが起こる私たちの人生。忘れられない人。心に残るできごと。いつまでも、きらきらと輝きを放つ思い出たち。そう。誰にでも、振り向くとそこには「エッセイ」があるのです。

執筆者・平山郁夫・石井好子・秋山庄太郎・赤塚不二夫・能勢雅司・観世栄夫　竹内一夫・池坊保子・丹波哲郎・千宗室・織田広喜・高田誠一・乙羽信子・高峰三枝子・上原謙・中西　太・三遊亭圓歌・辻　久子・柳家小さん・フランソワーズ・モレシャン・中野良子・ドミニク・レギュイエ・冷泉貴美子・真栄城徳佳・加藤一郎・秋　竜山

四六判　本体　一三〇〇円

ふりむけばエッセイⅡ　〜私たちの贈り物〜

『窓』第十一部　特別編　それぞれの人生のエキスパートが想いのたけを文章に託した珠玉のエッセイ集。

執筆者・上野霄里・ドミニク・レギュイエ・三遊亭圓歌・橋爪四郎　古橋広之進・細川隆一郎・ジャイアント馬場・芦野宏・前田武彦

四六判　本体　一七〇〇円

たおやかに　華やかに　池坊保子

政治家として、母として、妻として……、折々の所感を綴ったエッセイ集。季節ごとに美しく変わりゆく京都を背景に、さまざまな事柄に想いをいたす。京都礼賛・政治家になって・宗教とはなんだろう。　…他珠玉のエッセイ。

四六判　本体　一三〇〇円

ハリエンジュの湖畔　一頁のふるさと第一集

「私のふるさと文庫」編

今、「ふるさと」の持つ大きな力――教育・包容力・治癒力――が見直されている。その力を二一世紀に残すため、その大切さを訴えるメッセージとして飛騨高山より発信する。

四六判 本体　一二〇〇円

心に残るふるさとの話　一頁のふるさと第二集

落合恵子推薦「楽しくて、また、かなり憂鬱な選考をいま終えたばかりだ。が、実際はまだまだ迷っている。どの作品も、内側からぽっと灯りが点るような味わいがあり、『選ぶ』ことの難しさと責任を痛感している。」

四六判　本体　一二〇〇円

看護婦さん　出番です!!

林　直美

病院には、ドラマがある。そして看護婦は、ドラマの主人公である患者さんのプライバシーに立ち入り、その人生をかいま見ることになる。私が出会ったのは、そんな人生のごく一部の入院生活であろうが、患者さんの、治そうと一生懸命にがんばっている姿は、輝いていて、とても美しいものである。

四六判　定価　各一三〇〇円

雅子さまへの手紙

木口昌幸

素直に、心を込めて。雅子さまと、私達の階級意識。「雅子さま、私は再び皇室に興味を持つようになりました」「雅子さま、かなり努力をしても階級を変えることは難しいみたいです」他、「雅子さまへの手紙」三〇通。

四六判　本体　一一〇〇円

今日もお寺は猫日和り

明窓出版編集部編

全国の犬猫（いのち）を愛する人々から「寺の子」として慈しまれている子らの姿を、写真、イラスト、メッセージなどで綴る。生全寺の毎日、生命の記録をお届けします。とても心が暖まる一冊です。

四六判　本体　一二〇〇円

逆　流

村山三重子

どんな風が吹くのか、安寿は経済の理のある所へと再び上京した。新宿のロッカーにボストンバックを放りこみ、身軽になって高層ビルの底を歩いた。（神妙の妙味）他27編

四六判　本体　一一〇〇円

ノンフィクション

うちのお父さんは優しい

―検証・金属バット殺人事件―鳥越俊太郎　後藤和夫

テレビ朝日『ザ・スクープ』で放映。衝撃の金属バット殺人事件の全貌。ジャーナリスト鳥越俊太郎の真相解明!!制作ディレクター、渾身のドキュメント!!

四六判　本体　一五〇〇円

校則はいらない

親・子・教師で創った理想の公立中学校

岡崎正道

学校教育がさまざまな困難を抱え、教師たちが苦悩を深め

ている状況の中、奇跡とさえいえる中学校が存在する。親・子・教師で創った理想の公立中学校北松園中学校とは?!

四六判　本体　一五〇〇円

ジャーナリズム曠野紀行

伊藤光彦

全国図書館協会優良図書指定

私たちは時代の曠野を迷い歩いてきた。時代のあまりにも大きな嵐に出会って行き暮れている。しかし、今ならどこで最初に道を間違えたかがよくわかる。20世紀のどん詰まりの今日は、「古い」出来事の積み重ねの上にあり、古きを訊ねる作業により初めてそれを実証し得るのだ。

四六判　本体　一五〇〇円

北朝鮮と自衛隊
―日本海領海警備の攻防戦―

田中賀朗

北朝鮮来襲!　その時自衛隊は?!?

1996年3月23日、我が国の日本海警備体制は崩壊した!　問題はどこにあったのか。韓国の防衛姿勢と比較しつつ、我が国防衛政策が抱える問題点を鋭く指摘した迫真の書

四六判　本体　一五〇〇円

脳死 ―― 私はこう思う ――

医学・法律・宗教の各界の有識者が語る脳死論。

阿部正和・有賀喜一・小坂樹徳・竹内一夫・上野正彦・千葉康則・水野肇・本間三郎・太田和夫・加藤一郎・植松正・紀野一義・金岡秀友・観世栄夫・黒住宗晴・千家達彦・玉城康四郎・廣松渉　他。四六判　本体　一七〇〇円

男が決めた女の常識

相徳昌利

貴女は反発するかもしれない。でもこれが掛け値なしの僕達の本音です。二十代三十代のビジネスマン二百人が勝手に決めたなにがあってもゆずれない、女たちへの要求項目。

四六判　本体　一三〇〇円

女が決めた男の常識

相徳昌利

言いたい放題でごめんなさい!　でもこれが掛け値なしの私達の本音です。二十代三十代のOL二百人が勝手に決めた時代は移り変わってもゆずれない、男たちへの要求項目。

四六判　本体　一三〇〇円

後に続く真の日本人へ～大東亜戦争の思い出

軍人恩給連盟浮羽郡支部 編

本書は、身を挺してわが国の未来のために戦い、そして戦後の復興を支えてきた日本人の心の記録である。善悪、正邪といった価値観にとらわれることなく読めるうえ、日本人として二十一世紀を生きる活力を与えてくれる。

A五判　本体　一五〇〇円

精神世界・ヒーリング

青年地球誕生――いま蘇る幣立神宮

春木秀映・春木伸哉

五色神祭とは、世界の人類を大きく五色に大別し、その代表の神々が「根源の神」の広間に集まって地球の安泰と人類の幸福・弥栄、世界の平和を祈る儀式です。幣立神宮で遙か太古から行われている世界でも唯一の祭典です。

四六判　本体　一五〇〇円

神さまに助けられた極楽とんぼ　汐崎　清

「たすけて～！」主人公が窮地（ガン告知）に追いつめられた。しかしそこには、信じられない『出来事』が待っていた。ノー天気な極楽とんぼだった主人公が体験したことは、理屈では説明できないけれど、【窮地に陥ったとき、そこには《ひょうきんな神様》がいた】という、本当の話である。読めば、「笑って、元気！」になれます。

四六判　本体　一四二九円

がん患者の大逆転　極楽とんぼ2　汐崎　清

がん患者になってわかったことがある。誰でもガンになるんだ。しかし、プラス思考で考えた。ガンになったことで私に何かできないか？　そうだ！「ガンになっても、だいじょうぶだったよ！」という本を書こう。そして私が体験した「ガン脱出方法」を知ってもらえたらいいな～。

四六判　本体　一三〇〇円

いま輝くとき ――奇跡を起こす個性の躍動――　舟木正朋

あなた方の個性は、この現世での躍動、活躍を待ち望んでいます。大自然の力はあなた方に内在している精神エネルギーです。この真実は、あなた方を本当の人生に導いていきます。

四六判　本体　一三〇〇円

こころ　舟木正朋

本音ってなんだろう。ふと立ち止まって心を見つめてみませんか。心は不思議な世界。なにげない気付きや閃きから、思いがけない可能性が開けていく。そんな個性的な人生を。

文庫判　本体　六五〇円

意識学――宇宙からの智恵――　久保寺右京

あなた自身の『意識』の旅は、この意識学から始まる。この本は、心だけでなく意識で感じながら読んでほしい。人は生き方の智恵とその記憶法を学ばなくては、何度生まれ変わっても同じ事である。これからは、確固たる記憶を持ったまま生まれ変わるようになって欲しい。

四六判　本体　一八〇〇円

瞑想と安楽死―ある瘋癲老人の瞑想日記―　森島健友

金と無為で人生の末節を汚すな！　美しく老い、気高く死んでゆくために―　瞑想者が綴る警鐘の書。

四六判　本体一六〇〇円

天国から来た人々　仲村　高

天国はどこにある？　天国ってどんなところ？　どんな人が行けるの？　「死」に怖れを抱いている人も、忘れている人も、天国の存在を身近に感じ、心が軽く、安らかになれる。

四六　本体　一三〇〇円

宗教

日蓮本仏論批判　虫牛無偏

「ここ二十数余年来、日蓮正宗の或るご僧侶にお尋ねしましたところ、三回目までの御回答には接しましたが、四回目以降の回答は戴けなくなりました。私としては是非この討議を継続して欲しいので、今回公開質問の形態によりこの出版に踏み切りました次第であります。」

四六判　本体　一〇〇〇円

歴史・古代史

後醍醐天皇
――楠木正成 対 足利尊氏――

竹田日恵

天皇を知らずして楠木正成と足利尊氏は語れない！後醍醐天皇は、人類滅亡のフリーメーソン魔術力に対して、ただお一人で立ち向かわれたお方であった。日本が敗戦を迎えるまで、楠木正成は皇室を守る大忠臣として人間の範とされていたが、戦後は一転して、人民に歯向かう悪党の一人であった様に言いふらされてしまった。

四六判　本体　一五〇〇円

倭国歴訪―倭人伝における倭の諸国についての考察

後藤幸彦

「邪馬台国発見！　従来の論説の難点の一つは、少しも速く邪馬台国に行きつこうとするあまり脇目もふらずに論証を進めていったため、そこに至るまでの諸国に関する吟味が十分に行われなかったことにあると思う」

四六判　本体　一三〇〇円

世界史の欺瞞（うそ）

ロベルト・F・藤沢

歴史はその国のその時代（流行）の正義に従って書かれ、自国のエゴイズムには気付かないままである。正義も善悪も時の流行！　善だろうと悪だろうと滅びる前にはひとしきり栄えるものだ。ヨーロッパ三〇〇年にわたる国家主義と国際主義の模索と確執。

四六判　本体　一二〇〇円

旅行記・紀行文

アイ・ガッチャ　～振り返った、あめりか

田靡　和

「今度、ニューヨークへ行ってもらうから」この一言から『海外赴任』がはじまった。住んでみなければ分からない、アメリカのあんなことやこんなこと。異文化に触れて、時にはカルチャーショック、時には目から鱗といった毎日をコミカルに綴る。

四六判　本体　一三〇〇円

走った・迷った―節約モードで行く
ヨーロッパドライブ旅行

原坂　稔

西欧6千キロのドライブ。英、仏、独、伊をヨーロッパ初体験夫婦がレンタカーで行く。各地の普段着の味と地元の人情に触れる、ハプニング続出、1/200万地図での旅！

四六判　本体　一五〇〇円

薔薇のイランから　紫荊の香港から
――あなたへの手紙――

山藤恵美子

薔薇の花をこよなく愛する国イラン。紫荊が政庁の花である香港。両国に暮らした日本女性の日常を軽やかに綴る。唖然としたり、日本の良い点、悪い点を改めて思い知らされたり。異郷でのさまざまな体験が、人を成長させる。

四六判　本体　一六〇〇円

Oh！マイ　フィリピン～バギオ通信～

小国秀宣

フィリピンの軽井沢バギオの暮らしはこんなにもハートを

暖めてくれた。窒息状態の日本が、謙虚に教えてもらうべきものが、フィリピンにはたくさんあったのだ。

四六判　本体　一五〇〇円

これでもか国際交流！！

岩野　賢／恵子・アルガイヤー

たった数行の電子メールでヨーロッパ演奏旅行に飛び出した。ど田舎＝島根県は川本町の郷土芸能「江川太鼓」を愛する若者たちが、太鼓をかついでひとっ飛び。三年連続、ドイツ各地で太鼓コンサート。その珍道中の全記録。

四六判　本体　一五〇〇円

あなたの知らないロンドン

小国愛子

ロンドンで暮らすのは恐ろしいことである。これは、何も治安が悪く、怯えて暮らさなくてはいけないということではない…。ロンドンへの脱出を計画中の人も、まったく予定なしの人も、読んで楽しいロンドンの素顔探索。

B六判　本体　一二〇〇円

パリ大好き少女へ

小国愛子

雑誌の書評でも大好評だった「あなたの知らないロンドン」の続編。最近再燃しているフランス熱に応えて、若い女性のパリ暮らしを徹底レポート。すべてのフランスびいきにおくるパリ生活教本。

B六判　本体　一二〇〇円

トルコ　イスラエルひとり旅

小林清次

旅に出よう！日本はあまりに狭すぎる。先進国より発展途上国を旅するほうが、発見も多く面白い。奥の深い文化の

違いを理解すれば、狭かった視野が果てなく広がる。

四六判　本体　一二〇〇円

成田の西　7100キロ

雫はじめ

旅慣れてなくても何とかなるよ。可笑し楽しいインド放浪記！好敵手ブル、ヒゲアザラシを相手に、はるかな街へと旅は続く…。

四六判　本体　一三〇〇円

こまったロンドン
―四十歳から一年間住んでみて

福井星一

「先進国の都会」というイメージがピッタリで、歴史ある文化と最新ファッションの両方が楽しめる一度は行ってみたい町、ロンドン……。さてその住み心地は？

四六判　本体　一二〇〇円

イギリス游学記

谷口忠志

ロンドンに留学した私は、ポーランド女性、アラと出逢った。二人で歩くオックスフォード・ストリート。散策を重ねたハイドパーク。祖国の違い、人種の違いに戸惑いながらも二人は歩み寄っていく。感涙のドキュメンタリー小説。そして、イギリスの経験をすべて綴った体験記。

四六判　本体　一六〇〇円

サンバの故郷《ふるさと》　緑の大地

中野義雄

戦後ブラジル技術移住者の放浪と流転の人生録。第1章ブラジル移住　第4章南米周遊の旅　第5章サンパウロからメキシコへ　第7章アメリカ周遊旅行　～第14章

四六判　本体　一六五〇円

八重山ひとり旅

たけざわ　まさり

石垣島、竹富島、波照島の青い海と豊かな自然が舞台。「女の一人旅」なんて言葉からイメージする優雅さとはかけ離れた、チープかつ大胆なトラベルエッセイ。地元の人や、旅行者との交流がラスト入りで描かれ、爆笑を誘う。

四六判　本体　一二〇〇円

教育・育児書

わが子に帝王学を　帝王学に学ぶこれからの教育

堀川たかし

全国図書館協会優良図書指定。子ども達のために、私達自身の修養のために。先生と生徒、親と子、夫と妻、あらゆる人と人との関係が軋（きし）んでいる今こそ、共通のベースとしなければいけない心構えがここにあります。

四六判　本体　一八〇〇円

心のオシャレしませんか

丸山敏秋

幼児開発に大切なのは「母親開発」です。具体的でわかりやすい内容で、すぐに役立つ事柄も多いでしょう。子育て中のお母さんお父さんはもちろん、広く世の女性に読んでいただきたい本です。（井深大ソニー名誉会長推薦）

B六判　本体　一二〇〇円

親と子のハーモニー

丸山敏秋

心のオシャレ・パートⅡ。現代社会で子どもたちに大事なものは何なのか、何が必要なのかを親としてしっかりと見極め、時流にただ流されるのではなく、自分の流儀で、信念をもった子育ての方針を立てることが大切。

B六判　本体　一二〇〇円

社会評論

砂漠に雨を降らせよう　公害なき世界への転換

竹田日恵／金子　茂

公害の元凶は大量生産と大量消費にあるのだから、国の経済が発展することと公害とは不可分の関係にある。今日の生存競争の激しい時代は、公害をなくすことは不可能であるといえる。人間の生存競争を強要した自由と平等の思想は、公害を生み出す真の悪魔といえよう。

四六判　本体　一三〇〇円

世界貿易機関（ＷＴＯ）を斬る

鷲見一夫

本書は、ＷＴＯ協定の単なる解説書ではない。主眼点は、むしろＷＴＯ体制の問題点（何もコメの市場開放だけではなく、人類社会に対する種々の経済的・社会的・環境的な影響等）を明らかにすることと、これへの対応策を摸索することにある。新潟大学教授渾身の告発。

四六判　本体　一三〇〇円

ゼネコンが日本を亡ぼす

古舘　真

「このままでは日本は十年もたない」元大手ゼネコン社員がその実態を緊急告発！公共事業は本当に必要か。日本の建設技術は本当に優秀なのか。「われわれがこれだけ莫大な金額の建設費を負担している事を知れば、現状に寛容でいられる人は殆どいなくなるだろう」四六判　本体　一三〇〇円

『「ＮＯ」と言える日本』への反論

古舘　真

『「ＮＯ」と言える日本』シリーズでは企業、特に大手メー

カーなど生産者の立場からの意見ばかりが目立つ。消費者や労働者の保護という視点が完全に欠落しているのだ。アメリカを非難することによって、いかにも強い者に立ち向かっているかのように見せかけてはいるが、単に経営者の味方であるに過ぎない。　四六判　本体　一三〇〇円

住民運動としての環境監視　畠山光弘

自らの健康を守るために。完全に手遅れになる前に今こそ立ち上がろう！誰にでもできる環境の監視方法を詳しく説明。産業廃棄物処理場問題に絡む住民運動を科学的側面から解説。家庭でもできるダイオキシン測定方法を紹介。　四六判　本体　一二〇〇円

大江健三郎《哲学的評論》
〜その肉体と魂の苦悩と再生〜
ジャン・ルイ・シェフェル著　菅原　聖喜訳

全国図書館協会優良図書指定。フランスの著名な文芸評論家によるノーベル賞作家大江健三郎の作品に関する詩的、哲学的批評。　四六判　本体　一七〇〇円

実用書・占い

懸賞達人への道―入門編―　伏見の光

実践すれば、懸賞生活に明るい未来がやってくる。大物ゲットも夢じゃない！　この本を読んで欲しいのは、「懸賞は好きなんだけど、なかなか当たらないなぁ」と思っている貴女です。懸賞に勝つのは、そんなに難しいことではなくて、ちょっとしたコツなのです。　四六判　本体　一二〇〇円

まっとうしませんか　ピンコロ人生
ピンピン生きて コロリと往く！これこそ理想の生き方といえるのではないでしょうか。　仲岡 健二

日本は世界一の長寿国になりましたが、人生の終着駅に向かってこれからというときに忍び寄ってくる影、それが「呆け」、老人性痴呆症です。本当にこれから自分のやりたい事を始めようとした時に呆けてしまう。これでは何のための人生か。死ぬまでピンピンと生きるには…？　四六判　本体　一三〇〇円

心易占い開運秘法　波木　星龍

恋愛・結婚・仕事・金運あなたの悩みを心易が解決する。時計一つでいつでもどこでも占える。実際の生活ですぐに役立つ占いの本。この1冊で、あなたの運命が変わるかも。　四六判　本体　一四〇〇円

ヒンドゥー数霊術
ハリシュ・ジョハーリ著　大蔵　悠訳

生まれ日から運命を解読する技法としてはヒンドゥー数霊術の右に出るものはない。性格はもちろん、人間関係、恋愛、結婚、健康などが恐るべき正確さで算定される。その的中率にあなたは大きな衝撃を受けることだろう。　四六判　本体　一五〇〇円

治癒のスイッチが入るとき　東山明憲

がんになることは決して特別な事ではない。私達の体内にはがん細胞がうようよしていて、ちょっとした事で悪いがんになってしまうし、良いがんのままでいることもできるのだから…。あらゆる方法から、病状、患者の性格、要望、

体調などにあわせて、その人に最も適した治療を施すこと―それが私の目指す統合医療である。

新書判　本体　一二〇〇円

太陽の秘薬　春ウコン　編集部編

春ウコンは、太陽をいっぱいに浴びて育った、純粋な自然食品です。沖縄の太陽エネルギーをふんだんに含んでいます。この、驚異の生薬、春ウコンを飲んで病気から救われた人々の体験記を中心に、歴史、効能、そして食材としての料理法まで、この一冊ですべてがわかります。

B六判変形　本体　九八〇円

ヌードライフへの招待　夏海　遊

肉体の健康と精神のバランスを回復するヌードライフ……。からだを衣服の束縛から解放することで、心もまた歪んだ社会意識から解放することができるのだ。

四六判　本体　一二〇〇円

カラーコーディネートの本　坂井　多伽（たか）

カラーコーディネート検定を受ける人も受けない人も。色の心に触れてみませんか？　香る色、響く色、輝く色、そしてハーモニー。誰にでも身近な「色」への意識を高めてくれる1冊です。

四六判　本体　一五〇〇円

超失業時代を勝ち抜くための最強戦略　菅谷信雄

「現在のお年寄りは年金でそこそこの老後を送る事ができる。これからのお年寄りは年金だけでは暮らせない」社会保険事務所では、58歳以上の人に対し、年金受給額を試算してくれるが、皆その額に愕然とする。自らを変革し、次の時代に生き残る為に会社を退職、IT&健康コンサルタントとして多くの事業支援などを行った著者が、失業しても慌てないための心構えを示す。四六判　本体　一三〇〇円

ケ・マンボ～気軽なスペイン語の食べ方～　松崎新三

言葉をおぼえる一番の方法は、まず、彼の地に行くことです。そして、必要に迫られること。そこにメゲずに居続けられれば必ず何とかなるものです。そう「空腹は最良のソース」なのです。というわけで、腹ペコの僕が食べはじめたスペイン語の食べ方について書いてみました。

四六判　本体　一八〇〇円

絵本・児童文学

大きな森のおばあちゃん　天外伺朗

「すべての命は、一つにとけ合っているんだよ」犬型ロボット「アイボ」の制作者が、子どもたちに大切なことを伝えたくてこんな物語を作りました。龍村　仁監督　推薦の言葉「象の神秘を童話という形で表したお話しです。地球を変えて来た私達は今、地球という大きな生命を傷つけています。今こそ象の『知性』から学ぶことがたくさんあるような気がするのです」

四六判　本体　一〇〇円

みちこの春休み　羽田ひろこ

家族の大切さ、命の尊さをあらためて考えさせてくれる物語。「待ちに待った春休み。おじいちゃんのところへ、はじめてのひとり旅。坂道を上りきると、なつかしい門のまえ

におじいちゃんが立っているのがわかった。どんなことをして遊ぼうかな……?」

四六判　本体　八〇〇円

ハヤト ── 自然道入門 ──　**天原一精**

自然へ帰ろう！　戦後「豊かな自然と地域社会」が父となり母となり、先生となって少年たちが育まれていく様を瑞々しい感性で生き生きと描く。山、河、森、鳥、昆虫たち……。忘れ去られていた自然への道が今開けてくる。

四六判　本体　一五〇〇円

思想・哲学

よくわかる論語 ──やさしい現代語訳　**永井　輝**

全国図書館協会優良図書指定。日本人は心の問題について真剣に考え直す時期に来ています。特に若い方々が道を見失い、心の支えが見付からなくて悩み迷った結果、ひどい事件を起こしたりしています。長い歴史を通して日本人の心の支えとなってきた『論語』を、もう一度みんなで読み返してみましょう。

四六判　本体　一三〇〇円

新／孔子に学ぶ人間学　**戸来　勉／河野としひさ**

全国図書館協会優良図書指定。苦労人、孔子の生涯を易しく表現。失敗の苦しみをなめつくしながらも、運命に屈することなく生きた孔子の生き方にこそ現代の学生やビジネスマンが学ぶ必要がある──早稲田大学総長・奥島孝康

B六判変形　本体　一〇〇〇円

近思録 ── 朱子学の素敵な入門書　**福田晃市**

朱子学を学びたい人のための学習参考書。この一冊で、朱子学者への確実な第一歩を踏み出せる。そしてこの混迷した時代を、迷うことなく生きていけるようになる。

文庫版　本体　八八〇円

単細胞的思考　**上野霄里**

「勇気が出る。渉猟されつくした知識世界に息を呑む。日々の見慣れたはずの人生が、神秘の色で、初めて見る姿で紙面に躍る不思議な本」ヘンリー・ミラーとの往復書簡が400回を超える著者が贈る、劇薬にも似た書。

四六判　本体　三六〇〇円

星の歌
──ヘンリー・ミラーを驚嘆させた男の最新作！　**上野霄里**

世界の芸術、思想界が注目する日本の隠者──「いちのせき」のUeno── この、天才に依って、賢治、啄木、放哉が、ブレイク、ヴォルスと共に、世界的視野のもと、全く新しい、輝く、星々の歌となった。四六判　本体　一九〇〇円

成功革命　**森田益郎**

平凡な人生を拒絶する人たちへ。夢を実現し、成功するための知恵が、ここに詰まっています。「人間には、誰にでも、その人だけに与えられた使命というものがある。そのことに気づくかどうかで、いわゆる酔生夢死の一生で終わるか、真の意味で充実感のある人生を送れるのかが決まるのだ」

四六判　本体　一三〇〇円

生きることへの疑問
ありのままの自分でいきるための40章　**永嶋政宏**

「障害は人間を強くする不思議な力を持っています。そし

てその強さとは、本当の弱さがわかる本当の強さだと思うのです」幼い頃から重いハンディを背負った著者が歩いた「心の旅の軌跡」

四六判　本体　一三〇〇円

無師独悟　**別府慎剛**

この本を手にとってごらんなさい。そうです、それが本当のあなたなのです。この本は、悟りを求めて苦悩している人　悟りを求める以外に道がない人　その為には「読書百遍」もいとわないという心の要求を持った人に読んで頂けたらと願っています。

四六判　本体　一八〇〇円

小　説

黄砂と蒼穹に抱かれて　**不知火　景**

紀元2世紀末のユーラシア大陸東部。秩序を失った支配層に対し、〝志気〟ある人々が集い織りなす一大スペクタクル！「すべては、無からはじまった。黄土高原の南に無窮に拡がる国、中国。かつて、ここには緑原、黄土、堅岩、河水が大いなる天のもと、地上で無造作に勝手気ままに呼吸をしているだけであった。人間などの入り込む余地は何処にもなく、ただ、天と地のみであったのである……。」

四六判　本体　一三〇〇円

猫はとっても霊能者　**橘　めぐみ**

スリリングでホラーな猫のオカルト短編集。サイキックパワーの持ち主、あの「チャクラ猫」の創案者、橘めぐみがおくるクールな猫のエピソード。背すじも凍る五つの奇話。

新書判　本体　九八〇円

ピョートル大帝のエチオピア人
アレキサンダー・プーシキン著／安井祥祐訳

あらゆる歴史的伝承を検証しても、その時代のフランスは、軽薄で、愚劣で、贅沢さでは他の時代とは較べようもなかった。ルイ十四世の治世は敬虔で、重厚で、宮廷の行儀作法が行き届いていたのに、そんな形跡は何一つ残っていなかった。

四六判　本体　一六〇〇円

薬　禍　**中西　寛**

一億総「薬浸け」の日本に大警告！「まさか」で片づけることのできない現実が戦慄と共に迫る！「薬害あって一利なし」の現状から、人類は逃れることができるのか！

四六判　本体　一二〇〇円

ふたりで聖書を　**救世《くぜ》義也《よしや》**

聖ヨハネが仕掛けた謎。福音書は推理小説だった？謎の「もう一人のマリア」の正体は？「悪魔」と呼ばれた使徒の名は？伝奇小説か、恋愛小説か、本格派推理小説か。新感覚の宗教ミステリー登場！四六判　本体　一六〇〇円

詩集・歌集

どらねこオリガの忠告　**太田博也**

「ポリコの町」「ドン氏の行列」などの独特なユーモアとファンタジーに富んだ数々の童話を生み出した鬼才、太田博也の叙事処女詩集。楽しい、面白い、切ない、もの哀しい、心洗われる —— 様々な気持ちを呼び起こされて、何度もくり返し読みたくなる永久保存版！　B五判　本体　一万円